Elisabeth Büchle

Unter dem Polarlicht

Über die Autorin

Elisabeth Büchle hat zahlreiche Bücher veröffentlicht und wurde für ihre Arbeit schon mehrfach ausgezeichnet. Ihr Markenzeichen ist die fesselnde Mischung aus gründlich recherchiertem historischem Hintergrund, abwechslungsreicher Handlung und einem guten Schuss Romantik – zuletzt wieder in dem spannenden Ägypten-Roman „Skarabäus und Schmetterling". Mit ihrem Mann und fünf Kindern lebt sie im süddeutschen Raum.
www.elisabeth-buechle.de

Elisabeth Büchle

Unter dem Polarlicht

Roman

GerthMedien

MIX
Papier aus verantwortungsvollen Quellen
FSC® C014496
www.fsc.org

4. Auflage 2017
Bestell-Nr. 817078
ISBN 978-3-95734-078-8

Umschlaggestaltung: Daniel Eschner
Umschlagfoto: Shutterstock
Satz: Verlagsservice Apel, Wietze
Druck und Verarbeitung: GGP Media GmbH, Pößneck
Printed in Germany

www.gerth.de

1. Kapitel

Die künstliche Beleuchtung des Büros im Bankgebäude surrte leise vor sich hin, während Chiara Kilians Finger der Tastatur ein schnelles Stakkato an Klackgeräuschen abverlangte. Die Frau auf dem Stuhl gegenüber rutschte unruhig umher. Sie hatte ihr Anliegen geschäftsmäßig und detailliert vorgetragen, doch nun verriet ihre Körpersprache ihre innere Aufregung.

Chiara lächelte die Eingabemaske mehr traurig als fröhlich an. Sie fand Noa Schochs Idee von einem Blumen-Geschenk-Bücher-Café in einem reinen Wohngebiet in Freiburg interessant, ahnte jedoch, dass die Finanzierung durch die Bank, bei der Chiara morgen genau ein halbes Jahr angestellt war, nicht zustande kommen würde. Mit ihren 22 Jahren war Noa noch ein Jahr jünger als Chiara und hatte bis auf eine gut durchdachte und bezaubernde Geschäftsidee keine Sicherheiten vorzuweisen.

Sie wollte der hübschen Rothaarigen gerade mitteilen, wie gering ihre Chancen waren, als es an der Tür klopfte. Einer der neuen Auszubildenden – ihr Namensgedächtnis verweigerte wieder einmal seinen Dienst – kam herein und sagte, ohne die Kundin zu beachten: „Frau Kilian, Sie werden von Herrn Meier erwartet."

„Zwei Minuten, bitte", erwiderte Chiara freundlich und warf Noa einen entschuldigenden Blick zu.

„Er sagte aber *sofort*!", widersprach der Jugendliche und trat neben sie, als plane er, ihr den Drehstuhl unter dem Hintern wegzuziehen. „Ich kümmere mich so lange um …?"

„Frau Schoch", brummte Chiara und stand auf. Dieser junge Mann würde es weit bringen, dessen war sie sich gewiss. „Entschuldigen Sie mich bitte. Ich bin gleich wieder für Sie da."

Irritiert hastete sie die mit dunkelblauem Teppich belegte Metalltreppe in den zweiten Stock hinauf. Immerhin war es Thomas Meier gewesen, der bei ihrem Einstellungsgespräch mehrmals darauf hingewiesen hatte, dass die Kundschaft immer vorging, selbst wenn sie ihr Anliegen ablehnen mussten. Chiara klopfte kräftig an die Tür des Geschäftsführers.

„Ja!“, klang es zu ihr heraus, und sie trat ein.

„Herr Meier?“

„Setzen Sie sich.“

Chiara ließ sich gegenüber dem selbstbewussten Vierzigjährigen nieder, dessen schwarzes Haar an den Schläfen bereits ergraut war.

„Wir möchten Ihnen eine Erweiterung Ihres Horizonts ermöglichen“, begann der Mann und blätterte eine Mappe durch, auf der Chiaras Name stand. Erleichtert lehnte sie sich zurück. Vor zwei Wochen hatte sie sich für eine zusätzliche Qualifizierung beworben, und erfreulicherweise bekam sie diese nun wohl gewährt.

„Eine berufliche Neuorientierung, sozusagen“, sagte er, mehr wie zu sich selbst.

Chiara runzelte die Stirn. Das wiederum hörte sich weitaus weniger verlockend an. „Wie bitte?“, hakte sie nach. Nun war sie es, die unruhig auf dem Metallstuhl mit der viel zu dünnen Polsterung umherrutschte.

„Wir müssen leider einige Einsparungen vornehmen, Frau Kilian. Sie verstehen sicher, dass wir uns leichter von Neuzugängen trennen als von altgedienten Mitarbeitern höheren Alters und mit Familie, die auf dem Arbeitsmarkt wesentlich schlechter zu vermitteln sind. Sie mit Ihrem Ehrgeiz, den guten Referenzen und Ihrer jugendlichen Frische haben es da wesentlich leichter!“

Chiara zwang sich, ihre blauen Augen nicht vom Gesicht des Mannes hinter dem wuchtigen und eigentümlich leeren Schreibtisch abzuwenden. Nein, sie würde weder ihr Entsetzen zeigen noch einen Anflug von Tränen, wenngleich diese schon gefährlich nahe unter der Oberfläche lauerten. Sie ballte die Hände zu

Fäusten, bohrte die Fingernägel in ihre Handflächen und hob die Augenbrauen. Natürlich verstand sie die Vorgehensweise, ebenso wie die Tatsache, dass ein langgedienter Angestellter vermutlich einen hohen Ausgleichsanspruch besaß. Sie hingegen war bis morgen Abend um 18:00 Uhr noch in der Probezeit.

„Wir entlassen Sie mit sofortiger Wirkung aus der Probezeit."

„Gerade noch rechtzeitig vor der Zielgeraden!", konterte Chiara mit beherrschter Stimme.

„Nun …"

Chiara erhob sich und streckte Meier, der durch ein Blinzeln seine Verunsicherung zeigte, die Hand entgegen, die er leicht perplex ergriff.

„Ich wünsche Ihnen eine gute Adventszeit und schöne Weihnachten", sagte sie mit einem Lächeln, entzog ihm ihre Hand, drehte sich um und verließ aufrecht und mit festem Schritt das Büro. Wie in Trance schwebte sie die Stufen hinunter und betrat ihren Büroraum.

„Danke, wie auch immer Sie heißen!", brummte sie den Lehrling an, der den Mund öffnete, unter ihrem Blick wieder schloss und das Weite suchte.

„Frau … Schoch, es tut mir leid, doch ich arbeite hier nicht länger."

„Meine Güte!" Noa sprang auf und presste bestürzt beide Hände auf ihren Mund. „Das … das tut mir aber sehr leid."

„Ich weiß noch nicht, ob es mir leidtut", erwiderte Chiara und warf einige persönliche Gegenstände in ihre überdimensional große Lederhandtasche. Sie unterbrach ihr eiliges Tun und wandte sich an die verwirrt an der Tür stehende jungen Frau: „Ich hätte Ihr Anliegen ohnehin ablehnen müssen. Zu meinem Bedauern übrigens, denn mir gefällt Ihre wunderschöne Idee. Ich hoffe, Sie finden eine Bank, die Ihnen einen Kredit gewährt, empfehle Ihnen jedoch, sich einen Verwandten als Bürgen zu suchen. Irgendjemand, der in einem finanziellen Engpass für Sie einstehen würde, denn sonst sieht es schlecht aus."

„Ja, gut. Danke für den Tipp."

Chiara nickte, zerrte den grauen Kurzmantel vom Bügel und ging auf die Tür zu. Noa ergriff sie am Unterarm. „Eine Entlassung so kurz vor Weihnachten ist schrecklich. Ach was, das ist immer schrecklich! Es tut mir sehr leid. Wenn ich Ihnen irgendwie helfen kann …?"

„Das ist lieb von Ihnen, aber ich fürchte, im Moment kann mir niemand helfen. Vielleicht ist es auch besser, wenn mir heute erst einmal alle Menschen aus dem Weg gehen."

„Sie sind wütend? Das kann ich verstehen. Ich wünsche Ihnen alles Gute!"

„Danke, Ihnen auch! Begraben Sie bitte Ihre tolle Idee nicht vorschnell!"

„Das werde ich nicht!"

Chiara stürmte aus ihrem Büro und die Treppe hinunter. Wenig später verließ sie die Schalterhalle durch den Kundeneingang. Dröhnender Verkehrslärm, Abgasgestank, Nieselregen und eine unangenehme Kälte schlugen ihr entgegen. Eilig schlüpfte sie in den Mantel, knöpfte ihn aber nicht zu, sondern rannte blindlings weiter. Über Kreuzungen und vorbei an Geschäften, an denen bereits die ersten Weihnachtsdekorationen angebracht worden waren. Sie passierte eine der Brücken über die Dreisam und blieb schließlich vor dem Schaufenster eines Spielzeugladens stehen.

Wut, Scham und Entsetzen wechselten sich in wildem Spiel miteinander ab, begruben alles, was vielleicht Positives an der Sache zu finden sein könnte. Aufgewühlt betrachtete Chiara ihr leicht verzerrtes Spiegelbild. Ihr kurzes, fransig geschnittenes Haar war von der hohen Luftfeuchtigkeit eigentümlich platt an den Kopf gepresst, ihr offener Mantel konnte das Zuviel an Rundungen nicht verbergen, die vor allem da saßen, wo Frauen sie ungern sahen.

„Ganz prima, Pummelchen!", sagte sie zu sich selbst.

„Unverschämtheit!", fauchte eine Passantin sie an, die im gleichen Augenblick hinter ihr vorbeiging.

Chiara unterließ eine berichtigende Erklärung, war die Frau mit dem pinken Hütchen doch bereits einige Schritte entfernt.

Prüfend sah sie sich um und stellte wenig verwundert fest, dass sie unbewusst den Weg zur Wohnung ihrer besten Freundin eingeschlagen hatte. Ein Seufzen entrang sich ihrer Kehle: Mia lebte nicht mehr. Sie hatte im Januar einen Autounfall gehabt und war an den Folgen ihrer Verletzungen gestorben. Zurückgelassen hatte sie Patrick, ihren völlig am Boden zerstörten Ehemann, und Leo, den vierjährigen Sohn.

Chiara trottete weiter zwischen hoch aufragenden Wohnblocks hindurch und stand kurz darauf vor einer stabilen Holztür im kahlen und unfreundlichen Treppenhaus eines Mehrfamilienhauses. Zögernd trat sie von einem Bein auf das andere.

Durfte sie Patrick mit ihren Problemen belasten? Aber sie brauchte dringend jemanden, der ihr zuhörte, ohne sie gleich umarmen zu wollen, denn dann würden alle Dämme brechen, die sie in der vergangenen halben Stunde mühsam um ihre Seele aufgebaut hatte.

Irritiert schüttelte sie den Kopf. War es wirklich erst 30 Minuten her, seit der George Clooney-Verschnitt ihr auf äußerst bescheuerte Weise mitgeteilt hatte, dass sie entlassen war? „Berufliche Neuorientierung? Erweiterung des Horizonts“? Wieder ballte sie die Hände zu Fäusten.

Im gleichen Moment sprang die Wohnungstür vor ihr auf. Ein blonder Lockenkopf schaute sie mit großen braunen Augen an. Mias Augen, Mias blondes Haar. Lediglich die Locken hatte der Junge von seinem Vater.

„Leo? Du sollst doch nicht an die Tür gehen.“ Patricks Stimme klang wie von weit her.

„Du hast gesagt, ich darf nicht hingehen, wenn es klingelt. Es hat nicht geklingelt“, verkündete die Piepsstimme erstaunlich redegewandt und schlagfertig.

„Ich bin's nur, Chiara!“, rief sie über Leo hinweg, ging dann in die Hocke und nahm den Jungen in die Arme. Für ihre mühsam aufrechterhaltene Selbstbeherrschung war dies jedoch die falsche Entscheidung, denn Leo schlang seine kindlich-runden Ärmchen um ihren Nacken und presste vertrauensvoll sein weiches Gesicht an ihre kalte Wange. Die Tränen drohten zu kullern, also ließ sie Leo schnell los, richtete sich auf und brauchte sehr lange dafür, die Tür ins Schloss zu drücken.

„Ich bin im Arbeitszimmer“, drang Patricks Stimme zur Wohnungstür vor.

Leo packte Chiara an der Hand und zog sie mit sich, als müsste er ihr den Weg zeigen. „Papa muss einen Adventskalender machen. Für einen Verlag. Aber das klappt nicht“, informierte der Kleine sie.

„Heute ist wohl der Tag des ‚Nichtklappens‘“, murmelte Chiara und brachte Leo damit zum Kichern. Sie lächelte. Jetzt gab es wenigstens einen Menschen, der etwas von ihrem und dem Frust seines Vaters hatte!

Patrick erschien im Türrahmen. Obwohl Chiara mit ihren 1,76 Metern nicht eben klein war, überragte er sie um einen ganzen Kopf und war dabei bemerkenswert schlank. Seine braunen Locken sahen wilder aus als gewöhnlich, der Dreitagebart und die dunklen Ringe unter den grünen Augen verdeutlichten, dass das Computer-Problem den selbstständigen Mediengestalter und Werbegrafiker nicht erst seit heute beschäftigte.

„Hi, Chiara.“

„Hallo, Patrick.“ Sie ließ zu, dass er sie flüchtig auf die Wange küsste, dabei versperrte er ihr den Weg in die Küche.

Entschlossen schob sie ihn beiseite. „Ich kenne das Schlachtfeld bereits, schon vergessen?“, fragte sie und verzog das Gesicht. „Okay, bis jetzt waren deine Computer-Probleme wohl nie älter als vierundzwanzig Stunden!?“

„Diese Website stammt nicht von mir. Der Verlag hat mich vor einer Woche angefragt, weil es Schwierigkeiten mit meinem Vorgänger gab.“

Energisch stellte Chiara ihre Tasche auf einen mit Kleidungsstücken und Zeitungen überladenen Küchenstuhl und streifte sich den Mantel ab, den Patrick ihr abnahm und an die Garderobe im Flur hängte.

„Ich kümmere mich darum. Wann hattet ihr zuletzt eine warme Mahlzeit?“, erkundigte sie sich über die Schulter hinweg und öffnete die Spülmaschine, auf der sich Berge von schmutzigen Gläsern, Plastikbechern und Tellern häuften, allerdings – bis auf einige Messer – kein Besteck.

Patricks Seufzen klang abgrundtief verzweifelt, sodass Chiara ihm ein aufmunterndes Lächeln schenkte. „Es bringt Leo nicht um, wenn er mal ein oder zwei Tage keine warme Mahlzeit zu sich nimmt.“

„Gestern hatten wir Pizza!“, erklärte der Knirps und ließ sich von Chiara einen Stapel sauberer Plastikbecher in die Hände drücken. Bereitwillig räumte er sie in den bodennahen Schrank. „Und heute Bebab.“

„Kebab“, verbesserte Patrick automatisch, während sein Blick sehnsüchtig zum Arbeitszimmer schweifte.

„Lecker!“, meinte Chiara und nickte dem großen Mann zu, dass er verschwinden solle.

„Du bist ein Engel.“

„Ein ziemlich ramponierter“, murmelte sie und zog den zweiten Spülmaschinenwagen heraus. Da sie nicht damit gerechnet hatte, dass Patrick ihre Worte verstanden hatte, schrak sie zusammen, als er fragte: „Ramponiert? Weshalb?“

Ohne den Blick von dem sauberen Geschirr abzuwenden, erzählte sie in knappen Worten, was geschehen war.

„Schei …“ Mit einem Blick auf seinen Sohn verschluckte Patrick den Rest. „Du kannst gern hier als Haushaltshilfe anfangen“, sagte er mit einem schiefen Lächeln.

„Wenn du nicht gerade einen extrem blöden Auftrag hast, bist du ein wesentlich gründlicherer Hausmann, als ich je eine Hausfee sein könnte. Bei dir würde ich die Probezeit nicht einmal eine Woche überstehen.“

„Chiara?“

„Hm?“

„Schau mich an.“

„Muss ich?“

„Ja.“

„Und wenn ich dann in Tränen ausbreche?“, fragte sie mit unsicherer Stimme.

„Nass aufwischen wäre auch mal wieder dran.“

„Blödmann!“ Chiara drehte sich um. Im Augenblick überwogen der Frust und die Wut ihre Niedergeschlagenheit.

„Ich kann nicht mehr so viele Aufträge annehmen wie … vor Mias Tod. Doch wenn ich dir irgendwie unter die Arme greifen soll – sag es!“

„Danke, aber ich besitze einige Rücklagen. Ich muss nur dem Schreiner absagen, den ich gebeten hatte, meine alte Bude auf Vordermann zu bringen.“

„Du hattest so große Pläne mit der Villa …“

„Die müssen jetzt eben warten.“

Patricks traurige grüne Augen sahen sie lange nachdenklich an. Dann wandte er sich ab und verschwand im Arbeitszimmer, wo kurz darauf das Klackern der Tastatur erklang. Genau das Geräusch, das Chiara gehört hatte, bevor ihre kleine Welt zusammengebrochen war.

Leo schmiegte sich an Chiara und atmete regelmäßig und tief. Er war noch während der Abendmahlzeit eingeschlafen. Liebevoll strich sie ihm mit dem Zeigefinger durch die vom Toben feuchten Locken.

Patrick, der eine Portion Spaghetti mit Lachs-Sahne-Soße nach der anderen verschlungen hatte, lehnte sich auf der knarrenden Küchenbank zurück und klopfte sich zufrieden den nicht vorhandenen Bauch.

Chiara verzog den Mund. Warum war das mit dem Gewicht so ungerecht verteilt? Sie nahm allein vom bloßen Anschauen der Sahnesoße schon zu, Patrick verdrückte sie literweise und nichts blieb als Pölsterchen irgendwo hängen.

Sie atmete tief durch. Weshalb machte ihr ihre aus den Fugen geratene Figur heute nur solche Probleme? Weil sie entlassen worden war? Verbrüderten sich in ihrem Kopf gerade diese zwei bedrohlichen Monster, um sie gemeinsam anzugreifen? So empfindlich hatte sie lange nicht mehr reagiert!

„Danke fürs Aufräumen und Durchputzen, fürs Kochen und für deine Gesellschaft. Leo immerzu wegschicken und vertrösten zu müssen tut mir weh."

„Womöglich macht es dir mehr zu schaffen als ihm?"

„Normalerweise habe ich Zeit für ihn, wenn er aus dem Kindergarten kommt. Aber gestern und heute …"

„Deine jetzige Situation ist doch kein Dauerzustand. Sobald du das Problem gelöst hast, wirst du wieder mehr Zeit für ihn erübrigen können."

Patrick nickte, aber Chiara sah ihm an, dass seine Sorgen nicht gelindert waren.

„Wir sind so ein Gespann", brummte sie. „Ertrinken beide in unseren Selbstvorwürfen und dem negativen Bild, das wir von uns zeichnen."

Patrick streckte sich und stand dann auf. „Komm, wir packen den Knirps ins Auto, und ich fahre dich nach Hause."

„Ich kann zu Fuß gehen, nachdem ich Leo zu Bett gebracht habe."

„Du musst nicht …"

„Ich will aber, Dickschädel!"

„Manchmal frage ich mich, wie eine so handfeste, praktische Frau wie du und eine so sanfte Fee wie …" Patrick brach ab, drehte sich abrupt um und floh zu den gefühllosen Computern, die ihn von dem Schmerz ablenkten, der noch beinahe so heftig in ihm brannte wie am Tage von Mias Beerdigung.

„Eines Tages …“, flüsterte Chiara und hoffte und betete, dass Patrick irgendwann den Verlust überwinden und sich vielleicht sogar wieder für eine andere Frau öffnen würde.

Sie weckte den völlig verschlafenen und verschmusten Leo, unterzog ihn einer Katzenwäsche und sorgte dafür, dass er zumindest einmal an der Zahnpasta gelutscht hatte, ehe sie ihn in sein handgeschreinertes Piratenschiffbett verfrachtete. Ohne sich von Patrick zu verabschieden, verließ sie leise die Wohnung. Sie wollte ihn weder stören noch sollte er sich verpflichtet fühlen, sie trotz des schlafenden Sohnes nach Hause zu fahren.

Draußen erwartete sie kalte Luft, ein schwarzer Himmel voll golden blitzender Sterne und ein mehrere Kilometer weiter Fußmarsch, bis sie schließlich die alte Vorstadtvilla betrat. Das Erbe ihrer Großmutter.

Sie eilte durch den riesigen Flur im Erdgeschoss, stapfte die Treppe in den ersten Stock hinauf und drehte die Heizkörper im oberen Wohnzimmer, von ihrer Großmutter immer als „Salon“ bezeichnet, und im Schlafzimmer auf. Dabei horchte sie auf die unter ihren Schritten knarrenden Dielenbretter und das lautstarke Knacken des Holzes, als es allmählich wärmer wurde. Mit einem Blick auf die alte Küchenuhr nahm sie das Telefon zur Hand und suchte im Display die Nummer des Schreiners, den ihr Patrick empfohlen hatte. Die beiden waren Schulfreunde gewesen; von dem Handwerker stammte auch das von Leo heißgeliebte Piratenschiffbett.

Wieder einmal lauschte sie erstaunt auf die unheimlich tief klingende Stimme, die dieselben Vibrationen in ihrer Bauchgegend auslöste wie der dröhnende Bass bei einem Konzert.

„Jonas Kelberg.“

„Chiara Kilian hier. Entschuldigen Sie bitte, dass ich so spät anrufe.“

„Kein Problem. Was gibt es denn? Noch irgendwelche Änderungswünsche?“

„Leider muss ich den Auftrag stornieren.“

Am anderen Ende der Leitung blieb es still. Schließlich folgte ein Räuspern, ehe der tiefste Bass, den Chiara jemals gehört hatte, fragte: „Soll ich einige Kürzungen vornehmen oder …"

„Nein, stopp!", unterbrach Chiara ihn energisch. „Es liegt nicht an Ihnen oder Ihren Preisen. Die sind perfekt. Ich habe heute meinen Job verloren. Und ich glaube nicht, dass Sie auf eine Kundin scharf sind, die Sie für Ihre Arbeit nicht bezahlt!"

„Das tut mir ehrlich leid."

„Wir verschieben den Auftrag, okay?"

„Ich hebe die Pläne auf, und Sie melden sich einfach zur gegebenen Zeit wieder."

„Das mache ich, vielen Dank."

„Ich hoffe, Sie finden schnell einen neuen Job. Ich weiß, wie schwierig es sein kann, das zu kriegen, was einem vorschwebt."

Chiara murmelte erneut einen Dank. Bestimmt war es für Jonas ein Risiko gewesen, sich von einer Firma zu lösen, die fast ausschließlich Küchen einbaute, um seinem Traum vom „Handgemachten" nachzugehen.

„Entschuldigen Sie bitte, dass Sie jetzt diesen Ausfall haben."

„Sie können ja nichts dafür. Ich wünsche Ihnen dennoch gesegnete Weihnachten. Und einen guten Job im neuen Jahr!"

Chiara beendete das Gespräch, legte das Telefon auf den winzigen Küchentisch und begann einen unruhigen Rundgang durch das alte Haus. Schließlich trat sie in das geräumige, nahezu leere Wohnzimmer im Erdgeschoss mit seinen zwei Eck-Erkern, den Stuckbändern an der Decke und über den hohen Fenstern und dem weitläufigen Wintergarten. Der Raum wirkte trostlos und leer. Kein Wunder, denn Chiara war erst vor einem halben Jahr nach Freiburg zurückgekehrt. Sie hatte bisher lediglich das Nötigste ausgepackt, mit dem Hintergedanken, die Villa durch einen Profi renovieren zu lassen. Ihre Zeit und Energie hatte sie in den neuen Job und in die Versorgung von Patrick und Leo gesteckt, nun, da sie endlich nah genug lebte, um praktische Hilfe zu leisten.

Jetzt waren alle ihre Pläne pulverisiert; von einer Minute auf die andere, ohne dass sie auch nur irgendetwas dafür konnte.

„Klar! Die zwei anderen Frauen, die mit dir angefangen haben, wurden vermutlich nicht entlassen, *Pummelchen*. Aber die sind schließlich gertenschlank und sehen in einem Kostüm nicht aus wie ein verkleideter Dudelsack!"

Wütend zog sie die teure Kostümjacke aus und pfefferte sie quer durch das Zimmer, wo sie auf dem dunklen Parkett ein Stück weiterrutschte und wie ein Häuflein Elend an der Wand liegenblieb.

„So ein Mist!", knurrte sie. Die Deckenlampe flackerte, als wolle sie ihr zustimmen, dann versagte sie den Dienst. Im Dunkeln sackte Chiara in sich zusammen, schlang die Arme um ihre Knie und weinte bitterlich.

Das Läuten ihres Telefons drang von oben herunter, doch es war ihr gleichgültig. Sie zerfloss gerade in Selbstmitleid – etwas, das sie hasste und von dem sie geglaubt hatte, es längst abgelegt zu haben. Als es jedoch nach einer kurzen Pause erneut penetrant zu klingeln begann, raffte sie sich auf, eilte in die Küche und sah mit einem Blick auf das erleuchtete Display, dass Patrick anrief. Sie zog eine betretene Grimasse. Vermutlich wäre es verantwortungsbewusst gewesen, ihm zumindest kurz mitzuteilen, dass sie gut zu Hause angekommen war.

„Ich bin da, Patrick. Alles gut!", sagte sie, ohne sich zu melden.

„Ich hab einen Job für dich!"

„Was?" Chiara lachte verwirrt, rieb sich mit der freien Hand die Tränen aus dem Gesicht und ließ sich unsanft auf einen Küchenstuhl aus robuster dunkler Eiche plumpsen. „Du machst Witze!"

„Nein. Gut, es ist kein Job bei einer Bank, und er ist befristet, aber respektabel bezahlt, und du kannst das Ganze gleich mit einem Urlaub verknüpfen."

„Job mit Urlaub. Was muss ich dafür tun? Wen muss ich umbringen?"

„Chiara, bitte. Beruhige dich. Hast du geweint?"

„Das kannst du durchs Telefon aber nicht sehen?"

„Ich kenne dich ein bisschen. Du bist außen robust wie Hartkaramell, doch innendrin zart wie Nougat.“

„Das …“

„Das hat Mia immer über dich gesagt. Entschuldige bitte.“

Beinahe hatte sie den Eindruck gehabt, Patrick versuche mit ihr zu flirten. Aber selbstverständlich wollte er sie nur aufrichten. „Also, was für ein Job ist das?“

„Der Verlag …“

„Der mit dem nicht funktionierenden Adventskalender für ihre Kunden?“

„Genau der. Sie haben einen recht bekannten Autor unter Vertrag, der dringend sein nächstes Manuskript abgeben sollte – aber jetzt hat er sich beide Hände gebrochen.“

„Autsch.“

„Genau! Sie suchen jetzt jemanden, der für ihn tippt.“

„Was ist mit einem Spracherkennungsprogramm.“

„Er kommt damit nicht klar. Liegt vielleicht daran, dass er Schweizer ist.“

„Die modernen Programme sollen doch ziemlich gut sein.“

„Ich weiß nur, was die Lektorin mir am Telefon gesagt hat. Dieser Forster kommt mit den Programmen nicht zurecht. Das Buch sei bereits in der Werbung, der Erscheinungstermin könne nicht verschoben werden.“

„Nochmal autsch.“

„Du kannst superschnell tippen, das habe ich gesehen. Na, wie wär's?“

„Klingt … hm …“

„Der Verlag zahlt dir den Flug. Du kriegst vom Autor einen guten Stundensatz bezahlt. Allerdings arbeitet der Mann immer in seinem Ferienhaus.“

„Deshalb kamst du auf Urlaub?“

„Ja. Es liegt offenbar recht idyllisch an einem Fluss … oder See, der jetzt aber vermutlich zugefroren ist. Dort ist es lausig kalt.“

„Das Ferienhaus wird ja wohl über eine Heizung verfügen?“

„Sicher."

„Und wann würde es losgehen?"

„So schnell wie du nur kannst. Ich schicke dir per Mail die Kontaktdaten der Lektorin. Sie wird dir durchs Telefon die Füße küssen, wenn du annimmst. Sie klang ziemlich verzweifelt."

„Dann geh ich mal schnell noch unter die Dusche", witzelte Chiara.

„So gefällst du mir wieder besser, Mädchen."

„Gut, ich überlege es mir."

„Alles klar. Melde dich, sobald du dich entschieden hast."

„Danke, Patrick."

„Gerne doch. Schlaf gut."

„Gute Nacht!"

Chiara lehnte sich zurück und drehte das kleine schwarze Gerät in ihren Händen. Das war ja ein ungewöhnliches Angebot. Ihr Gehirn arbeitete auf Hochtouren, wog das Für und Wider ab. Einige Tage in einer Ferienhütte in der Schweiz zu verbringen hörte sich toll an – doch gemeinsam mit einem wildfremden Mann? Der hatte sich allerdings irgendetwas an beiden Händen gebrochen, würde also halbwegs hilflos sein. Wie alt er wohl war? Sicher schon älter … Sie konnte sich nicht vorstellen, wer außer einem älteren Herrn so ungeschickt stürzen könnte, dass er sich dabei gleich beide Hände verletzte. Hieß das aber nicht, dass er bei mehr als nur dem Schreiben ihre Hilfe benötigen würde? Chiara schüttelte den Kopf. Wahrscheinlich übernahmen die anderen Aufgaben irgendwelche Freunde, die Nachbarschaftshilfe oder gar ein Pflegedienst – wer auch immer. Sie musste einfach auf klare Absprachen bestehen; am besten vertraglich geregelt.

Chiara ging in ihr Schlafzimmer, schaltete das Notebook ein und suchte erst einmal einen Autor des Namens Forster, wurde jedoch nicht fündig. Sie zuckte mit den Schultern. Vermutlich schrieb der Mann unter einem Pseudonym.

Patrick hatte die Mail geschickt. Hinter dem Kommentar: *Lektorin erwartet Tag und Nacht dringend deinen Anruf* stand eine

Handy-Nummer. Offenbar brannte in dem Verlag mehr als nur der nicht funktionierende Kunden-Adventskalender.

Sie wählte und erreichte eine zutiefst dankbare Frau, die alle ihre Bedingungen notierte und ihr versprach, gleich morgen einen vom Autor unterzeichneten Vertrag für ein sechswöchiges Arbeitsverhältnis zu mailen. Diese Zeit sollte ausreichen, um die restlichen Seiten des Manuskripts fertigzustellen.

Eine Stunde später kuschelte sich Chiara in ihr Bett und starrte den lindgrünen Betthimmel über sich an. Die Kündigung tat ihr noch immer weh, aber zumindest konnte sie die Zeit während der neuerlichen Bewerbungsphase mit einer interessanten Tätigkeit überbrücken, die zudem erfreulich viel Geld einbrachte. Wie es aussah, erwartete der Verlag von dem Mann mit den beiden Gipshänden einen Bestseller.

2. Kapitel

Chiara schloss den Reißverschluss ihres schwarzen Trolleys und wandte sich dem Umschlag mit den Flugtickets zu, der von einem Express-Kurier gebracht worden war. Sie hatte nicht nachgefragt, wo genau in der Schweiz dieses Schreibdomizil lag, allerdings hätte sie von Freiburg aus gut mit dem eigenen Auto fahren können. Auf den Gedanken war sie bei all ihren Forderungen gar nicht gekommen.

Sie schlug den Umschlagdeckel auf und zog das Hinflugticket heraus. Abflug Frankfurt. Irritiert runzelte sie die Stirn, gleich darauf entglitt ihr vor Schreck das Papier und segelte in einem überraschend weiten Schwung zu Boden.

„Calgary?", stieß sie hervor. Völlig perplex starrte sie das Ticket auf dem Parkettboden an. Man sollte doch meinen, dass es direktere Flugstrecken in die Schweiz gab als über Kanada!

Chiara ging in die Hocke und griff so vorsichtig nach dem Flugschein, als befürchte sie, er könne sie in die Hand beißen. Erneut warf sie einen Blick auf ihren Zielflughafen, doch es war wie zuvor: Ihr Ziel heiß Calgary, Alberta, Kanada.

„Das … muss ein Irrtum sein!" Mehr als ein Flüstern brachte sie nicht zuwege. Ohne die Augen vom Flugticket abzuwenden tastete sie auf ihrem dunkelgrünen Bettüberwurf herum, bis sie das Telefon fand. Sie wählte Patricks Nummer und war froh, als er beim zweiten Klingeln dranging.

„Hi, schon auf dem Weg zum Flughafen?"

„Calgary?", keuchte sie und schüttelte über sich selbst den Kopf. Sie sollte ja wohl in der Lage sein, mehr als ein Wort hervorzubringen.

„Ja?“, fragte er gedehnt.

„Du sagtest etwas von der Schweiz. Jetzt ist mein Flugticket auf Calgary ausgestellt. Ich besitze ein mieses Namensgedächtnis, doch in Erdkunde bin ich halbwegs fit. Und Calgary liegt definitiv nicht in der beschaulichen Schweiz.“

„Mist!“, entfuhr es Patrick.

„Was ist los?“

„Forster lebt in der Schweiz. Aber sein Ferienhaus steht in Kanada. Hatte ich das nicht erwähnt?“

„Weder du noch die Frau Lektorin.“

„Du besitzt hoffentlich einen gültigen Reisepass?“

„Ist das dein einziges Problem?“

Am anderen Ende der Leitung hörte sie Patrick kurz auflachen. Eigentlich sollte sie sich über den Heiterkeitsausbruch freuen, der seit Mias Tod ein rares Ereignis darstellte. Jedoch war sie dafür im Augenblick viel zu aufgewühlt.

„Also, ich würde Kanada jederzeit der Schweiz vorziehen“, meinte Patrick.

„Dann flieg du doch!“

„Der Roman soll doch nachher aus Worten bestehen, nicht aus für einen Leser schwer dechiffrierbaren Zeichenfolgen oder aus Zeichnungen. Wenngleich es Menschen gibt, die ein Comic einem Buch vorziehen.“

„Dann wird es eben ein Krimi über eine vergessliche Lektorin, einen verpeilten Mediengestalter und eine Psychopatin, die soeben ihren Job verloren hat.“

„Chiara, wo ist das Problem? Es ist wie besprochen ein Ferienhaus in den verschneiten Bergen an einem Gewässer, du tippst das, was der Autor dir diktiert, du bekommst den vereinbarten Stundensatz und den Flug bezahlt – das Einzige, was sich ändert, ist die Dauer des Fluges! Die Komplikation besteht lediglich in deinem Kopf.“

„Das ist nicht das einzige Problem, das in meinem Kopf Einzug gehalten hat“, murmelte Chiara.

„Du hast einen Vertrag unterzeichnet."

„Ist ja gut", seufzte Chiara. Sie wusste nur zu gut, dass Patrick recht hatte. „Jedenfalls sind die Flugkosten nach Kanada deutlich höher als-"

„Da siehst du mal, wie wertgeschätzt ..."

„Moment! Spar dir das! Ich bin nur die kleine Tippse! Der, der da betüddelt wird, ist der Starautor. Wer das Ergebnis um jeden Preis in den Händen halten will, ist der Verlag."

„Na und? Dafür fliegst du für sechs Wochen ins verschneite Kanada!"

„Ich muss los!", lachte Chiara.

„Pass auf dich auf! Viel Spaß!"

„Danke. Knuddel den Knirps von mir durch."

Chiara griff nach dem Trolley und dem Handgepäck, ließ beides aber zunächst nochmal stehen. Für den langen Flug brauchte sie Lesestoff. Sie trat im nebenan liegenden Salon an das uralte eichene Bücherregal, in dem sich seit Monaten ungelesene Bücher stapelten, die sie auf Empfehlungen irgendwelcher Bekannten gekauft hatte. Ihr Blick fiel auf einen Thriller in weinroter Aufmachung. Sie meinte sich trübe daran zu erinnern, dass darin der Geschäftsführer einer großen Bank das Opfer war.

„Perfekt!", sagte sie, zog den dicken Wälzer heraus, stopfte ihn in ihre riesige Handtasche und verließ endlich das Haus.

Gleißender Sonnenschein an einem tiefblauen Himmel, der von vereinzelten Schleierwolken geschmückt war, begrüßte Chiara und ließ sie eilig nach ihrer Sonnenbrille kramen. Der Schnee an den Straßenrändern, auf den Hausdächern und den gepflegten Plätzen lag gut einen halben Meter hoch und leuchtete strahlend weiß, zumindest da, wo er nicht mit motorisierten Fahrzeugen in Kontakt gekommen war. Das Hupen zweier Busse und vielfältiger

Motorenlärm rissen sie aus ihrer staunenden Bewunderung und riefen ihr in Erinnerung, dass sie sich nicht im Märchenland, sondern am Flughafen befand.

Sie griff nach ihrem Trolley und zog ihn über den penibel freigeräumten Gehweg zu einem Taxi. Mit klammen Fingern öffnete sie die Beifahrertür. Ein junger blonder Kerl, vermutlich ein Student, lächelte sie an.

„Wo soll es hingehen?", fragte er kaum verständlich, und Chiara hoffte, dass das nicht an ihrem eingeschlafenen Englisch lag, sondern an dem überdimensionalen Kaugummi, den der Taxifahrer in seinem Mund bearbeitete.

„Ich möchte nach Banff."

„Nicht ganz zwei Stunden Fahrt, sofern uns kein Schneesturm und keine Grizzlys aufhalten."

Chiara warf einen Blick auf den blauen Himmel und die Schneeberge und beschloss, dass sie es mit einem Witzbold zu tun hatte.

„Ich wage es", sagte sie.

„Fein!" Der junge Mann stieg aus, ging um den Ford herum und lud ihr Gepäck in den Kofferraum, ehe er an die Beifahrertür trat und zumindest so tat, als würde er sie ihr galant öffnen.

Im Inneren des Wagens war es warm, sodass Chiara dem Fahrer nicht nur ihre riesige Handtasche, sondern auch die eisblaue Daunenjacke in den Arm drückte, bevor sie einstieg. Er verstaute beides auf dem Rücksitz und klemmte sich hinter das Steuer.

„Ich bin Marc", stellte er sich vor.

„Chiara."

Der Wagen sprang hustend an, als wolle er sich ebenfalls namentlich vorstellen.

„Du kommst aus Deutschland?"

„Richtig."

„Meine Eltern haben mich als Kind mal an den Titisee geschleppt."

„Ich stamme aus Freiburg, das liegt ganz in der Nähe des Sees."

„Ich glaube, da waren wir auch." Marc fädelte den Ford geschickt in den fließenden Verkehr ein. Es dauerte nicht lange, bis sie von hohen Bergen und weitläufigen verschneiten Wäldern umgeben waren.

„Willst du ins Fairmont Banff Springs Hotel? Bist du zum Skifahren hier?"

„Nein, ich komme zum Arbeiten. Moment ..." Sie kramte den Notizzettel mit der Adresse, die die Lektorin ihr durchgegeben hatte, aus ihrer Hosentasche und reichte ihn Marc.

„Zu Rose?", fragte er, nach einem flüchtigen Blick auf das Papier. „Sie vermietet aber keine Zimmer."

„Man sagte mir, sie würde mich zum Haus eines Mr Forster bringen."

„Aha!" Marc warf ihr einen Seitenblick zu. Seine gerunzelte Stirn verunsicherte sie mehr als die Tatsache, dass er sekundenlang die Fahrbahn aus den Augen verlor. Die aufgetürmten Schneeberge links und rechts würden ohnehin verhindern, dass er von der Straße abkam. Was jedoch versteckte sich hinter seinem bedeutungsvollen „Aha" und dem nicht minder vielsagenden Blick?

„Du kennst Mr Forster?"

„Ich bin im Nachbarhaus von Rose und ihrer Familie aufgewachsen. Ja, ich kenne den Schweizer."

Die Frage, wie Forster denn so war, lag ihr auf der Zunge, doch sie schluckte sie hinunter. Es war immer das Beste, sich selbst ein Bild von einer Person zu machen, zudem wollte sie Marc nicht zum Tratschen verleiten.

„Und du fährst beruflich zu ihm?", erkundigte sich der junge Mann nach einiger Zeit des Schweigens.

„Ich darf ihm bei seinem nächsten Buchprojekt helfen."

„Darfst?" Marc grinste sie an. „Du *musst*. Ich habe seine geschienten Hände gesehen."

Chiara zog lediglich die Schultern hoch. Offenbar fehlte es ihrem Chauffeur ein wenig an Feingefühl. Es war nicht eben freundlich, über die vermutlich mit Schmerzen verbundene Notlage eines älteren Herrn zu spotten.

Knapp zwei Stunden nach ihrer Abfahrt verließen sie den Highway 1, gleich darauf deutete Marc nach vorn. „Das da ist Banff."

Sie passierten bereits die ersten verstreut liegenden Häuser des fast 1.400 Meter hoch gelegenen Ortes. Chiara drückte ihre Stirn gegen die kalte Seitenscheibe. Schneebedeckte Berge wuchsen vor ihr in die Höhe, Schnee lag auch auf den Dächern der Flachbauten, der Häuser mit verwinkelten Erkern und Spitzdächern, den Backstein-, Holz- und Fachwerkhäusern. Die weiße Masse türmte sich entlang des breiten Boulevards, und plötzlich eröffnete sich ihr der Blick auf einen mächtigen Berg, der wie ein Wächter über der Ortschaft aufragte.

„Das ist der Cascade Mountain", erklärte ihr Marc, als sie sich nach vorn beugte, um das ganze Bergmassiv vor dem zunehmend dunkler werdenden Himmel betrachten zu können.

„Es ist wunderschön hier!", seufzte Chiara und bewunderte das heimelige Orange, das in der Dämmerung von der Stadt Besitz ergriffen hatte, erzeugt durch die Lichter der Häuser und der Weihnachtsbeleuchtung in der Straße. „Winterwunderland", fügte sie hinzu.

Im gleichen Moment bremste Marc ruckartig ab, und sie stieß mit dem Kopf gegen die Fensterverstrebung.

„Ja, Winterwunderland", knurrte ihr Fahrer und ließ einen torkelnden Mann in voller Skimontur, allerdings ohne Skier, passieren. „Es gibt Einwohner, die nicht scharf auf immer noch mehr Touristen sind, wenngleich die meisten von uns ihren Lebensunterhalt mit ihnen verdienen!"

„Dies ist ein geschützter Nationalpark, nicht?", fragte Chiara ernüchtert und rieb sich die Stirn.

„Ja, der älteste Kanadas, der zweitälteste Nordamerikas, der drittälteste der Welt, benannt nach Banffshire, der Heimatregion zweier längst verstorbener reicher schottischer Pinkel von der Canadian Pacific Railway. Und eben weil das so ist, wurde vor einigen Jahren der Zuzug nach Banff erschwert. Hier darf sich nur noch niederlassen, wer eine Arbeit hat. Die Regelung reduzierte die Einwohnerzahl von Banff auf unter achttausend. Nur die Touristen, von denen kommen ständig mehr."

„Aber die gehen ja auch wieder."

„Sie machen lediglich anderen Platz."

„Wie mir?"

Marc zwinkerte ihr verschwörerisch zu. „Du bist keine Touristin. Du kommst ja zum Arbeiten."

„Mann! Da bin ich aber froh! Sonst hätte ich befürchten müssen, du lädst mich nicht bei Rose Beatle ab, sondern in einer einsamen Hütte inmitten von Schnee und Eis."

„Hä?" Marc warf ihr erneut diesen seltsamen Blick zu, ehe er abbog, durch eine Wohnsiedlung fuhr und beim letzten Haus stoppte, dessen schwankendes Holzschild über der Eingangstür auf einen Gemischtwarenladen hinwies.

„Roses Laden. Hier kaufen die Leute aus der direkten Umgebung ein, die Gäste vom nächstgelegenen Campingplatz, viele Touristen und diejenigen aus Banff, die das Ambiente des Ladens oder Rose lieben. Und das dürfte so gut wie auf jeden Einwohner der Stadt zutreffen!"

Chiara schaute an Marc vorbei auf einen penibel freigeräumten Vorplatz, auf dem sechs mit roten und weißen Dekorationspäckchen geschmückte Weihnachtsbäume ein Spalier zu einer weißlasierten Sprossentür bildeten. Ihr elektrischer Lichterschein tauchte – wie in der Stadtmitte – den Schnee in goldenes Licht und deutete die robuste Holzfassade des Hauses lediglich an. An der Tür hing ein Kranz aus Tanne und Buchsbaum, an dem ebenfalls die kleinen Päckchen und eine große rote Schleife angebracht waren, deren Enden bis fast auf die einzige Stufe fielen.

„Sehr geschmackvoll!", sagte Chiara und nahm ihre Daunenjacke entgegen, die Marc von der Rückbank nach vorn gezogen hatte. „Was schulde ich dir?"

„Ach, nichts. Ich war ohnehin mit meiner Schicht fertig und wollte nach Hause."

„Komm schon. Der Verlag zahlt das."

„Wenn das so ist …" Marc nannte den Fahrpreis und reichte Chiara kurz darauf eine Quittung. „Herzlich willkommen in den kanadischen Rocky Mountains, Chiara. Ich hoffe, du darfst einige unvergessliche Tage erleben!"

„Vielen Dank, Marc!"

„Ich bringe dich noch zu Rose rein!"

Chiara stieg aus und erstarrte beinahe angesichts der eisigen Kälte. Es herrschten mindestens 10 Grad unter Null, schätzte sie. Flugs schlüpfte sie in die Jacke und schob die Hände in die Taschen.

„Wir lassen das Gepäck im Wagen. Rose kann es von da in ihren Pick-up umladen."

„Wir müssen also noch ein Stückchen fahren?"

„Mach dir darüber keine Gedanken. Rose beliefert Forster mit Lebensmitteln. Vermutlich hat sie ihre heutige Fahrt zu ihm bis zu deiner Ankunft verschoben."

„Dann ist es ja gut."

Chiara konnte es nicht lassen: Sie bohrte einen Finger in den goldschimmernden Schnee, der sich wie eine wärmende Mütze über die kleinen elektrischen Lichter der Weihnachtsbäume gelegt hatte.

„Hat man Ihnen nicht beigebracht, dass man Dekoration mit den Augen, nicht aber mit den Händen bewundert, Miss?"

Chiara schob ihre Hand sofort zurück in die Jackentasche und hob angesichts des Tadels mit weit aufgerissenen Augen den Kopf. Im Türrahmen stand eine schlanke dunkelhaarige Schönheit, die die 60 bestimmt überschritten hatte. Ein geflochtener schwarzer Zopf, durchzogen von silbernen Strähnen, hing ihr über die linke

Schulter nach vorn und endete erst in der Nähe ihres Bauchnabels. Fasziniert betrachtete Chiara die Frau in dem dunklen langen Wollrock und der locker darüber getragenen beigen Bluse und kam zu dem Schluss, dass sie indianische Vorfahren haben musste.

„Entschuldigen Sie bitte. Ich wusste nicht, dass Sie den Schnee persönlich in dieser wunderschönen Art über die Lichter drapiert haben."

Die Frau neigte den Kopf, musterte sie einen Moment und lachte schließlich fröhlich auf. „Marc, wen auch immer du da gebracht hast: Sie gefällt mir!"

„Das ist Mr Forsters Assistentin."

„Chiara Kilian? Ich hatte Sie schon vor Stunden erwartet."

„Mein Flug hatte leider Verspätung, und ich hatte dummerweise versäumt, nach Ihrer Telefonnummer zu fragen."

„Macht ja nichts. Zumindest sind Sie gut angekommen. Und dann gleich noch mit dem besten Chauffeur der Stadt! Bitte, kommen Sie rein."

Chiara stieg die Stufe hinauf und tauchte ein in eine Welt aus überfüllten, aber ordentlich sortierten Regalen, einem Allerlei an Gebrauchsgegenständen und Lebensmitteln samt wunderschöner Dekorationsgegenstände bis hin zu Kerzen und Servietten. Eine Wolke der verschiedensten Wohlgerüche hing in der Luft. Am dominantesten waren die Düfte von echtem Kerzenwachs und einer Art Apfel-Zimt-Mischung.

„Auf Wiedersehen, Chiara. Bis bald mal!", rief Marc ihr hinterher.

Sie drehte sich um, doch die weißen Regale und Schränke, die von der Decke hängenden Klangspiele aus verschiedenen Hölzern und Steinen und vielerlei Strohsterne, daneben Schnürsenkel und Gürtel, umgaben sie wie ein Hain dichtstehender Bäume, sodass sie den Eingang nicht mehr sehen konnte.

„Ja, bis bald. Und vielen Dank nochmals."

Eine tiefklingende Glocke verriet, dass Rose die Tür geschlossen hatte, gleich darauf fand sie durch das Labyrinth zu ihr.

„Wir sollten sofort aufbrechen, Chiara. Es ist schon fast dunkel."

„Ja, gern."

„Ich ziehe mir nur schnell etwas über, hole Forsters Warenbestellung und den Autoschlüssel." Entgegen der zur Eile mahnenden Worte blieb Rose vor ihr stehen und musterte sie eingehend.

„Ist etwas nicht in Ordnung?"

„Sie sind kein zartes, empfindsames Pflänzchen?"

„Nein, keine Angst. Mir macht die Kälte nichts aus."

„Gut", erwiderte Rose zögernd, verharrte aber noch immer auf der Stelle und betrachtete ihren Gast. „Ich hatte Sie mir älter vorgestellt", verriet sie schließlich.

„Für mein Alter kann ich leider nichts", erwiderte Chiara schmunzelnd. War dies ein Problem? Würde der Autor mit einer Frau aus einer jüngeren Generation nicht zurechtkommen?

„Sicher nicht", lachte Rose, wandte sich um und ließ Chiara in dem Wohlgeruch allein.

Langsam schlenderte sie durch die schmalen Gänge, bewunderte die Gitterobstkörbe, die Holzschalen, die handgemachten und -bemalten Teller und Gläsersets und die gewaltige Auswahl an Konserven. In einer Ecke fand sie noch mehr Weihnachtsdekoration, von Glas- und Holzsternen über geschnitzte Krippenfiguren, Tonengel und dieselben Geschenkpäckchen, die die Tannen draußen schmückten. Vorsichtig schritt sie über den Natursteinboden, vorbei an den unterschiedlichsten Holzkörben, gefüllt mit Glaskugeln in allen Farbvariationen, ohne darunter auch nur eine einzige kitschige Variante zu entdecken. Von einem Deckenbalken hingen rote und grüne Schmuckbänder herunter, an denen Sterne, Stiefel, Engel und Rentiere aus verschiedenen Naturmaterialien befestigt waren, darunter lagen, fein säuberlich in kleine Holzschachteln gebettet, die weißen Zuckerstangen mit den roten Streifen in der Form eines Spazierstocks oder Hirtenstabs, die Chiara unweigerlich mit englischem Weihnachtsschmuck in Verbindung brachte.

„Chiara?"

„Ich bin hier bei der Weihnachtsdekoration, Mrs Beatle."

„Rose, bitte. Jeder nennt mich Rose!"

Die Frau trat zu ihr, eingehüllt in einen grauen Poncho mit aufgenähten blauen Schneeflocken, einer dazu passenden Mütze auf dem Haar, und lächelte ihr freundlich zu.

„Ich liebe Weihnachten!", verriet Rose.

„Das hätte ich sogar erraten", erwiderte Chiara.

„Ich räume die Weihnachtsartikel nicht einmal im Sommer weg. Sie erinnern mich und vielleicht auch meine Kundschaft daran, dass wir Tag für Tag die Weihnachtsfreude genießen dürfen."

Chiara nickte unbestimmt und blickte auf die Zuckerstangen. Weihnachtsfreude … Sie erinnerte sich gut an ihre Kindheit, als ihr Vater noch am Leben war und mit ihr den Christbaum kaufte. Sie hatten ihn gemeinsam geschmückt und die Mutter mit immer neuen selbstgebastelten Schmuckkreationen überrascht, die in dieser Zeit das Essen für Heiligabend vorbereitet hatte. Chiara roch förmlich den Duft des Baumes, der Kerzen und des Lachs im Blätterteig, ihrem traditionellen Heiligabend-Essen. Sie sah das Wohnzimmer im Kerzenschein vor sich, die verpackten Präsente unter dem Baum, und hörte ihre Mutter Klavier spielen. Alte Weisen, Weihnachtslieder, die sie kaum mehr zu hören bekam, seit sie Heiligabend bei Freunden verbrachte, weil ihre Mutter inzwischen wieder geheiratet hatte und in Spanien lebte.

Warum hatte sie als Erwachsene diese aufgeregte Vorfreude auf Weihnachten eingebüßt? Weshalb ging das Glänzen in den Augen verloren, das begeisterte Lauschen auf das Flüstern der Kerzenflammen und das Rascheln von Geschenkpapier? Wann war das Besorgen der Geschenke für die Menschen, die man liebte, zur Hatz, ja geradezu zur Qual geworden, statt dass man Glücksgefühle dabei empfand? Sie verspürte nicht einmal mehr an Weihnachten selbst die früher genossene Freude. Und Rose sprach tatsächlich davon, sie jeden Tag zu erleben?

„Chiara?"

„Ich komme, Mrs … Rose!"

Gemeinsam verließen sie das Haus durch die Ladentür. Mühelos wuchtete Rose den Trolley aus Marcs Kofferraum auf die Ladefläche eines Pick-ups, zog die Plane darüber und winkte Chiara einzusteigen. Folgsam kletterte sie in das motorisierte Ungetüm und lächelte, als sie ein am Rückspiegel angebrachtes rotes Schmuckband mit Holzsternen entdeckte.

„Nenn mich verrückt, aber ich liebe …"

„Weihnachten?", vervollständigte Chiara.

„Wie kommst du denn darauf?"

„Das hat mir ein Rentier zugeflüstert."

„Ich sollte mal ein ernstes Wörtchen mit Rudolph sprechen", lachte Rose, ließ den Pick-up an und fuhr zu Chiaras Erstaunen nicht in die Stadt zurück, sondern in die entgegengesetzte Richtung. Die Lichter des Wagens erhellten einen verschneiten Weg, weiß bemützte Bäume am Wegesrand, eine Holzbrücke über einen Fluss, über die sie langsam hinwegratterten, und schließlich eine etwas breitere Straße.

„Wo fahren wir hin?"

„Zu Forster!"

Chiara hob die Augenbrauen. Rose nannte den Mann nicht beim Vornamen, ließ aber ein Mr vor dem Nachnamen fehlen. Dies und der weiche Tonfall, der Chiara schon beim ersten Mal aufgefallen war, als Rose den Namen ausgesprochen hatte, vermittelte den Eindruck, dass ihre Begleiterin den Autor gernhaben musste. Ob die beiden kurz davorstanden, ein Paar zu werden?

„Du … führst den Laden allein?", fragte sie vorsichtig nach.

„Mein Mann ist leider vor fünf Jahren gestorben, und unsere Kinder leben nicht mehr in Banff", erklärte Rose leutselig. „Aber allein bin ich nicht, falls du das meinst. Ich habe meine Kunden, meine Freunde und eine Schwester mit Ehemann, die in der Nachbarschaft wohnen."

Chiara nickte. Der Autor hatte in der Aufzählung gefehlt, doch die Frau musste ihr ja nicht alles auf die Nase binden.

„Wohnt Forster in einem kleinen Vorort von Banff?“, erkundigte sie sich und deutete dabei in die sie umgebende undurchdringliche Dunkelheit.

„Nein“, lautete die knappe Antwort, und Chiara warf Rose einen kurzen Seitenblick zu. „Offenbar hat man dir nicht viel über Forster und seine Hütte gesagt?“, merkte die Fahrerin wenig später an.

„Um ehrlich zu sein: Meine Informationen beschränkten sich auf *idyllisch*, *kalt* und *zugefrorenes Gewässer*. Erst kurz vor dem Abflug wurde mir klar, dass ich nicht in die Schweiz, sondern nach Kanada reise.“

Rose lachte, drückte Chiaras Hand und meinte zu ihrem Erstaunen: „Prima! Ich denke, ich kann dich getrost bei Forster absetzen. Wer so etwas mitmacht, hält auch ihn aus.“

„Hält ihn aus?“, wiederholte Chiara misstrauisch.

„Keine Angst, er frisst keine jungen Damen.“

„Oh, was ist das?“ Im Schein der Sterne sah Chiara rechts von sich etwas aufblitzen.

„Das ist unser Bow River“, erklärte Rose, und Chiara wurde das Gefühl nicht los, dass sie froh war, das Thema wechseln zu können. „Er entspringt dem Bow-Gletscher, ist etwa sechshundert Kilometer lang und sehr fischreich. Da, wo Forsters Hütte steht, gibt es lediglich Picknickplätze und Wanderwege. Die Blockhütte von Forster befindet sich seit fast hundert Jahren in Familienbesitz. Es waren Schweizer, die nördlich von Banff die beiden *Spiral Tunnels* erbaut haben. Sie wurden 1909 eröffnet. Ich denke, seitdem gehört Forsters Familie die Hütte am Fluss.“

Die Bezeichnung „Hütte“ für das Gebäude, in dem sie die nächsten Wochen verbringen sollte, verstärkte das Kribbeln in Chiaras Magengegend, das bei den vorigen Worten von Rose zum Leben erweckt worden war. Sie befand sich auf dem Weg zu einem völlig einsamen Ort, zu einem Mann, der offenbar etwas schwierig war, wenngleich Rose ihm große Sympathien entgegenbrachte, und der eine Waldhütte bewohnte. Chiara war nicht verwöhnt, aber die Vorstellung von einer primitiven Holzhütte mit gar nur einem Raum, einem Toilettenhäuschen, womöglich ohne elektrischen Strom und Heizung, flutete ihr Gehirn und ließ sie die Fingernägel in ihre Handflächen bohren.

Rose bog in einen schmalen Weg ein. Chiara ahnte, dass dies nur eine Schotterpiste war, entsprechend holperte der Pick-up. Äste streiften über die Fensterscheiben und das Dach, bis der Wagen zum Stehen kam.

„Das ist der Parkplatz des Grillplatzes“, erklärte Rose. Der Motor erstarb. Vollkommene Stille und Dunkelheit umgaben sie. „Ab hier müssen wir zu Fuß gehen.“

Chiara stöhnte innerlich auf. „Und wie weit?“

„Keine Angst, wir nehmen den Wanderweg, dann sind es nur etwa tausend Meter. Spaziert man am Ufer entlang bis zur Biegung mit der Hütte, dehnt sich die Strecke auf über drei Kilometer.“

„Wie tröstlich“, entfuhr es Chiara.

Rose, offenbar ein Quell unzerstörbarer Heiterkeit, lachte wieder, sprang aus dem Pick-up und wuchtete Chiaras Trolley herunter, gefolgt von einem robusten Schlitten mit vorn wie Widderhörner gedrehten Kufen, auf den sie eine Kiste stellte und festschnürte.

„Pack den Koffer am besten obenauf. Ich binde ihn mit einer zweiten Schnur fest. Der Schlitten gleitet besser als die kleinen Kofferrädchen.“

Umgeben von nächtlicher Dunkelheit, die jedoch durch den weißen, fast fluoreszierenden Schnee aufgehellt wurde, und einem Meer aus funkelnden Sternen über sich, war Chiara inzwischen so desillusioniert, dass sie wohl in den eisigen Fluss gesprungen wäre, wenn Rose es ihr gesagt hätte. Sie befolgte gehorsam die Anweisungen und nahm sich vor, nun tatsächlich ein Buch zu schreiben. Am besten einen blutrünstigen Krimi, in dem ein Mediengestalter, ein Autor und eine Lektorin eines großen Verlagshauses die Opfer sein würden. Der Geschäftsführer eines Bankhauses war ja bereits in dem äußerst spannenden Thriller, den sie auf dem Flug gelesen hatte, seiner gerechten Strafe zugeführt worden.

Froh darüber, dass sie eine bequeme Jeans und solide Stiefel trug, stapfte Chiara hinter der erstaunlich zügig ausschreitenden Rose und ihrem zischend über den Schnee gleitenden Schlitten in den Wald hinein. Dank der hellen Schneedecke war es ihnen möglich, dem Weg zu folgen, ohne zu stolpern oder ins Unterholz zu geraten. Nach einigen hundert Metern bog Rose in einen schmaleren Pfad ein. Dort lag der Schnee deutlich höher und die Äste mit ihrer weißen Last rückten näher zusammen. Sie kamen langsamer voran, und Chiara konzentrierte sich so sehr auf jeden Schritt, dass sie beinahe über den Schlitten gestolpert wäre, als der plötzlich vor ihr stoppte.

Eine Holzwand aus liegend übereinandergeschichteten Baumstämmen wuchs vor ihr in die Höhe, in einer massiven Tür gab es ein kleines milchiges Fenster. Ein orangefarbener Lichtschein verriet, dass sich jemand in der Hütte aufhielt.

Ohne sich bemerkbar zu machen, öffnete Rose die Tür. Das Flackern eines Feuers in einem überdimensional breiten und aus unbehauenen Natursteinen erbauten Kamin begrüßte die Frauen, angenehme Wärme quoll ihnen entgegen.

Staunend betrachtete Chiara den erstaunlich weitläufigen Raum, dessen Wände rundum aus diesen mächtigen Baumstämmen bestanden, den Holzboden mit den hauptsächlich in blau und grün gehaltenen Flickenteppichen, die Fensterfront gegenüber und eine Nische, in der sich eine erfreulich modern aussehende Küche befand.

Mehrere schwarze Ledersessel, eine Ledercouch und ein Glastisch waren vor der Fensterfront aufgestellt, ein Bücherregal vom Boden bis zur hohen Decke nahm die Wand links von ihr ein. Dahinter sah sie eine Treppe, die offenbar in ein zweites Stockwerk führte. Rechts von der Treppe, in einer weiteren Nische, allerdings ebenfalls mit großen Fenstern und sogar mit einer Terrassentür ausgestattet, gab es einen Essbereich. Auf dem Tisch, einem Mix aus Metall und weiß lackiertem Holz, schimmerte bläulich der Bildschirm eines aufgeklappten Notebooks. Diese „Hütte“ war ein gediegenes Blockhaus, wie es Chiara sich in ihren kühnsten Träumen nicht vorgestellt hatte. Naturbelassen, durchdacht und schlichtweg heimelig schön, wenn auch – bis auf die Bücher – auffällig kühl, ja sachlich eingerichtet. Es gab im Prinzip nichts, das nicht funktionell war.

„Gleich hier links kannst du deine Jacke hinhängen", erklärte Rose, die während Chiaras Betrachtungen sowohl den Trolley als auch die Kiste vom Schlitten geholt hatte. Letztere trug sie in die Küchennische und wuchtete sie auf die weiße Arbeitsplatte. Danach durchschritt sie den Wohnraum, trat auf die erste Stufe der aufwärtsführenden Holztreppe und rief: „Forster, deine Assistentin ist da. Die Lebensmittel stehen in der Küche. Benimm dich. Ich muss dringend zurück!"

Eine Antwort hörte Chiara nicht, doch das zufriedene Nicken von Rose verriet ihr zumindest, dass Florian Forster tatsächlich dort oben war.

Wieder bei Chiara angelangt, die unschlüssig in dem kleinen Vorraum mit dem Schuhregal und der Garderobe ausharrte, drückte Rose ihr zum Abschied die Hand.

„Lass dir nichts gefallen! Aber ich habe den Eindruck, dass du wirklich robust genug für Forster bist! Und falls dir mal die Decke auf den Kopf fallen sollte: Bei mir gibt es immer Kaffee oder Tee, Bratäpfel und Kuchen und ein offenes Ohr."

„Vielen Dank, Rose. Ich werde sicher auf dein Angebot zurückkommen – sofern ich hier irgendwie wegkomme …"

„Auf dem Parkplatz steht Forsters Pick-up. Es ist ein robustes Allradfahrzeug, kommt also bei Schnee oder Glätte problemlos nach Banff und wieder hier heraus. Genieße deinen Arbeitsurlaub!"

„Das werde ich", erwiderte Chiara mit mehr Enthusiasmus in der Stimme, als sie momentan empfand, und sperrte hinter Rose die eindringende Kälte aus.

„Aufhalten!", brüllte eine Männerstimme. Eilig riss Chiara die Tür wieder auf und rief nach Rose.

Eine hastige Bewegung neben ihr ließ Chiara zurückweichen. Ein junger Mann, wohl um die 30, zerrte einen dunklen Parka vom Kleiderhaken und schlüpfte gleich darauf in ein Paar Stiefel. Als er sich aufrichtete, verspürte sie in dem winzigen Vorraum einen Anflug von Platzangst. Der Fremde war nicht nur gut 1,90 Meter groß, sondern auch extrem breit gebaut. Ein wahrer Kleiderschrank, fand sie – wobei „Grizzly" in dieser Gegend als Vergleich wohl sinnvoller wäre.

Ohne ein weiteres Wort an sie zu richten, trat er in die Kälte hinaus. „Geleitschutz", sagte er zu Rose und warf vor Chiaras Nase die Tür ins Schloss.

Diese zuckte zurück, zog dann eine Grimasse, pellte sich aus der Jacke und den Schuhen und ging vorsichtig um die feuchten Flecken herum, die Rose auf dem geschliffenen Holzboden hinterlassen hatte. Sie warf einen Blick in die Küchennische und entdeckte dort eine kleine Seitentür. Für einen Augenblick wärmte sie ihre Hände an dem mächtigen Feuer im offenen Kamin, strich dann im Vorübergehen über das kühle Leder der Couch und bedauerte, dass sie in der Fensterfront nicht mehr als ihr Spiegelbild entdecken konnte, ehe sie in den Essbereich wechselte. Der Bildschirm offenbarte eine Dokumentseite mit einigen wenigen Sätzen. Sie verkniff es sich, sie zu lesen, und wandte sich stattdessen der Treppe zu. Dieselben Holzstämme gewaltigen Umfangs gab es auch im Treppenaufgang, mehr konnte sie von unten nicht sehen. Ob sie einfach hinaufgehen sollte? Doch da sie Forster dort oben vermutete, wagte sie es nicht.

Ob der „Grizzly" derjenige war, der dem gehandicapten Autor bei Alltagsdingen zur Hand ging? Begleitete er Rose nur bis zum Parkplatz und kam dann zurück, oder hielt er sich lediglich tagsüber hier auf?

Unschlüssig verließ Chiara den Bereich vor der Treppe und schlenderte am dreigeteilten Bücherregal entlang. Im ersten Regalbereich fand sie hauptsächlich deutschsprachige Autoren, im zweiten Abschnitt englischsprachige und im dritten entdeckte sie zu ihrer Verwunderung eine Reihe Thriller von Fenton Forrester, dem Autor, den sie auf dem Flug gelesen hatte. Offenbar sagte nicht nur ihr die für das Genre erstaunlich stimmungsvolle Schreibweise zu. Als sie sich reckte, um das Regal darüber anzusehen, bildete sich zwischen ihren Augen eine Falte. Bücher mit demselben Namen, vermutlich auch dieselben Titel, jedoch in zig verschiedenen Sprachen, standen dort ordentlich aufgereiht.

Chiara presste die Lippen zusammen, als ihr klar wurde, dass sie sich im Haus von Fenton Forrester aufhielt. Ein Geräusch über ihr ließ sie zusammenzucken. Als sei sie bei etwas Unerlaubtem ertappt worden, sprang sie einen Schritt zurück und faltete nervös die Hände vor ihrem Körper. Ob Florian Forster, oder vielmehr Fenton Forrester, nun endlich herunterkommen würde, um sie zu begrüßen?

3. Kapitel

Florian Forster betrat den Wohnraum und betrachtete die ihm von Anna aufgezwungene Erscheinung. Sie trug einen modischen Kurzhaarschnitt, ihr blondes Haar war auffällig hell, ihr Gesicht hübsch und rund, jedoch in keinster Weise außergewöhnlich. Ihre kräftigen Beine steckten in Jeans, und eine dunkelblaue Strickjacke, die ihr fast bis zu den Knien reichte, bedeckte, wie er verwundert feststellte, ein weißes Männerhemd. Ein Durchschnittsmädchen – bis auf ihre Augen. Sie waren bemerkenswert groß und besaßen eine eigentümlich satte blaue Farbe. Sie erinnerten ihn an Kornblumen in einem Weizenfeld. Und sie war jung. Beunruhigend jung. Vermutlich Anfang 20. Er hätte es lieber mit einer älteren Frau zu tun gehabt; mit einer Person ausgeglichenen Wesens, die ihren Platz in der Welt bereits gefunden hatte.

Florian hängte seinen Parka an den Haken, entledigte sich der Stiefel und schlüpfte in die Turnschuhe, die er im Haus trug. Verunsichert fuhr er sich mit der Hand über seinen Zweitagebart, dann durch das lockige dunkle Haar, ehe er sich einen Ruck gab und auf Chiara zuging. Sie hatte ihn mit ihren ungewöhnlich blauen Augen schweigend beobachtet.

„Ihr Zimmer ist oben", sagte er mit rauer Stimme und marschierte an ihr vorbei zur Treppe. Zwei Stufen auf einmal nehmend sprang er hinauf in den Flur, von dem rechts eine Tür in sein Reich abging. Links befand sich das Gästezimmer, direkt über dem Essbereich, mit einem Bett, einem Schrank und einem kleinen Bad unter der Dachschräge. Dieser Bereich war seit vielen Jahren nicht mehr benutzt worden. Rose hatte ihn wohnlich hergerichtet, als sie erfahren hatte, dass der Verlag ihm eine Assistentin zu schicken gedachte.

Er öffnete mit dem Ellenbogen die Tür, knipste das Licht an und trat zurück, damit die Fremde eintreten konnte. Sie schleuderte die größte Handtasche, die er jemals gesehen hatte, auf den hellblau-weiß gestreiften Bettüberwurf, warf einen flüchtigen Blick ins Bad und stellte sich dann vor das Fenster. Doch dort gab es außer Schwärze und einigen wenigen Sternen am Himmel nicht viel zu sehen.

„Es ist sehr schön hier. Vielen Dank", sagte sie auf Englisch mit deutlichem Akzent. „Wenn ich jetzt vielleicht Mr Forster kennenlernen dürfte ..."

Florian runzelte die Stirn, lehnte sich an die Türzarge und verschränkte die Arme vor der Brust. „Ich bin Forster", erwiderte er nun auf Deutsch.

Die Augen der jungen Frau wurden noch größer. „Sie?"

„Wer sonst?"

„Ich dachte ... Vielleicht hätten Sie sich einfach vorstellen können!", rügte sie.

Florian überfiel sofort der irritierende Gedanke, dass Rose und dieses Mädchen sich sicher wunderbar verstehen würden. Mit den mahnenden Worten von Rose im Kopf, dass er sich halbwegs anständig benehmen sollte, zog er die Schultern hoch. „Ich dachte, das sei klar."

„Und ich dachte, Sie seien ein alter Mann mit zwei gebrochenen Händen!", gab sie entrüstet zurück.

„Da sind wir wohl beide von falschen Tatsachen ausgegangen", meinte er mit einem Anflug von Humor, den er ihr allerdings nicht zeigte.

„Und Ihre Hände?"

„Kahnbeinbruch", erläuterte er gewohnt knapp, hielt es auf ihren fragenden Blick jedoch für nötig, eine weitergehende Erklärung abzugeben: „Bewegen ja, aber nicht belasten. Schreiben geht nicht."

„Haben Sie bei einem Fußballspiel im Tor gestanden?", brummte sie und erneut spürte er, wie sich Belustigung in ihm breitmachte. Die Frau war nicht auf den Mund gefallen.

„Ihr alter Nationaltorwart besitzt kein Monopol auf den Bruch, trotz des Namens. Außerdem war es ein Waveboard."

Ein Blitzen erhellte für einen Augenblick ihre Augen, und er ahnte, dass sie eine spöttische Bemerkung unterdrückte. Stattdessen streckte sie ihm ihre Hand entgegen, zog sie aber schnell zurück, vermutlich in der Befürchtung, dass er sie mit seinen lädierten Händen nicht ergreifen wollte oder konnte.

„Mein Name ist Chiara Kilian", stellte sie sich vor.

„Ich weiß."

Schweigen kehrte ein, lediglich unterbrochen von einem einmaligen Bellen, das besagte, dass Shakespeare genug davon hatte, in Florians Zimmer eingesperrt zu sein. Er öffnete die Tür, und der schwarze Neufundländer stürmte auf die Besucherin zu. Sie stieß einen kurzen Schreckenslaut aus und fiel unter dem Gewicht des Hundes hintenüber auf das Bett.

„Forster!", hörte er sie japsen. Auf verwirrende Weise erinnerte ihn dies erneut an Rose.

Er stürzte vor und zerrte Shakespeare von Chiara herunter, zumal das Tier dazu übergegangen war, ihr hingebungsvoll das Gesicht zu waschen.

„Er ist … ungehobelt." Forster wusste, dass das keine Entschuldigung für Shakespeares Benehmen war. Der Hund war eine gute Seele, aber erziehungsresistent.

„Ein Hund ist nur so ungehobelt wie sein Herrchen!", gab sie keuchend zurück, verschwand in dem winzigen Bad und knallte die Tür hinter sich zu.

Shakespeare jaulte, Florian brummte vor sich hin. Das war genau der Fehlstart ihrer geschäftlichen Beziehung, vor der Rose ihn gewarnt hatte.

Unwillig über den Eindringling in seinem geschützten Reich verließ er den Raum, den er jetzt dieser Fremden überlassen musste, und stieg die Treppe hinab, gefolgt von dem schwarzen Hund. Florian wandte sich dem Notebook zu und erweckte es mit einer Handbewegung wieder zum Leben. Das Gerät summte kurz, dann erhellte das blaue Viereck die Essnische.

Er seufzte. Wie gern würde er jetzt schreiben. Die Geschichten, die er erzählen wollte, drängten in ihm förmlich danach, aufgeschrieben zu werden. Er warf einen missbilligenden Blick zur Decke, wo erneutes Türschlagen von der Anwesenheit der Frau zeugte, die ihm dabei helfen sollte. Ob sie wohl bereit war, heute noch wenigstens ein paar wenige Seiten zu tippen?

Als er ihre Schritte auf den Stufen vernahm, sprang er erleichtert auf. Doch sie ignorierte sowohl ihn als auch Shakespeare, obwohl der ihr neugierig folgte. Sie ging zu ihrem Trolley hinüber, rollte ihn hinter sich her zur Treppe und trug ihn nach oben, wobei sie mit dem sperrigen Gepäckstück zweimal gegen die Wand stieß.

Der Hund setzte sich vor die unterste Stufe, legte den Kopf schief und blickte ihr erwartungsvoll nach. Offenbar harrte er ebenso sehnsüchtig darauf wie Florian, dass Chiara endlich herunterkam.

Beide warteten sie vergebens. Florian versuchte sich eine Weile im Zweifinger-System, gab dann aber frustriert auf, da die Sätze auf dem Bildschirm träge wie eine Schnecke dahinkrochen, wohingegen sie sich in seinem Kopf zu überschlagen drohten. So funktionierte das einfach nicht!

Wieder starrte er für einen Augenblick die Holzdecke an, ehe er den Stuhl zurückschob und die Treppe im Laufschritt hinaufsprang. Er hatte bereits die Hand an der Türklinke zum Zimmer seines Gastes, als er sich eines Besseren besann. Vorsichtig klopfte er an. Schließlich ein zweites Mal. Das dritte Mal nahm er die Faust. Ein viertes Mal ersparte er sich. Er drückte die Klinke herunter und schob den Kopf durch den Türspalt. Das Deckenlicht brannte, der Koffer stand halb ausgepackt auf dem Bett, förmlich um ihn herumgewickelt lag Chiara und schlief fest.

Florian trat ein und rieb sich das Kinn. Womöglich hätte er ihr etwas zu essen anbieten sollen, aber mit einem Jetlag hatte er erst am nächsten Tag gerechnet. Er wusste jedoch, dass ein Marsch durch die hier herrschende Eiseskälte manche Menschen nahezu ausknockte. Es war wohl ein Unding zu erwarten, dass sie heute Abend noch für ihn schrieb. Rose würde schimpfen, wenn sie erfuhr, dass er Chiara keine Mahlzeit angeboten hatte und so wortkarg wie immer gewesen war …

Florian ballte die Hände zu Fäusten. Er hatte Annas Idee von vornherein für reinen Blödsinn gehalten. Wie sollte er es denn jetzt mit dieser jungen Frau in seinem Rückzugsort aushalten – dem Haus, zu dem seit vielen Jahren bis auf Rose niemand mehr Zutritt gehabt hatte?

Chiara bewegte sich. Sie zog die Beine an, als sei ihr kalt. Wieder strich Florian sich über die knisternden Bartstoppeln. Er verließ den Raum und wäre dabei beinahe über den neugierigen Hund gestolpert. „Runter!", befahl er ihm.

Shakespeare hob den Kopf, blickte ihn aus seinen braunen Augen nachsichtig an und legte sich einfach direkt vor die Treppe.

Florian verdrehte die Augen, betrat sein großes Zimmer und holte aus einer uralten Schiffskiste eine zusätzliche Decke, die er bezog und schließlich über dem schlafenden Mädchen ausbreitete. Einen Augenblick betrachtete er ihre geschlossenen Lider und das entspannte rundliche Gesicht. Sie wirkte friedlich, fast wie ein Kind, stellte er fest. Vorsichtig trat er näher und berührte mit dem Zeigefinger ihre Wange. Warm und weich fühlte sich ihre Haut an, wohltuend samtig. Es war ein angenehmes Gefühl, sie zu berühren, und so wanderte sein Finger von der Wange bis zu ihrem Kinn.

Erschrocken über sein eigenes Handeln wich er zurück und verließ fluchtartig den Raum, hatte sich aber so weit unter Kontrolle, dass er die Tür leise hinter sich schloss.

Unschlüssig blieb er im Flur stehen. Es war wohl das Beste, wenn er sich ebenfalls schlafen legte. Er stieg über Shakespeare, der sich keinen Zentimeter zur Seite bewegte, vergewisserte sich, ob das Feuer in Ordnung war, fuhr sein Notebook herunter und begab sich dann, den Hund beiseite drückend, in sein geräumiges Bad.

Prüfend betrachtete er sein Konterfei im Spiegel. „So, alter Junge. Vielleicht solltest du deine unter meterhohen Schneeverwehungen verschütteten Manieren ausgraben.“

Hatte Rose nicht etwas ganz Ähnliches zu ihm gesagt, ehe sie in ihren Pick-up geklettert war?

Erstaunt betrachtete Chiara das, was sie da im Arm hielt, und identifizierte es als ihren Trolley. Sie drehte sich auf den Rücken, sah Holzbalken und eine einfache Glaslampe, und allmählich dämmerte ihr, wo sie sich befand. Es war eiskalt, obwohl sie zugedeckt war, was sie garantiert nicht selbst getan hatte. Hieß das, dass dieser Stoffel von Autor zwar nicht den Anstand besaß, einer schlafenden Frau fernzubleiben, aber zumindest so viel Herz im Leib hatte, sie nicht gleich in der ersten Nacht erfrieren zu lassen? Trotzdem – vielleicht wäre es am besten, wenn sie unverzüglich das Rückflugticket nutzte. Lieber kam sie in einen finanziellen Engpass, als einem Schweizer Hinterwäldler hinter einem kanadischen Wald länger als nötig ausgesetzt zu sein.

Sie drehte den Kopf und verwarf den Gedanken sofort wieder. Trotz der Kälte und der verschlungenen Eisblumen an den Rändern der Glasscheibe war sie mit einem Satz vom Bett und trat an das große Panaromafenster, das die gesamte Wand ihres kleinen Reiches einnahm. Vor ihr lag ein von schneegeschmückten Bäumen und scharfkantigen Felsen eingerahmter Fluss. Das Haus war in eine der vielen Schleifen des Stroms gebaut, von der zudem ein schmalerer Seitenarm abzweigte. Die gefrorene Wasseroberfläche leuchtete unter dem wolkenlosen Himmel eisblau. Jeder Strauch, jedes Schilfrohr, jeder Grashalm war von einer glitzernden, weißen

Eisschicht bedeckt. Die gegenüberliegenden bewaldeten Höhen und eine zerklüftete Bergwelt rahmten ihre Aussicht ein wie eine Theaterbühne.

„Herrlich“, flüsterte Chiara, und die Scheibe beschlug unter ihrem Atem. Als sie sich ihres zitternden Körpers und der eisigen Füße bewusst wurde, eilte sie ins Bad, aus dem ihr eine Hitzewelle entgegenströmte und beinahe den Atem raubte. Offenbar sollte ihr Schlafzimmer über das Bad mitbeheizt werden. Sie würde fortan also die Tür halb offen stehen lassen.

Sie erledigte ihre Morgentoilette, schlüpfte in zwei Paar Socken, eine Jeans und in eines der bequemen weißen Herrenhemden, die sie immer trug, sofern sie sich nicht für die Arbeit in der Bank herauszuputzen hatte. Der Gedanke an ihren verlorenen Arbeitsplatz schmerzte sie nur so lange, bis sie erneut den fantastischen Blick auf diesen Teil der Rocky Mountains und die unter der Sonne glitzernden Flussläufe genoss.

„Ich werde die Wochen hier genießen, trotz stoffeligem Grizzly und unerzogenem Schwarzbär!“, beschloss sie und trat in den schmalen Flur. Direkt vor der Treppe lag der Schwarzbär, hob den Kopf und klopfte mit dem buschigen Schwanz auf den Boden. Aus dem Zimmer gegenüber klang ein eigentümliches Surren und Klacken, das sie nicht einordnen konnte. Doch im Moment galt ihre ganze Aufmerksamkeit dem ihr im Weg liegenden Hindernis.

„Wenn du es auch nur wagst, eine Pfote an mich zu legen, schubse ich dich die Treppe runter“, drohte sie dem Tier. Dieses musterte sie aus dunklen Augen scheinbar vergnügt. Vermutlich wusste das Vieh sehr genau, dass es weitaus mehr Kraft aufbrachte als die Fremde in seinem Haus.

„Geh weg!“, herrschte sie den Neufundländer an. Der hob prompt das Hinterteil und streckte sich gähnend. „Geh weg!“, wiederholte Chiara streng und schob das Tier mit dem Fuß so weit beiseite, dass sie ohne Bergschuhe und Absicherungsseil die oberste Stufe erreichen konnte. Der Hund jaulte leise und klang dabei beleidigt.

Chiara betrat den Wohnraum. Das Feuer war erloschen, dennoch war der Raum nicht vollständig ausgekühlt. Entweder versteckte sich irgendwo ein Heizkörper oder der gewaltige Kamin war deshalb so groß, damit eine schier unerschöpfliche Menge Holz lange für Wärme sorgte.

Sie kniete sich auf die steinerne Umrandung des Kamins, kehrte Asche in ein bereitstehendes Metallbehältnis, schichtete frisches Holz auf, das in einem Gestell ordentlich aufgeschichtet bereitlag, und steckte kleine Späne dazwischen. Wenig später flackerte ein gemütliches Feuer. Daraufhin wandte sie sich der Küchennische zu und sah entsetzt, dass die Lebensmittelkiste noch unausgepackt auf der Ablage stand. Eilig hob sie den Holzdeckel und atmete zuerst einmal erleichtert aus, als sie die unverderblichen Waren und Konservendosen erblickte, dann schüttelte sie den Kopf. Der Mann ernährte sich doch hoffentlich nicht ausschließlich von Dosenfutter?

Sie öffnete, auf gähnende Leere oder offen stehende Dosen eingestellt, den Kühlschrank. Zu ihrer Erleichterung befanden sich darin Milch, Joghurt und Frischkäse, dazu in Folie verpacktes Fleisch. In einem Korb gegenüber des Kühlschranks entdeckte sie einige Äpfel, Orangen und Bananen, in einem Schrankfach lagerten Kartoffeln, Zwiebeln, Weißkohl und Rotkohl.

Chiara fand einen halben Brotlaib, der sich jedoch reichlich hart anfühlte, sodass sie Mühe hatte, vier Scheiben herunterzuschneiden. Schulterzuckend legte sie diese vor dem Toaster bereit. Sie erforschte weiter die Küche, deckte neben dem Notebook den Tisch für zwei Personen und sah sich dann abwartend um. Ihr Magen rumorte, hatte sie am Vortag doch kaum etwas zu sich genommen. Allerdings wusste sie nicht, wann Forster aufzustehen gedachte. Hieß es nicht, dass Autoren Nachtmenschen waren und gern die Stille der Nacht nutzten, um zu schreiben? Obwohl – viel stiller als im Augenblick konnte es hier selbst nachts nicht sein. Musste sie jetzt ihren Lebensrhythmus für sechs Wochen umkrempeln?

„Und wenn schon!“, sprach sie sich Mut zu. Die Zeitverschiebung würde ihr dabei sogar helfen. Sie trat an die Fensterfront und entdeckte erst jetzt, dass von der Glastür zwei Stufen wegführten und eine Holzterrasse über das gefrorene Wasser hinausragte. Begeistert eilte sie in den kleinen Garderobenvorraum, schlüpfte in ihre Stiefel und hebelte gleich darauf die Terrassentür auf. Sie stieg die mit Schnee bedeckten Stufen hinunter, atmete die beißend kalte Luft ein und lief auf das Ende der etwa vier Meter breiten und fünf Meter langen Plattform zu, die kein Geländer hatte.

Der Warnruf kam zu spät. Chiaras Füße rutschten unter ihr weg. Hart schlug sie auf dem Po auf, schlitterte weiter und stürzte von der Terrasse auf die Eisfläche. Dem dumpfen Aufprall folgte ein eigentümliches Knirschen. Chiara spürte eisige Nässe in ihre Kleidung sickern. Halt suchend streckte sie die Hand nach den schwarzen Terrassenstützbalken aus. Doch auch sie waren von einer glatten Schicht überzogen und boten ihr keinen Halt. Das Eis unter ihren Beinen gab nach und sie wurden von Wasser umspült. Die starke Strömung des Flusses drohte Chiara mitzureißen. Hektisch suchte sie auf der gefrorenen Oberfläche Halt, aber diese zerbarst immer weiter. Eisschollen umgaben sie, als sie tiefer sank. Tausend schmerzhafte Nadelstiche jagten durch ihren Körper. Ihre Lungen drohten zu versagen.

Plötzlich klatschte etwas Schwarzes neben ihr ins Wasser, spritzte eine Fontäne aus Wasser und Schnee auf sie. Sie wurde reichlich unsanft im Nacken am Hemd gepackt. Das schwarze Etwas zerrte an ihr. Erst jetzt erkannte Chiara den Hund.

Instinktiv vertraute sie sich ihm an. Sie unterließ jeden Schwimmversuch, tat nichts, was das Tier dabei behindern könnte, sie Richtung Ufer zu zerren. Endlich fühlte sie festen Grund unter sich. Jemand ergriff ihre Arme. Sie wurde über eine breite Schulter geworfen und weggetragen. Die Kälte in ihr nahm überhand, sie zitterte am ganzen Körper.

Als ihr die Wärme im Haus entgegenschlug, stöhnte sie gepeinigt auf. Die eisigen Nadeln, die in ihr Fleisch gestochen hatten, wurden zu glühenden Messern. Sie sah die Flammen im Kamin; die Schulter, auf der sie lag, drückte sich unangenehm in ihren

Bauch. Florian trug sie im Eilschritt die Stufen hinauf und wandte sich nach rechts. Sie sah ein breites Bett direkt an der Fensterfront, einen halbhohen, aus denselben Steinen wie der Kamin erbauten Raumteiler mit weißem Sims; dahinter standen eigenartige Gerätschaften. Fitnessgeräte? Eine Tür donnerte gegen die Holzwand, ein blau gefliester Badboden kam in Chiaras eingeschränktes Blickfeld. Sie wurde auf einen Hocker gesetzt, auf dem sie sich kaum halten konnte, so sehr schüttelte die Kälte ihren Körper durch.

Etwas rauschte in ihren Ohren. Als sie den Kopf hob, sah sie Wasser in eine Badewanne laufen. Ohne Vorwarnung wurde sie hochgehoben und mitsamt Schuhen und Kleidern in die Wanne gehoben. Sie sah eine kräftige Hand, die sich am Warmwasserhahn zu schaffen machte. Allmählich wurde das Wasser wärmer. Ihr Körper schmerzte noch immer, doch die Messerstiche verschlimmerten sich wenigstens nicht. Anscheinend fand Florian die richtige Dosierung an zunehmender Wärme, die er ihr zuführen durfte.

Endlich konnte sie wieder etwas klarer denken. Florian saß auf dem Badewannenrand und stützte sie. Er trug lediglich ein eng anliegendes graues Shirt, das auf der muskulösen Brust Schweißflecken aufwies, dazu eine schwarze Jogginghose und Turnschuhe. Er hatte offensichtlich Sport getrieben, als er sie auf der Terrasse entdeckt hatte.

Der Neufundländer trottete mit feuchtem Fell, das unangenehm roch, herbei, legte den massigen Kopf auf den Wannenrand und schaute Chiara offenbar besorgt an. Sie hob die Hand und streichelte dem Tier dankbar, wenn auch mit ungewohnt unkontrollierten Bewegungen über den Kopf, was diesem einen begeisterten Brummlaut entlockte.

„Eis und Schnee bedeuten Glätte“, sagte Florian. „Ich dachte, das wäre Ihnen bewusst“, fügte er gleich darauf mit unüberhörbarem Schweizer Akzent hinzu. Dann zog er den Stöpsel, sodass das Wasser ablief. Er verschloss den Abfluss wieder und ließ erneut diesmal deutlich wärmeres Wasser einlaufen.

„Vermutlich ist es hier einfach für mein Gehirn zu kalt", versuchte Chiara ihre Gedankenlosigkeit zu verteidigen.

„Bei minus neun Grad?" Er klang nicht mal spöttisch, eher aufgebracht.

„Ich stamme aus der Freiburger Gegend. Das ist so ziemlich das wärmste Loch in ganz Deutschland."

„Erklärt natürlich alles!", brummte er und drehte wieder am Warmwasserhahn.

„Ich habe den Eindruck, Sie sind mir böse."

„Es reicht, dass Anna Sie mir auf den Hals gehetzt hat", lautete seine Entgegnung „Wenn ich eine Assistentin für die kranke Assistentin brauche, werfe *ich* mich in den Fluss."

Chiara wagte einen Blick auf das von Bartstoppeln überzogene Gesicht des Mannes, der sie noch immer fürsorglich festhielt. Das waren ja erstaunlich viele aneinandergereihte Worte für diesen absolut wortkargen Mann gewesen. Kaum zu fassen, dass er imstande war, Bücher zu füllen! Sie schaute in sein kantiges, gut aussehendes Gesicht mit der interessanten Kerbe im Kinn. Offenbar wurde Florian zumindest schon einmal einem Klischee über Autoren gerecht: Er war ein Eigenbrötler, der die Einsamkeit der Gesellschaft von Menschen vorzog.

„Vielleicht tröstet es Sie, wenn ich Ihnen versichere, dass das keine Absicht war?"

„Beruhigend." Für einen Augenblick lag ein Schmunzeln auf seinem Gesicht, ehe er sich über sie beugte und erneut den Stöpsel zog. Die Prozedur wiederholte sich mehrmals. Allmählich spürte Chiara ihre Finger und Zehen wieder und wagte es, ihre Gliedmaßen zu bewegen, ohne dass sie fürchten musste, dabei irgendetwas zu zerbrechen. Auch das unsägliche Zittern ließ nach, wenngleich das schmerzhafte Kribbeln weiterhin blieb.

„Sind Sie aufgetaut? Kann ich Sie allein lassen?"

„Ich denke schon. Vielen Dank für Ihre Hilfe."

„Handtücher und Ihren halb ausgepackten Koffer bringe ich Ihnen gleich noch."

„Danke. Vielen Dank für Ihre Hilfe."

„Danken Sie Shakespeare!", erwiderte er wieder gewohnt knapp. Er erhob sich und füllte mit seiner Körpergröße fast das ganze Bad aus. An der Tür warf er ihr einen letzten besorgten Blick zu.

„Shakespeare", sagte er auffordernd, doch der Hund hatte offenbar vor, bei Chiara zu bleiben. Florian runzelte die Stirn und verschwand. Gleich darauf brachte er ihren Trolley und mehrere Handtücher und schloss energisch die Tür.

„Du bist ein toller Lebensretter, Shakey", sagte Chiara zu dem Hund. „Aber Gehorsam ist nicht so deins, was?"

Der Hund ließ die Rüge an sich abprallen und setzte sich, ohne den Kopf vom Wannenrand zu nehmen. Chiara drehte mit klammen Fingern am Regler und richtete sich auf. Entsetzt sah sie an sich hinunter. Das weiße Hemd klebte an ihrem Oberkörper wie ein Nichts, offenbarte ihren nicht eben zarten schwarzen BH und viel mehr von ihren üppigen Körperformen, als ihr lieb war.

„Na prima!", japste sie und öffnete unbeholfen die Knöpfe. „Herzlich willkommen in den Rockys, tollpatschiges Pummelchen."

So schnell es ihr in ihrem desolaten Zustand möglich war, entkleidete sie sich und genoss noch einige Zeit das warme Wasser, doch dann trieb die Unruhe sie aus der Wanne. Sie trocknete sich ab und wickelte sich in eins der Handtüchter; dann gelang es ihr, Shakespeare dazu zu bewegen, den Raum zu verlassen. Chiara holte sich frische Kleidung aus dem Trolley und kleidete sich an. Schließlich beseitigte sie alle Spuren ihres unfreiwilligen Bades, warf die durchnässte Kleidung in die Waschmaschine, die sie in einer weiteren versteckten Nische im Bad entdeckt hatte, und fand sich kurze Zeit später im Untergeschoss ein.

Florian hantierte in der Küche und deutete wortlos zum Esstisch. Auf einem Stuhl an dem von ihr zuvor gedeckten Tisch lag eine grüne Fleecedecke, in die sie sich dankbar einwickelte, bevor der Hausherr eine große Tasse dampfenden Tee vor ihr abstellte.

Sie umfasste sie mit beiden Händen, lehnte sich zurück und schloss die Augen.

„Beten Sie?", fragte eine raue Stimme und riss sie aus ihren trägen Gedanken.

„Wie bitte?"

„Ich wollte Sie nicht unterbrechen, während Sie für Ihre Rettung danken."

„Das wäre wohl angemessen …", murmelte Chiara verwirrt und wurde sich der Tatsache bewusst, dass er recht hatte. Sie war im richtigen Augenblick gesehen worden, und der Hund, ansonsten offenbar absolut schwerhörig, hatte das getan, wozu Vertreter seiner Rasse oft genug ausgebildet wurden.

„Trinken Sie den Tee heiß. Zum Frühstück Tee oder Kaffee?"

„Ich hätte gern Kaffee, bitte."

Florian begab sich in die Küche zurück, und Chiara schaute ihm irritiert nach. Dieser Mann sprach nicht viel, dafür aber erstaunlich offen über das Beten, einen Dank an Gott, der sie vor Schlimmen bewahrt hatte. Dabei kannte Florian sie doch gar nicht und konnte nicht wissen, ob sie dem Glauben zugetan war. Ihre Gedanken schlugen Kapriolen. Sie hatte auf dem Flug seinen Thriller gelesen, der zwar nicht übermäßig blutrünstig, aber mit ausreichend Grobheiten gespickt gewesen war, sodass sie niemals auf den Gedanken gekommen wäre, dass der Autor ein gläubiger Mann sein könnte. Offenbar steckte Florian voller Überraschungen.

Chiara nahm einen Schluck aus der Tasse, einem handgemachten Exemplar, vermutlich aus dem Laden von Rose, und schnappte nach Luft. Dem Tee war Hochprozentiges beigemischt.

„Rum!", rief Florian ihr von der Küchenzeile aus zu und sie glaubte Belustigung in seiner Stimme zu hören.

„Eine Warnung wäre nett gewesen", gab sie zurück.

„Gleichfalls. Im T-Shirt durch eisige Kälte zu turnen ist kein Spaß."

Chiara verzog das Gesicht und versteckte sich hinter der großen Tasse.

Er murmelte etwas von „Brötchen im Backofen“ und „duschen gehen.“ Als er bereits auf der Treppe war, rief er ihr noch zu: „Notebook starten.“

Eingelullt durch die Wärme von innen und außen erhob sich Chiara schwerfällig, schob den Stecker des Geräts in die Steckdose, klappte es auf und drückte auf den Startknopf. Es fuhr erfreulich schnell hoch. Die junge Frau stellte fest, dass es auf dem PC, abgesehen von einigen Textdateien, nichts zu finden gab und dass in dem einsam gelegenen Haus keine Kommunikation mit der restlichen Welt möglich war.

Sie öffnete die zuletzt aufgerufene Datei und sah vor sich erneut die wenigen Sätze, die gestern bei ihrer Ankunft ebenfalls ihr Interesse geweckt hatten. Nach einem Blick auf die verwaiste Treppe breitete sie die Decke wieder über ihre Beine, klemmte sie mit den Zehen fest und beugte sich vor, um zu lesen.

Offenbar sitzt mein Gehirn in den Händen, las sie und grinste. *Warum will Anna ausgerechnet dieses Manuskript? Ich habe ihr schon zwei andere, fertige Storys gemailt.*

„Spannend!“, flüsterte Chiara und erhob sich halb, um an der Nischenwand vorbei einen besseren Blick auf die Treppe zu haben. Weiterhin war von Florian nichts zu sehen.

Vielleicht sollte ich ihr sagen, dass ich auch vor meinem Sturz noch keine Zeile geschrieben hatte?

„Wäre sinnvoll gewesen“, murmelte Chiara und verlängerte ihren Aufenthalt gedanklich bereits um zwei bis drei Monate. Andererseits … bis dahin würde Florian sicher wieder selber schreiben können. Allerdings wäre dann der Abgabetermin längst verstrichen.

Mist, lautete die folgende Zeile. Dieses Wort wiederholte sich fünf weitere Male und entlockte Chiara ein Kichern. So also sah ein Rohmanuskript des großen Fenton Forrester vor der Abgabe aus!?

Chiara Kilian heißt sie also. Ich hoffe, sie ist mindestens 50 und lässt mich in Ruhe.

Chiara kicherte erneut. Da waren sie ja beide enttäuscht worden. Aber was bedeutete sein Wunsch, dass sie ihn in Ruhe lassen solle? Wie sollte sie für ihn schreiben und ihm gleichzeitig möglichst aus dem Weg gehen?

„Was tun Sie da?", herrschte Florian sie an. Chiara stieß vor Schreck gegen die halb volle Tasse. Diese schwankte bedenklich, und obwohl Chiara reaktionsschnell nach ihr griff, spritzten einige Tee-Rum-Tropfen sowohl auf ihren Teller als auch auf die Notebooktastatur. Sie ergriff das Gerät und stellte es eilig auf den Kopf.

„Eiswasserbad und jetzt-"

„Würden Sie mich nicht so erschrecken-"

„Warum lesen Sie meine Notizen?"

„Weil Sie mich darum gebeten hatten, das Ding zu starten. Außerdem soll ich ohnehin für Sie tippen."

„Na ja ..." Florian verstummte, eilte in die Küche und knallte kurz darauf einen Korb mit Aufbackbrötchen auf die Tischplatte.

Chiara trocknete mit der Serviette alle zugänglichen Stellen der Tastatur ab und tippte versuchsweise: *In meinem Thriller stirbt zuerst der Geschäftsführer, der mich einen Tag vor Ende meiner Probezeit gefeuert hat, dann ein Mediengestalter und eine Lektorin und schließlich ein Autor. Zu guter Letzt wird wohl die Tippse Selbstmord begehen, indem sie sich in einen Gletscherfluss wirft.*

„Die Tasten sind weder verklebt noch ertrunken und auch nicht beschwipst", erklärte sie und konnte nicht verhindern, dass Florian, der gegenüber Platz genommen hatte, den Rechner umdrehte und las, was sie geschrieben hatte.

„Sehr schön!", brummte er.

„Mehr als das, was Sie bis jetzt hingekriegt haben."

„Zugegeben."

„Warum sind Sie mit Ihrem Manuskript noch nicht weiter?", fragte sie und griff heißhungrig nach einem Brötchen.

„Ich schreibe normalerweise nach Lust und Laune. Aber dieses Mal wollte der Verlag unbedingt das Thema Wirtschaftskriminalität in einer Dreiecksgeschichte zwischen den USA, China und

Russland. Eine Vorgabe dieser Art gestellt zu bekommen hat mich blockiert."

„Moment!" Chiara, erstaunt über den plötzlichen Wortschwall, hob das Messer. „Das heißt: Sie dürfen gar nicht schreiben, worauf Sie Lust haben, sondern müssen sich nach einer Vorgabe des Verlags richten?"

„So ist das bei vielen Autoren. Läuft ein bestimmtes Thema gut, muss sich gleich eine Legion von Autoren darauf stürzen."

„Aber das ist doch langweilig! Ich als Leser möchte doch nicht ein Jahr lang oder noch länger nur über diese eine Begebenheit, diese eine Person, dieses eine Land – oder um was auch immer es gehen mag – lesen. Wo bleibt denn da die Vielfalt?"

„Vom schnellen Geld zu Grabe getragen?"

„Das ist eigentlich traurig."

„Wie jeder Tod."

„Und jetzt wissen Sie nicht, wie Sie das geforderte Thema umsetzen sollen?"

„Inzwischen schon. Nach durchwachten Nächten und verzweifeltem Gebet."

Chiara kniff ein Auge zu und musterte ihren Tischnachbarn, aber der widmete sich seinem Frühstück und klickte nebenher auf dem Rechner herum. Ob er jetzt wieder in seine eigentümliche Wortkargheit zurückfallen würde?

„Essen Sie. Ich will arbeiten!", verkündete er schließlich und drehte ihr den Rechner zu. Chiara lächelte. Einmal abgesehen von seiner Redescheu klang er beinahe euphorisch, ganz anders als gestern Abend oder vorhin, als er den wortkargen Einzelgänger gegeben hatte.

Wenige Minuten später räumten sie den Tisch ab. Florian stellte zwei Gläser und eine große Kanne Wasser auf den Tisch, sodass Chiara ihre Vorstellung vom literweise Kaffee trinkenden Autor revidieren musste.

Shakespeare kam herbeigetrottet und bedrängte Chiara, ohne sich daran zu stören, dass erst sie, dann Florian ihn aufforderte, auf seine Decke beim Kamin zurückzukehren. Chiara gewann den Eindruck, dass er die Decke noch nie benutzt, sie womöglich nicht mal registriert hatte. Letztendlich wurde es ihr zu bunt. Sie erhob sich, zog das riesige Tier hinter sich her zu der Decke und befahl ihm, sich dort hinzulegen. Der Hund drehte sich um und trottete in der typischen Gemütsruhe eines Neufundländers zu ihrem Stuhl zurück. Dies wiederholte sich mehrmals, bis Chiara die Geduld ausging.

Sie schnappte den Hund nochmals am Halsband, zerrte ihn an seinen Platz und sagte schneidend, wenn auch leise: „Ja, ich bin dir dankbar. Aber das heißt nicht, dass du hier Narrenfreiheit genießt. Platz!“

Shakespeare winselte, legte sich jedoch nieder. „Bleib hier liegen!“, befahl sie, warf dem Tier einen grimmigen Blick zu und kehrte diesmal ohne den Hund an den Tisch zurück.

„Seine Manieren sind ein bisschen eingerostet“, entschuldigte sich Florian.

„Und weshalb?“

„Liegt wohl an mir.“

„Und bei Ihnen?“

„Öffnen Sie das Dokument.“ Florian erhob sich und blickte zum Fenster hinaus in den eisigen Tag. Die Sonne zauberte aus der zugefrorenen Flussschleife eine spiegelnde Fläche, auf dem Seitenarm glitzerte sie millionenfach. Das Weiß des Schnees leuchtete mit dem klaren blauen Himmel um die Wette.

Chiara betrachtete den breiten Rücken des Mannes, dann zuckte sie mit den Schultern und öffnete das neu angelegte Dokument, in dem bisher nicht mehr stand als *Kapitel 1*.

„Versuchen wir es“, murmelte der Autor in Richtung Fensterfront und begann zögernd, die ersten Sätze zu diktieren. Nach einer Seite bat er sie, alles zu löschen, und die Prozedur startete erneut. Dieses Mal löschte sie bereits nach fünf Zeilen.

„Ist das immer so?“, fragte sie und erreichte damit, dass er sich halb umwandte und versuchte, sie mit einem Blick zu töten.

„Nein!“, erwiderte er heftig und straffte die Schultern, sodass sich das Hemd über seinem Brustkorb spannte.

„Diktieren bin ich nicht gewohnt!“, erklärte er dann mühsam beherrscht. „Und ich kann es nicht leiden, wenn jemand meine Texte liest, bevor sie fertig sind.“

„Ich könnte die Augen schließen“, bot Chiara an, zog aber unwillkürlich den Kopf ein. Erneut traf sie ein wütender Blick aus Florians dunklen Augen, doch als er sich abwandte, glaubte sie die Spur eines versteckten Lächelns zu sehen. Der Mann war ein wandelnder Widerspruch – und dadurch ziemlich anstrengend.

Ihre kurze Unterhaltung führte dazu, dass Shakespeare aufstand und meinte, wieder seinen Kopf auf Chiaras Schoß legen zu dürfen. „Geh zu deiner Decke!“, sagte sie.

„Wie bitte?“

„Nicht Sie!“, murmelte Chiara, erhob sich und brachte den Neufundländer, der sich das wie ein kleines Schoßhündchen gefallen ließ, zum Kamin. „Platz!“ Braune Augen, denen von Florian nicht unähnlich, sahen sie an. „Platz, habe ich gesagt.“ Sie verlieh ihren Worten mehr Nachdruck, indem sie das Hinterteil des Hundes hinunterdrückte, was Früchte trug. Das riesige Tier legte sich endlich auf seinen Platz.

„Bleib da liegen!“, befahl sie, drehte sich um und setzte sich wieder an den Tisch.

„Ich bin soweit!“, erklärte sie dann und erntete ein entnervtes Aufseufzen.

Mittlerweile stützte Florian sich mit beiden Händen an einem Fenster ab und schien voll Hingabe seine ausgetretenen Turnschuhe zu betrachten.

„Übersehen Sie mich einfach“, versuchte Chiara, ihm zu helfen. „Das dürfte nicht so schwer sein“, fügte sie hinzu.

„Warum?“

„Erfahrungswerte“, gab sie nun ebenfalls knapp zurück und fragte sich dabei, ob seine Wortkargheit womöglich ansteckend war.

Er wandte den Kopf, sah sie schweigend an und drehte sich dann wieder der herrlichen Landschaft vor seinem Schreibdomizil zu.

„Blödsinn!", murmelte er, und Chiara spürte eine warme Welle der Zuneigung in sich aufsteigen. Der Hund und der Mann mochten zwar ein eigenartiges Gespann sein, doch sie ahnte, dass in Florian eine feinfühlige Seele steckte, ein eigentlich humorvoller und großartiger Mensch. Allerdings schienen diese Eigenschaften in dem durchtrainierten Körper wie eingesperrt zu sein.

Dem Hund musste sie Gehorsam beibringen, den Mann … zum Leben erwecken?

4. Kapitel

Florian diktierte, während er die Augen stur auf das Bergmassiv gerichtet hielt. Er war über den schwierigen Anfang hinweg, nachdem er sich gesagt hatte, dass er den später noch anpassen konnte. Nun baute er ein vorerst verworren wirkendes Geflecht auf, das er in seinem Kopf zu einem sinnvollen Muster zusammengewoben hatte. Er hörte das Klackern der Tastatur, ein beruhigend vertrautes Geräusch, auch wenn es nicht von ihm selbst hervorgerufen wurde.

Seine Stimme gewann an Festigkeit, aus zögerlichen Satzfragmenten entstanden ganze Sätze, fließende Abschnitte. Er tauchte in die Geschichte ein, brachte sie voran, erweckte Personen zum Leben, ließ bereits die erste davon sterben und versuchte das, was ihm wichtig war – das Vertrauen auf Gottes Gegenwart –, in einer der Nebenfiguren zu verkörpern. Er wusste: Diese Nebenfigur würde ihm ans Herz wachsen. Sie würde einen großen Raum in seiner Fantasie einnehmen, während die meisten Leser sie wohl eher als nebensächlich betrachten würden.

Er begann das zweite Kapitel, stockte aber nach wenigen Sätzen. Das Ambiente einer chinesischen Kleinstadt zu beschreiben funktionierte nicht aus dem Stegreif. Er war noch nie in China gewesen, kannte nicht einmal jemanden von dort.

Stille kehrte ein, unterbrochen nur vom Prasseln des Feuers, das Chiara meisterhaft aufgeschichtet hatte, und dem gleichmäßigen Schnaufen des Hundes, der seinen Platz auf der Decke nicht mehr verlassen hatte, seit eine resolute Frau ihn dorthin verfrachtet hatte.

Florian drehte sich um. Chiara sah ihn nicht an, sondern an ihm vorbei auf die Landschaft, als versuche sie, ihn nicht zu bedrängen, sich unsichtbar zu machen, um ihn ja nicht abzulenken. Egal, wie vehement er sich gegen die Anwesenheit einer Schreibkraft gesträubt hatte – Chiara war perfekt.

Sie tippte unglaublich schnell, unterbreitete ihm keine Verbesserungsvorschläge, verhielt sich leise, arbeitete konzentriert und – unauffällig. Und dabei war sie das nicht einmal, gleichgültig, was sie bewogen haben mochte, sich derart über sich selbst zu äußern. Es waren vor allem ihre Augen, die ihn faszinierten: ihr tiefes Blau und ihre Größe, die ihrem Gesicht etwas kindlich Zartes gaben. Zudem hatte sie ein dickes Fell, denn er war weder sonderlich höflich noch aufmerksam ihr gegenüber.

Wobei … wie auch immer sie das erreicht hatte, sie hatte ihn dazu gebracht, sich um sie zu kümmern, nachdem sie in den Fluss gefallen war. Jede andere Frau hätte er in eine Decke gewickelt, in eine Ecke gesetzt und Rose zu Hilfe gerufen. Doch Chiara hatte er behutsam aufgetaut, er hatte ihr Tee mit Rum zubereitet und mit ihr gefrühstückt, ohne den Blick dauerhaft auf dem Bildschirm kleben zu haben. Und er hatte mehr Worte mit ihr gewechselt, als er in den vergangenen sechs Wochen gesprochen hatte.

Wenn er mürrisch reagierte, blieb sie gelassen, meinte sie, ihn zurechtweisen zu müssen, tat sie das – ähnlich wie bei Shakespeare – deutlich, aber ruhig.

Florian runzelte die Stirn. Ob es tatsächlich von Vorteil war, wenn sie ihn ebenso behandelte wie den Hund? Womöglich hatte er nicht nur seine Erziehung eingemottet, sondern auch einen Teil seines Selbstwertgefühls?

„Recherche!", brummte er, ungehalten darüber, wohin seine Gedanken gewandert waren. Er kramte in der Tasche seiner Jogginghose und schnalzte mit der Zunge.

Chiara blickte ihn an, und er warf ihr den Speicherstick zu, den er immer bei sich trug, da sich darauf die Sicherungskopien seiner Manuskripte befanden. Ohne dass sie auch nur den Versuch andeutete, den Stick zu fangen, knallte der auf die Tischplatte, rutschte ein Stück und fiel über die Kante. Mit einem zweiten

Klacken landeten seine kostbaren Manuskripte, Monate konzentrierter Arbeit, auf dem Boden. Wie der Blitz war Shakespeare zur Stelle. Da Florian befürchtete, der Neufundländer würde den Stick verschlucken, herrschte er Chiara an: „Was soll das?"

„Dasselbe könnte ich Sie fragen", erwiderte sie gelassen.

„Aus, Shakespeare! Aus!", brüllte er und lief um den Tisch herum. Er zerrte den Hund beiseite, der wie üblich nicht auf ihn hörte, doch da war kein Stick mehr.

„Aus!", fuhr er das Tier an. Dieses legte den Kopf schief und schaute ihn verständnislos an.

„Ich bringe dich ins Tierheim zurück!", knurrte Florian und schob die Lefzen des Hundes hoch.

„Falls Sie Ihr Wurfgeschoss suchen …", mischte die junge Frau sich ein.

Florian beobachtete, wie sie ihren Fuß über die Ferse wegdrehte. Darunter kam der silberne Speicherstick zum Vorschein. Er ergriff ihn und richtete sich wieder zu seiner stattlichen Größe auf. „Warum haben Sie ihn nicht aufgefangen?"

„Weil ich bei Ihrem Schnalzen davon ausgehen musste, dass Sie Ihren Hund meinen."

Florian runzelte die Stirn und ließ zu, dass sie ihm die Ursache der Aufregung aus der Hand zog. Sie steckte den Stick in den entsprechenden Slot, wartete kurz und speicherte das Dokument. Daraufhin entfernte sie den Wechseldatenträger und drückte ihn wieder in seine Hand. Völlig unaufgeregt erhob sie sich und klappte das Notebook zu.

„Sie können mich Frau Kilian nennen. Meinetwegen auch Chiara oder nur Kilian. Aber ich reagiere nicht darauf, wenn man mir wie einem Tier zuschnalzt oder pfeift oder mich Tippse oder Pummelchen ruft, Forster!", erklärte sie, streckte sich und ging in Richtung Küche.

Er konnte sich gerade noch daran hindern, das Wort „Pummelchen" laut zu wiederholen. Nicht, weil er es passend fand oder sie ärgern wollte, sondern weil er überrascht war, dass es anscheinend

Menschen im Umfeld Chiaras gab, die sie so betitelt hatten. Offenbar trug auch sie einen gewissen Erfahrungsschatz an Verletzungen mit sich herum. Allerdings vergrub sie sich deshalb nicht in einer einsamen Berghütte.

Geistesabwesend stand er da, beobachtete, wie sie in der Küche werkelte und schließlich eine Auflaufform in den Backofen schob. Selten einmal kam er während des Schreibprozesses völlig von der zu schreibenden Geschichte weg, sodass seine Gedanken munter hin und her sprangen. Das war nicht immer einfach zu verarbeiten und ließ ihn für Außenstehende oft wie weggetreten wirken.

Er kam zu sich, als Chiara mit Stiefeln an den Füßen, einer Mütze auf dem hellen Haar und in ihre blaue Daunenjacke gehüllt dicht vor ihn trat.

„Forster?“

„Was?“

Ihr belustigtes Lächeln wirkte überraschend anziehend. „Ich habe Sie gefragt, wo ich eine Hundeleine finde.“

„Äh …“

„Die Antwort habe ich schon zweimal bekommen. Als ich das dritte Mal danach fragte, meinten Sie, ich hätte sie bestimmt draußen gelassen.“

„Das habe ich gesagt?“

„Sie waren ganz weit weg. Vermutlich in China?“

Er nickte, ging an ihr vorbei und zog eine Garderobenschublade auf. Glücklicherweise war die breite Lederleine genau da, wo sie hingehörte. Er drückte Chiara, die ihm gefolgt war, das Lederband in die Hand. Sofort war Shakespeare bei ihnen, wedelte aufgeregt mit dem Schwanz und bellte wie ein Verrückter.

„Aus!“, befahl Chiara, was er wie gewöhnlich ignorierte. „Bist du jetzt wohl still!“, sagte sie streng und hielt dem Tier die Schnauze zu. Prompt setzte der Hund sich.

Forster wurde das Gefühl nicht los, dass in Shakespeares Blick – der nach wie vor nicht ihm, sondern wieder nur der Frau galt – so etwas wie Bedauern über sein schlechtes Benehmen lag. In der

Gewissheit, dass er ihr ebenfalls mindestens zwei Entschuldigungen schuldete, wandte Florian sich abrupt ab. Ein eisiger Windstoß schien ihn förmlich voranzuschieben; als die Tür zuschlug, atmete er erleichtert auf. Wenigstens für einige Minuten war er endlich einmal allein!

Er zog aus dem Stauraum unter den Stufen einen stabilen Lederkoffer hervor, klappte ihn auf und kramte Magazine, Reiseführer, Reiseberichte und kopierte Unterlagen über China heraus. Sie waren bereits mit so vielen mehrfarbigen Post-its versehen, dass sie dem Fahnenmeer bei einem Ritterfest glichen. Er trug den großen Stapel Rechercheliteratur zur Couch, platzierte sie dort in einer Ecke, holte sich einen Kaffee, wobei er einen begeisterten Blick auf das im Backofen brutzelnde Kartoffelgratin mit Erbsen und Speck warf.

Florian legte sich einen Collegeblock und Stifte für Notizen bereit, trat an eines der Seitenfenster und beobachtete Chiara und den Neufundländer. Darüber, dass seine Assistentin sich zu weit entfernen und womöglich in Schwierigkeiten geraten könnte, brauchte er sich keine Sorgen zu machen. Sie und Shakespeare kamen immer nur wenige Schritte voran, bevor die junge Frau den Hund aufforderte, sich zu setzen, zu legen oder dicht neben ihr bei Fuß zu gehen. Ihr Weg über die vereisten Ufersteine glich eher einem Hundetraining als einem Spaziergang an der frischen Luft.

Glücklich über die gewonnenen Minuten der Einsamkeit und Stille ließ er sich auf die Couch fallen. Allerdings musste er zugeben, dass Chiara ihm bemerkenswert wenig auf die Nerven ging. Er legte die Füße auf den Tisch und befand sich Augenblicke später, trotz Eis und Schnee um sich herum, bereits in einer chinesischen Kleinstadt. Entsprechend schrak er zusammen, als die Eingangstür aufgerissen wurde. Eisige Kälte biss in seinen Nacken, ehe die Tür wieder zufiel.

Florian machte sich auf die übliche überschwängliche und vermutlich nasse Begrüßung des Neufundländers gefasst, doch die blieb aus. Verwundert wandte er sich auf der Couch um und sah zu, wie das Tier folgsam bei Chiara im Eingangsbereich ausharrte, bis sie es mit dem Handtuch, das dort zwar hing, aber noch nie wirklich zum Einsatz kommen konnte, halbwegs trocken gerieben hatte. Erst auf ihr „Jetzt lauf" hin stürmte der Hund zu ihm, ließ sich kräftig klopfen und legte sich dann auf seine Decke, als sei er froh, einen Platz gefunden zu haben, wo er hingehörte.

„Hundeflüsterin", murmelte er.

„Bitte?"

„Sie kennen sich mit Hunden aus?", fragte er und hoffte, sie nahm nicht an, dass er „Pummelchen" oder Ähnliches gesagt hatte. Ihren Zorn wollte er keinesfalls auf sich ziehen.

„Ein wenig. Shakey ist ziemlich gelehrig und hat vermutlich mal eine solide Ausbildung genossen."

„Vor meiner Zeit?", lautete seine lauernde Frage.

Sie zuckte ob seines Tons bewundernswert gleichgültig mit den Schultern und hängte ihre Jacke auf. „Sie haben ihn aus dem Tierheim?"

„Seine vorherige Besitzerin ist verstorben."

„Vielleicht reagiert er besser auf Frauen?"

„Sie meinen, ich bin nicht konsequent genug?"

„Stimmt", gab sie nun offen zu und trat näher. Ihm gefielen ihre geröteten Wangen, zumal die ihre ungewöhnliche Augenfarbe noch deutlicher hervorhoben. Sie wuschelte sich einmal durch das blonde Haar und betrat dann die Küche, während er sich wieder in seine Lektüre vertiefte.

„Kommen Sie bitte zum Essen?" Ihre Stimme war freundlich, dennoch widerstrebte ihm die Unterbrechung. Sie kam ihm im Augenblick völlig ungelegen, notierte er doch fieberhaft Stichworte auf seinem Block. Als ihm ohne Vorwarnung der Bleistift entzogen wurde, sprang er wütend auf.

„Das ist wichtig!", fuhr er Chiara an, die zu ihm aufsah und über seinen Ausbruch lediglich die Stirn runzelte. Verstohlen rieb er sich die schmerzende Rechte. Er hatte seine Hand entschieden zu stark belastet. Aber das musste die Frau nicht bemerken.

„Regelmäßige Mahlzeiten sind ebenfalls nicht ganz unwichtig."

„Unregelmäßiges stört nicht. Muss im Thema bleiben. Den Gedanken weiterspinnen. Den Faden nicht verlieren. Nicht aus dem Gefühl für eine Stimmung herausgerissen sein", erklärte er enthusiastisch.

„Das kann ich sehr gut nachvollziehen", sagte sie, deutete jedoch unmissverständlich zum Tisch hinüber. „Doch leider habe ich Ihnen das ohnehin bereits zerstört, und deshalb können Sie auch gleich etwas zu sich nehmen."

„Bringen Sie den Teller", brummte er, verzweifelt auf der Suche nach dem Einfall von eben, der inzwischen irgendwo in einer grauen Unendlichkeit verschwunden zu sein schien.

„Das werde ich mit Sicherheit nicht tun!"

„Was?"

„Sie können hier herumgammeln und das Essen neben der Arbeit in sich hineinstopfen, wenn Sie allein sind. Jetzt bin ich hier. Ich bin zwar kein Gast, aber dennoch wäre es wohl angebracht, sich mit mir an einen Tisch zu setzen. Außerdem wird Ihre Hand Ihnen die Pause danken."

Sie hatte ihn erwischt – und das gleich doppelt. „Na gut", stieß er widerwillig hervor, warf das Buch auf den Glastisch und folgte Chiara in den Essbereich. Sie hatte die grünblauen Tischsets gefunden, die er einmal bei Rose gekauft und nicht öfter als ein-, zweimal benutzt hatte, nebenan auf dem Sims flackerten zwei Kerzen in hohen Gläsern – wo auch immer sie beides aufgetrieben hatte – und verbreiteten ein angenehmes Licht, während es draußen dunkel zu werden begann. Das lag jedoch weniger an der Tageszeit als vielmehr an den tief zwischen den Bergen hängenden Wolken mit noch mehr Schnee im Gepäck.

Das Gratin duftete lecker und sah mit der goldenen Käsekruste absolut appetitlich aus. Ob er ihr das vielleicht sagen sollte?

„Sie wollen sicher vor dem Essen beten", sagte sie leise, fast schüchtern. Sein Blick wanderte von der Mahlzeit zu ihren Augen. Offen und ohne Spott sah sie ihn abwartend an.

„Wenn es Ihnen nichts ausmacht?“

„Nein, gar nicht. Ich fürchte, die Dankbarkeit für die alltäglichen Dinge in meinem Leben ist mir in den vergangenen Jahren etwas abhandengekommen.“

Während seines Gebets, das lediglich aus den aneinandergereihten Worten „Speis, Trank, Dank“, bestand, sodass er seiner Vorliebe für Drei-Wort-Sätze außerhalb seines Manuskripts treu blieb, trottete Shakespeare herbei. Nach dem Amen, das Chiara mehr gekichert als gesprochen hatte, legte der Hund die Vorderpfoten auf den Tisch und begutachtete sehnsüchtig die Speckwürfel zwischen den Kartoffeln.

„Was ist denn das für ein Betragen!“, sagte Chiara zu ihm. „Nimm sofort die Pfoten runter.“

Shakespeare bellte einmal herausfordernd und ignorierte sie.

„Geh zu deiner Decke!“, herrschte sie den Hund deutlich autoritärer an. Doch wenn es ums Essen ging, war das Tier offenbar auch von ihr nicht zu beeindrucken.

Sie erhob sich, schob den Hund fort und schimpfte auf ihn ein, bis er ihr, wieder seltsam gehorsam, zu seiner Decke folgte. Dort legte er sich hin, platzierte den Kopf auf seinen Vorderläufen und ließ ihre Standpauke scheinbar gelassen über sich ergehen. Florian hingegen war beeindruckt und nahm sich umso fester vor, es sich lieber nicht mit der resoluten Frau mit den kindlich großen Augen zu verscherzen.

Als sie sich wegdrehte, stieß Shakespeare ein Winseln hervor, das bedenklich traurig klang.

„Zwei Dickköpfe unter einem Dach!“, sagte Chiara halblaut. Florian senkte den Kopf, um sein Lächeln zu verstecken. Er zählte vielmehr drei.

Nach einer nahezu wortlosen Mahlzeit spülte Chiara das Geschirr. Zu ihrer Verwunderung gesellte sich Florian zu ihr und trocknete ab. Offenbar hatte sie ihn komplett aus seinem Gedankenkonstrukt herausgezerrt, sodass es ihn nicht drängte, wieder darin zu verschwinden. Auf ihre Nachfrage erzählte er ihr erstaunlich gesprächig das grobe Gerüst des Thrillers, den er schreiben wollte, und Chiara kam nicht umhin zu denken, dass die Lektorin womöglich etwas anderes erwarten würde. Zwar hielt er ihre grobumrissene Vorgabe ein, allerdings behandelte er das gewünschte Thema recht frei und eher nebensächlich.

Als sie ihre Bedenken aussprach, bedachte er sie mit einem breiten Grinsen, das kaum frecher ausfallen konnte, kombiniert mit einem Schulterzucken, mit dem er eine Mischung aus Hilflosigkeit und Bedauern transportierte und das Chiara äußerst charmant fand. In der Kombination mit diesem Grinsen und dem Schulterzucken würde ihm Anna vermutlich alles verzeihen, sogar wenn ihm einfallen sollte, ein Manuskript über Feuerquallen im Weltall abzugeben. Ihr jedenfalls würde es so ergehen …

„Schreiben wir weiter", beschloss er schließlich, warf das nasse Geschirrtuch über einen Handtuchständer und eilte zurück in die Nische.

Chiara lächelte belustigt über den plötzlich wieder aufflackernden Eifer, wischte die Arbeitsfläche trocken, schichtete neues Holz in die Glut und ließ den Hund ins Freie, ehe sie sich vor das Notebook setzte, das Florian ungeduldig aus dem Energiesparmodus zum Leben erweckt hatte.

Sofort begann er zu diktieren, beschrieb das Leben auf den Straßen einer chinesischen Stadt so glaubwürdig, dass Chiara das Gefühl bekam, sich selbst vor Ort zu befinden. Sie schritt über den festgetretenen Lehm, sah den Staub unter ihren Füßen aufwirbeln, hörte die Wäsche über ihrem Kopf flattern und atmete die warme, von vielerlei Gerüchen geschwängerte Luft ein. Sie kam mit dem Tippen kaum nach und ignorierte bald die sich dadurch einschleichenden Tippfehler. Diese konnte sie später korrigieren, jetzt wollte sie Florian keinesfalls aus dem Fluss des Diktierens reißen.

Einmal fehlten ihm die genauen Bezeichnungen einiger Gebrauchsgegenstände aus dem Alltag der Chinesen, die er noch zu recherchieren hatte, doch er winkte nur ab und fuhr fort. Chiara drückte ein paarmal die x-Taste, um die Lücke im Text zu markieren, und schrieb schnell weiter.

Eine Stunde verstrich, dann eine zweite. Zwischendurch hatte Florian, der ständig in Bewegung blieb, die Deckenlampe angeknipst, nochmals Holz nachgelegt und mit dem zurückgekehrten Shakespeare gespielt, der die Aufmerksamkeit genossen hatte, obwohl Florian mit dem Kopf auf einem anderen Kontinent weilte. Zuweilen verfiel er in einen starken Dialekt. Er bemerkte das allerdings schnell und fand wieder zurück zum Hochdeutsch, das jedoch immer leicht eingefärbt blieb.

Chiaras Handgelenke begannen zu schmerzen. Sie unterbrach aber nicht, dazu freute sie sich viel zu sehr an dem Leuchten in Florians Augen. Es war ihm anzusehen, dass er völlig in seinem Element war. Er liebte das, was er tat. Unverkennbar war das Ausdenken und Entwickeln einer Geschichte seine große Leidenschaft und zweifelsohne auch seine Begabung.

Schließlich wanderte Chiaras Blick zur Fensterfront. Ihre Finger hielten abrupt inne, und sie ließ die Hände in ihren Schoß sinken. Im blauen Licht, kurz bevor die Dunkelheit sich vollkommen über das Tal legen würde, tanzten weiße Wattebäusche, so voluminös und perfekt, wie Chiara sie niemals zuvor gesehen hatte.

„Was?“, hörte sie den entrüsteten Ruf von Florian, als der bemerkte, dass er unbeachtet weitersprach.

„Forster! Diese Schneeflocken!“, rief sie begeistert.

„Meine Güte. Ja, es schneit!“, entgegnete er nüchtern.

„Ich habe noch nie so wunderschöne Schneeflocken gesehen!“, erklärte Chiara, die nicht bereit war, sich durch seine schlechte Laune den Augenblick verderben zu lassen. Sie erhob sich, trat ans Fenster und presste ihre Stirn an das kalte Glas, wobei sie ihr

Blickfeld mit beiden Händen vor dem Licht in ihrem Rücken abschirmte.

„Ich muss unbedingt raus in diesen tollen Schneefall!“, jubelte sie in kindlicher Begeisterung und stürmte in Richtung Garderobe. Sie kam jedoch nicht weit, denn Florian fing sie mit einem Arm ab. Da sie sehr viel Schwung hatte, prallte sie förmlich gegen ihn. Betroffen wollte sie sich bei ihm entschuldigen, doch er sah über sie hinweg und schien dabei nicht einmal zu bemerken, dass er sie mit einem Arm umfangen hielt. Es war ihm anzusehen, dass er in Gedanken noch halb bei der jungen Chinesin war, die soeben aus ihrer Heimat floh, und sich über die Unterbrechung ärgerte.

Chiara wand sich aus seinem Arm und wich schnell zurück. Sofort legte sich ihre Kurzatmigkeit wieder. Wie lange war es her, seit ein Mann sie zuletzt umarmt und an sich gezogen hatte? Drei Jahre? Zum ersten Mal machte sie sich bewusst, wie attraktiv der Autor war, bei dem sie unter Vertrag stand, und dass sie mit ihm allein hier draußen war. Nein, er war beileibe kein Mittfünfziger, der fortwährend Kaffee oder Wein in sich hineinschüttete und sich langatmige Storys aus den Fingern sog.

„Ich gehe ein wenig an die frische Luft!“, wiederholte sie ihren Wunsch, jetzt allerdings aus einem anderen Grund und setzte ihren Weg fort. Eilig schlüpfte sie in ihre Winterkleidung, griff nach der Leine und verließ mit dem Hund die schützende Wärme des Hauses.

Draußen herrschte längst nicht mehr eine so eisige Kälte wie noch am frühen Nachmittag. Die Wolkendecke war dicht und schickte unzählige weiße Schmetterlinge im taumelnden Tanz der Erde entgegen. Die Zweige der Bäume neigten sich unter der zusätzlichen Last, luden gelegentlich stäubend ihre Hauben ab und schnalzten schwungvoll wieder nach oben. Ein verhaltenes Flüstern erfüllte die Luft, begleitet vom Zischen des aufwirbelnden Schnees bei Chiaras Schritten.

Sie spazierte das steinige Ufer am Flussbogen entlang und vergewisserte sich regelmäßig, dass sie ja nicht das Licht im Fenster aus den Augen verlor, da sie trotz der Nähe des Flussbetts ein bisschen befürchtete, sich in der weiten und unbewohnten Landschaft zu verirren. Die Eisfläche auf dem Wasser, trügerisch sicher, wie sie am eigenen Leib erfahren hatte, gab ein eigentümliches Sirren von sich, es steigerte sich zu einem hohen Ton, der sich anhörte, als schreie der Fluss auf. Ein Schauder lief über Chiaras Körper. Als sie vor sich das Knacken von Zweigen vernahm und ihr tierischer Begleiter ein leises Knurren hören ließ, drehte sie sofort um. Darum bemüht, die plötzlich in ihr aufkeimende Angst zu unterdrücken, trat sie zwar zügig, aber wegen der Glätte nicht zu eilig den Rückweg an.

Unvermutet tauchte vor ihr ein schwarzer Schatten auf. Erschrocken schrie sie auf, Shakespeare bellte. Die Antwort war ein tiefes belustigtes Männerlachen, in dem Chiara Florian erkannte.

„Forster!", rief sie aufgebracht und froh zugleich. „Sie haben mich absichtlich erschreckt!"

„Würde mir nie einfallen!", lautete die Entgegnung der dunklen Silhouette, allerdings strafte der Tonfall seine Worte Lügen.

„Na warte!", fauchte sie, noch immer mit erhöhtem Herzschlag. Sie bückte sich, formte einen Schneeball und warf ihn in Florians Richtung. Ein empörter Ausruf bestätigte ihr einen Treffer, gleich darauf traf sie ein wohlgezielter Wurf mitten ins Gesicht.

Sie prustete, wischte den Schnee fort und knetete erneut einen Schneeball. Aber da war ihr Gegner bereits bei ihr, packte sie von hinten um den Leib und trug sie trotz ihres Zappelns auf den Bow River zu.

„Sie baden doch gern", drohte er.

„Lassen Sie mich auf der Stelle runter!" mahnte sie.

„Sie haben mich in einem unpassenden Moment mit Ihrer Schneeflockenbegeisterung unterbrochen."

„Bei Ihnen ist es immer unpassend!", entgegnete sie und fügte energisch hinzu: „Sie lassen mich jetzt sofort runter!"

„Wenn ich gerade in Fahrt bin, ist es unverzeihlich, einfach davonzustürmen."

„Meine Hände schmerzen. Wenn ich morgen auch noch tippen soll, müssen Sie mir Pausen gönnen."

„Kühlen wir doch die Händchen im Wasser."

„Wenn Sie das tun, reise ich ab."

„Stört mich nicht."

„... wo Sie doch so in Fahrt sind?", spottete Chiara und spürte, wie sie noch fester in den Griff genommen wurde. Die Arme um ihren Leib drückten ihren Rücken an Florians Parka und damit an seine Brust.

Shakespeare bellte wild. Offenbar gefiel ihm das Spiel. Chiara, die fürchtete, dass der Mann mit ihr stolpern könnte und sie sich dann tatsächlich schon wieder in dem eisigen Wasser wiederfinden würde, fuhr Florian nun an: „Forster! Sie lassen mich jetzt auf der Stelle runter!"

Er gehorchte, und endlich hatte sie wieder Boden unter den Füßen. Unverzüglich wich sie ein paar Schritte zurück.

„Sie kommandieren mich herum wie den Hund!", beschwerte Florian sich.

„Danke!", sagte sie, vor allem, um ihn mundtot zu machen, denn bei seinem Hund hatte sie sich nicht für den Gehorsam bedankt – zumindest nicht verbal. „Ich denke, wir machen morgen weiter", erklärte sie und stapfte davon.

„Mit einem Eisbad?", rief er ihr spöttisch nach. Dennoch glaubte sie, Enttäuschung in seiner Stimme gehört zu haben. Offenbar hätte er gern noch mehr Seiten zu Papier gebracht.

Als sie sich einige Meter von Florian entfernt hatte, beruhigte sich ihr galoppierender Herzschlag. Ihr gefiel der fröhliche Florian wesentlich besser als der wortkarge. Anscheinend hatte sie sich getäuscht, und der Mann war doch fähig, das Leben zu lieben. Ob es ihre Anwesenheit war, die ihn so knurrig machte? Weil sie in sein kleines privates Reich eingedrungen war?

Energisch untersagte sie sich weitere Überlegungen in diese Richtung und konzentrierte sich wieder auf den herrlichen Schnee. Federleicht setzten sich die Flocken auf ihre Jacke, ihre Mütze und ihre ausgestreckte behandschuhte Hand. Weshalb sollte sie sich diesen wunderschönen Augenblick durch einen mürrischen Schreiberling und das verwirrende Gefühl in ihrem Inneren verderben lassen? Also verweilte sie zwischen dem Fluss und den hoch aufragenden schwarzen Bäumen mit ihren weißen Hauben, legte den Kopf in den Nacken und bot der sanften Kälte ihr Gesicht dar. Sie hörte Florian in der Nähe vorübergehen und dem Hund befehlen, bei ihr zu bleiben, was das Tier tatsächlich tat.

Lange Zeit blieb sie stehen, zwinkerte gegen die Flocken an, die sich auf ihren Wimpern niederließen, fühlte die weichen Küsse auf ihren Wangen und spürte, wie sie als winzige Wasserperlen davonrollten. Sie genoss die Stille um sie her. Es gab weder Motorengeräusche noch Stimmen, nicht einmal das stete Brummen elektrischer Leitungen. Vollkommene Lautlosigkeit hüllte sie ein; fremd aber ungemein wohltuend.

Florian hatte Chiara einen Zettel hinterlassen und war zu seinem Auto beim Wanderparkplatz gelaufen. Nun parkte er vor dem hell erleuchteten Schaufenster von Roses Laden und fragte sich, was er hier eigentlich tat. Zum ersten Mal, seit er das Haus an der Biegung des Flusses als Zufluchtsort auserkoren hatte, war er nicht dorthin, sondern *von dort* geflohen. Er lehnte sich im Sitz zurück und schloss die Augen. Die Anwesenheit einer Person, und dann auch noch einer Frau, war ungewohnt, ja verwirrend für ihn. Chiara war auf Abstand bedacht und wollte offenbar wirklich nicht mehr, als ihren Vertrag zu erfüllen. Er war es, der irritiert war. Von ihr?

Als sie am Vormittag im Eis eingebrochen war, hatte er sie wie selbstverständlich in die Badewanne gesetzt. Der Anblick, der sich ihm da geboten hatte, war nicht einfach zu verkraften gewesen: Das zitternde Wesen schrie förmlich danach, beschützt zu werden.

Dies und ihr weißes Hemd, das mehr offenbarte als versteckte, hatten ihn alles andere als kalt gelassen.

Er riss die Augen auf und schlug mit beiden Händen auf das Lenkrad. Ja, er lebte seit Jahren wie ein Mönch – aber er war dennoch ein Mann!

Sie war gerade einmal vor lächerlichen 24 Stunden in sein Leben getreten, und schon begann sie es auf den Kopf zu stellen. Mit ihrer unwiderstehlichen Mischung aus Zurückhaltung und Humor. Mit dem eisernen Willen, ihn und den Hund zu sozialisieren – in welcher Gewichtung und Reihenfolge auch immer. Dabei machte sie sich überaus nützlich und spürte wohl, dass sie ihn beim Diktieren nicht mit Fragen unterbrechen durfte. Sie ließ ihn völlig in seine Fantasiewelt eintauchen und dort herumwandern. Außer es fiel Schnee vom Himmel!

Meine Güte, ein paar weiße Flocken versetzten eine in Deutschland lebende Frau doch nicht in Ekstase! Sie stammte schließlich nicht aus Ägypten! Erstaunt stellte Florian fest, dass seine Aufregung weniger mit Zorn zu tun hatte als vielmehr mit Belustigung und zugleich Bewunderung. Nicht nur, weil sie seine Launen klaglos hinnahm und nebenbei Shakespeare erzog, sondern weil sie sich offenbar eine kindliche Begeisterung für die kleinen Dinge erhalten hatte. Für Schneeflocken! Was für eine erstaunliche Frau!

Er schloss erneut die Augen und zauberte sich ein hinreißendes Bild vor Augen: Chiara mit zurückgelegtem Kopf, wie sie es genoss, dass die federleichten Schneeflocken sich auf ihre erhitzte, samtige Haut legten und dort schmolzen. Welchen Mann konnte so ein Anblick kaltlassen?

Die Fahrertür wurde aufgerissen. Erschrocken fuhr Florian herum und erblickte Rose.

„Forster? Ich hatte mit Chiara gerechnet."

„Warum?"

„Weil du dich für gewöhnlich da oben vergräbst. Und weil ich befürchtet hatte, dass sie innerhalb weniger Stunden die Flucht ergreift."

„Vor mir?“

„Nein, vor der bezaubernden Landschaft!“, lautete Roses bissige Antwort, unterstrichen durch ein Seufzen und vorwurfsvolles Kopfschütteln. Sanfter fuhr sie fort: „Denkst du, ich erinnere mich nicht daran, wie früher da oben in eurem *Chalet* Partys gefeiert wurden? Mit lebendigen Gästen aus Fleisch und Blut, Familien aus der Schweiz, Geschäftspartnern deiner Eltern und einigen hübschen jungen Mädchen. Dann hat sich das geändert. Du hast dich verändert. Und ich weiß noch immer nicht, warum das so ist.“

„Du musst nicht alles wissen, Rose Beatle“, konterte Florian leise, erschüttert von den Erinnerungen an fröhlichere Tage und von der Sorge, die in Roses Stimme mitschwang.

„Vermutlich hat du recht“, seufzte sie. „Kommst du rein und wärmst dich ein bisschen auf?“

„Gibt es Apfel-Zimt-Kuchen?“

„Aber sicher.“

Florian stieg aus, knallte die Tür zu und folgte Rose durch das Labyrinth ihres Ladens in den Teil, der als Café diente. Dort pellte er sich aus der warmen Jacke und setzte sich auf seinen Lieblingsplatz, die abgewetzte Couch in der hintersten Ecke.

„Kaffee oder Tee?“, erklang Roses Stimme aus der angrenzenden Küche.

„Tee, ich habe heute schon genug Koffein intus.“

„Ihr arbeitet auch nachts? Demnach kommt wohl auch Chiara mit wenig Schlaf aus?“

„Sieht so aus. Angenehm für mich.“

„Sie schreibt schnell genug?“

„Hm? Ja.“

„Es geht also endlich voran?“

„Ja.“ Florian rieb sich seine leicht schmerzenden Hände. Er sollte vielleicht häufiger die Schienen zum Ruhigstellen anlegen, wie der Arzt es ihm empfohlen hatte.

Rose stellte zwei Tassen dampfenden Tees und gleich darauf zwei Teller mit ihrem herrlichen selbst gemachten Apfel-Zimt-

Kuchen auf den kleinen Beistelltisch und setzte sich neben ihn auf die Couch.

„Entschuldige bitte meine Bissigkeit von vorhin."

„Du sorgst dich um mich?"

„Seit vier Jahren!"

Florian schob sich ein großes Kuchenstück in den Mund und verdrehte genüsslich die Augen. Rose war vermutlich der einzige Mensch, in dessen Gegenwart er sich halbwegs entspannen konnte. Sie wusste nicht, was die Veränderung hervorgerufen hatte, die selbstverständlich auch ihr aufgefallen war. Und er hoffte sehr, dass dies immer so blieb. Die Vorstellung, sie könne von dem Desaster erfahren, das ihn im Herbst vor vier Jahren überrollt hatte wie eine Planierraupe einen ahnungslosen Käfer, bereitete ihm innere Qualen.

5. Kapitel

Chiara schlug die Augen auf, als sie ein Geräusch hörte, und streckte sich träge. Sie war auf der Couch eingeschlafen. Shakespeare, der auf dem Fußboden vor ihr gelegen hatte, bellte einmal und stürmte zur Tür. Die junge Frau schob sich hoch, kniete sich verkehrt herum auf das Polster und beobachtete, wie Florian sich aus seinem Parka pellte. Auf seinen braunen Locken lag eine dünne Schicht Schnee. Er streifte sie mit einer Handbewegung ab, ehe er sich seinen Schuhen widmete.

„Sie waren lange weg“, sprach sie den Mann an, der den Kopf hob, offenbar überrascht darüber, sie hier unten anzutreffen.

„Ja“, lautete seine eloquente Antwort, und wieder einmal fragte sich Chiara, wie Florian es fertigbrachte, ganze Sätze für ein Buchmanuskript zu formulieren, obwohl er im wirklichen Leben meist nicht mehr als einzelne Worte oder Satzstummel herausbrachte.

„Ich habe schon gegessen“, erklärte Chiara und deutete zum Tisch. Dieser wurde vom Feuer, der einzigen Lichtquelle im Raum, nur schemenhaft angeleuchtet. „Ihr Abendbrot steht dort.“

„Hatte Apfelkuchen bei Rose.“

„Ein *Danke* hätte auch genügt und wäre weit weniger aufwändig gewesen“, murmelte Chiara und legte die Fleecedecke zusammen.

„Wenn Sie mich nicht aussprechen lassen!“, erwiderte Florian und klang erstaunlich gut gelaunt. Er schlüpfte in seine Sportschuhe und schickte vergeblich den Hund auf seine Decke.

„Warum hört der Kerl auf Sie?“, fragte Florian nach einem zweiten Versuch, den Hund auf seinen Platz zu dirigieren.

„Vermutlich sind Ein-Wort-Sätze unter seinem Niveau“, schlug Chiara als Erklärung vor.

„Blödsinn!", brummte Florian, grinste plötzlich und sagte: „Shakespeare, hättest du wohl die Güte, den Platz auf deiner Decke einzunehmen, anstatt mir immerzu vor die Füße zu laufen?"

Der Hund drehte sich um, tappte in Richtung Kamin, blieb vor seiner Decke stehen und wandte den Kopf, um Florian für einen Augenblick anzuschauen, bevor er sich niederlegte.

Die Reaktion des Hundes und das perplexe Gesicht von Florian waren zu viel für Chiara. Sie brach in schallendes Gelächter aus. Sie lachte so sehr, dass ihr Bauch zu schmerzen begann, Tränen über ihre Wangen kullerten und sie irgendwann von der Ledercouch zu Boden rutschte.

Als sie sich halbwegs beruhigt hatte, gewahrte sie Florians lange Beine zwischen sich und der Fensterscheibe. Langsam schaute sie an ihm hoch, sah die vor der Brust verschränkten muskulösen Arme und rechnete mit einem aufgebrachten, wenn nicht gar wütenden Gesichtsausdruck. Zu ihrem maßlosen Erstaunen lächelte er, allerdings mit unübersehbar hochgezogenen Augenbrauen.

„Diese Holzbalken haben schon lange kein Lachen mehr zurückgeworfen. Ich höre sie förmlich vor Erleichterung und Freude aufseufzen."

„Sie haben gerade tatsächlich zwei vollständige Sätze gesprochen, obwohl Sie nicht an Ihrem Manuskript arbeiten? Ich muss sofort zu Rose und einen Sekt zum feierlichen Anstoßen holen!"

„Zu spät. Aber Rose schickt Ihnen das hier." Florian griff in die Brusttasche seines gefütterten Flanellhemdes und zog eine der rotweiß gestreiften, oben gebogenen Zuckerstangen hervor. Er stieß sich von der Scheibe ab, ging vor ihr in die Hocke und streckte ihr den süßen Hirtenstab entgegen.

„Das ist von Rose – für mich?"

Florian zuckte mit den Schultern und fuhr sich mit der freien Hand durch das feuchte Haar. „Ja", lautete seine nun wieder gewohnt knappe Antwort.

Chiara zog vorsichtig die Süßigkeit aus seinen Fingern, darauf bedacht, sie nicht zu berühren, und betrachtete die drei dünnen und den dickeren, etwas dunkleren roten Streifen, die sich um den Zuckerstab wanden.

Was Rose wohl dazu bewogen hatte, Florian diese Leckerei für sie mitzugeben? Dachte sie, Chiara könne Nervennahrung dringend gebrauchen? Auf ihre üppige Figur spielte sie sicher nicht an, so schätzte sie Rose nicht ein. Die Frau liebte Weihnachten und offenbar alles, was damit zusammenhing. Und sie kannte die nüchtern eingerichtete Unterkunft von Florian.

Chiara lächelte, rappelte sich auf, erneut darauf bedacht, Florian nicht zu nahe zu kommen, der noch immer abwartend vor ihr kauerte, und ging zum Kamin.

Unter den aufmerksamen Augen von Shakespeare nahm sie den zwischen den gewaltigen Natursteinen hängenden Aschebesen vom Haken, legte ihn auf das Kaminholz und hängte an seiner statt den dekorativen Hirtenstab dort hin.

Zufrieden besah sie sich ihr Werk, streifte die Hände aneinander ab, als habe sie eine schmutzige Arbeit erledigt, und wandte sich zu ihrem Gastgeber um. Der lehnte wieder mit vor der Brust verschränkten Armen an der Glasfront und betrachtete mit zusammengezogenen Augenbrauen das Dekorationsstück.

„Kein Wort darüber, dass das kitschiger Schnickschnack ist", warnte sie ihn. „Es ist Adventszeit, und wenigstens diese eine Erinnerung daran müssen Sie mir gestatten!"

„Habe ich irgendetwas gesagt?", fragte er trocken.

„Nein, das könnte aber daran liegen, dass Sie ohnehin selten einmal etwas sagen!"

„Seit Sie hier sind, rede ich praktisch ununterbrochen."

Chiara lachte hell auf. „Sie diktieren, ja. Aber Sie unterhalten sich nicht."

„Ich habe in den vergangenen vierundzwanzig Stunden mehr geredet, als-"

„Das glaube ich Ihnen aufs Wort! Man merkt Ihnen nämlich an, wie viel Anstrengung es Sie kostet, halbwegs anständige Antworten zu formulieren, wenn ich mich erdreiste, Sie anzusprechen."

„Ich bin es nicht gewohnt-"

„Die Schweiz dürfte nicht restlos entvölkert sein."

„Jetzt will ich mich mit Ihnen unterhalten, und Sie lassen mich nicht einen Satz zu Ende bringen!", rügte er mit einem Zwinkern.

„Ich versuche nur, Sie zu schonen. Ihre untrainierten Stimmbänder könnten Schaden nehmen, wenn Sie zu viel sagen. Da ich nicht Gedanken lesen kann, wäre das Buchprojekt dann wohl endgültig gestorben!"

Florian musterte sie eingehend. „Sie sind sehr … heiter. Hatten Sie den Sekt bereits im Voraus?"

„Ich freue mich einfach nur über die liebe Geste von Rose. Und über das kleine Stückchen Adventsstimmung in Ihrer *Hütte*", erwiderte sie offen und neigte den Kopf. Dieses Gespräch dauerte länger an als alle bisherigen zwischen ihnen, und sie hatte ihre Freude daran, zumal er auf ihre Spitzen nicht empfindlich reagierte.

„Ich arbeite hier!"

„Sie leben hier!", verbesserte Chiara ihn unnachgiebig.

Sein Blick wurde noch eindringlicher, in seinen dunklen Augen blitzte etwas auf, das Chiara unwillkürlich einen Schritt zurückweichen ließ. Doch der Eindruck löste sich schnell wieder auf, als er, weiterhin gut gelaunt, einwarf: „Gut, ich arbeite und lebe derzeit hier. Und?"

„Sie könnten sich etwas wohnlicher einrichten."

„Mit wohnlicher meinen Sie weihnachtlicher? Sie wollen die Hütte mit allerlei kitschigem Tand vollhängen?"

„Ein Baum wäre schön. Und Rose verkauft hübsche Kugeln und andere geschmackvolle Dekorationsstücke."

„Welches Geschäftsmodell verfolgen Sie? Erhalten Sie bereits Provision von Rose?"

Chiara schmunzelte. „Das ist eine hervorragende Idee. Dieser Hütte fehlt es vorerst an Weihnachtsschmuck. Aber danach kommt ja der Frühling, dann Ostern, dann …"

„Sie sind nur sechs Wochen hier, Chiara! Sechs für mich quälend lange Wochen!", sagte Florian warnend, allerdings entging ihr das belustigte Zucken um seine Mundwinkel nicht. Er öffnete den Mund, doch Shakespeare kam ihm mit einem aufgeregten Bellen zuvor.

„Hier ist eine Verschwörung im Gange!“, schalt Florian lachend.

Fasziniert betrachtete Chiara ihn. Wenn er lachte, wirkte der mürrische Griesgram wie ein übermütiger Junge. „Erst fallen Sie mir ständig ins Wort, und kaum habe ich Sie erzogen, fängt Shakespeare damit an.“

Der Hund knurrte und sprang an die Eingangstür, wo er zwischen wütendem Bellen und einem drohenden Grollen abwechselte, das tief aus seiner Kehle stammte.

„Was hat er?“, fragte Chiara beunruhigt, und die fröhliche Stimmung fiel von ihr ab wie der Schnee von den Zweigen.

„Vermutlich ein Grizzly“, erwiderte Florian nun wieder knapp, betrat ebenfalls den Eingangsbereich und legte den stabilen Metallriegel vor. Mit einem Blick in ihre Richtung meinte er: „Er hat vermutlich trotz seiner Winterruhe den Süßkram gerochen, den Sie da beim Kamin schmelzen lassen.“

Betroffen drehte Chiara sich zu der Zuckerstange um. Erst als sie Florian leise lachen hörte, wurde ihr klar, dass er sie aufzog. Sie lächelte vergnügt vor sich hin. Diese Seite an Florian gefiel ihr. Vielleicht sollte sie ihn unverzüglich in den Gletscherfluss stoßen, um seine überraschend gute Laune einzufrieren, damit sie länger anhielt.

Das untere Drittel der Fensterscheibe klebte erneut voll blütenweißen Schnees, als wachse der von unten in Richtung Himmel. In der Nacht mussten die Wolken mindestens einen halben Meter des kristallisierten Regens über ihnen abgeworfen haben.

Chiara stand auf und trat an die Scheibe. Die Bergwelt sah noch verwunschener aus als tags zuvor, die Bäume trugen schwer unter der Last, einige Sträucher bogen sich mitsamt ihres weißen Kleides dem mit Schneeverwehungen bedeckten Boden entgegen. Zaghafte Sonnenstrahlen bahnten sich einen Weg über die Berggipfel. In ihrem Lichtschein verwandelten sich die winzigen in der Luft schwebenden Schneepartikel, die der leichte Westwind mit sich trug, in ein Meer aus Abermillionen glitzernder Sterne.

„Auf zum morgendlichen Eisbad!", lachte Chiara glücklich, erledigte ihre Morgentoilette und wunderte sich, dass sie Shakespeare nicht oben vor der Treppe vorfand. Mit dem Gedanken im Hinterkopf, der Hund könne tatsächlich kapiert haben, dass sein Platz unten war, sprang sie übermütig die Stufen hinunter – um auch hier nicht auf den Hund zu stoßen. Dafür fand sie auf dem gedeckten Tisch einen Zettel. Sie nahm ihn und las halblaut: „Warten Sie mit Ihrem Eisbad besser, bis Ihr Retter wieder da ist."

„Offenbar haben Sie im Freien übernachtet und sich Ihren Frohsinn bis heute Morgen eingefroren", konterte Chiara, holte sich einen Kaffee und genoss ihr Frühstück mit dem berauschenden Blick auf die glitzernde Schneeschicht, die sich wie eine bauschige Daunendecke auf den beiden Flussläufen und ihrer Umgebung ausbreitete.

Ein Rumpeln an der Tür machte sie auf die Rückkehr der Spaziergänger aufmerksam. Shakespeare stürmte auf sie zu, das dichte schwarze Fell mit einer Schneeschicht bedeckt, die er direkt vor ihr durch ein kräftiges Schütteln loszuwerden gedachte. Die Rüge in Richtung Florian, weil der den Hund nicht im Griff hatte, verschluckte sie, als sie sah, dass dieser beladen mit zwei Fichten in den Wohnraum trat. Er lehnte die großen Bäume an die Wand, ohne Chiara zu beachten. Schnee klebte an seinen Stiefeln und bis zu den Knien hinauf, ein deutliches Zeichen dafür, wie mühsam er sich den Weg durch die weiße Masse gebahnt hatte.

Die Nadelbäume tropften beschaulich vor sich hin und verströmten einen herrlich herben Duft nach Wald. Chiara sprang auf, um sie gebührend zu bewundern, während Florian nochmals nach draußen verschwand und dann Chiara zwei Holzkisten fast auf die Zehen stellte.

„Will nichts mehr hören!", brummte er in ihre Richtung und verließ erneut das Haus, vermutlich um den Schlitten unter das schützende Vordach der Küchentür zu stellen.

Gespannt öffnete Chiara die erste Kiste. Sorgsam auf Stroh gebettet schimmerten ihr Glaskugeln in verschiedenen Rot- und Orangetönen bis hin zu einem freundlichen Gelb entgegen. Die andere Kiste enthielt Bienenwachskerzen und entsprechende Baumklammern, die roten und grünen Stoffbänder mit dem an ihnen befestigten Schmuck aus Holz, Baumrinde und Steinen, einige Rollen blanken Stoffbandes in kräftigem Rot, und zuunterst, geschützt in einer Pappschachtel, fand Chiara mindestens 40 der rotweißen Zuckerstangen.

Florian kam zurück und stellte zwei Christbaumständer ab, anschließend holte er noch einen Arm voll Fichten- und Buchsbaumzweige herein, ehe er sich den Schnee von der Kleidung klopfte und sich aus der warmen Jacke pellte.

„Zufrieden?", fragte er und baute sich vor ihr auf, als wolle er ihr nahelegen, ja keine falsche Antwort zu geben.

„Ob ich zufrieden bin?", wiederholte sie seine Frage und strahlte ihn dabei glücklich an. „Sie sind der Mann des Tages!", verkündete sie.

„Da es weit und breit keinen anderen Mann gibt …", begann er, winkte dann ab und griff stattdessen nach dem ersten, gut zwei Meter hohen Baum.

„Wo soll diese arme Kreatur ihre Nadeln einbüßen?", wollte er wissen und verleitete sie damit zu einem ausgelassenen Lachen.

„Hier vorn an der Fensterfront, beim Übergang zur Nische mit dem Tisch", beschloss sie und deutete auf die Wand aus Holzstämmen, die sich zwischen der Fensterfront des Wohnbereichs und der eingerückten Nische des Esszimmers befand. Gemeinsam stellten sie den Baum auf, der zweite kam schräg gegenüber, zwischen das Bücherregal und den Garderobenvorraum.

Florian warf einen Blick auf das zugeklappte Notebook, einen auf seine Armbanduhr und meinte dann: „Ich gebe Ihnen eine Stunde."

„Es geht schneller, wenn Sie mir helfen."

„Sie wollen mich nur herumkommandieren."

„Sie haben mich durchschaut!"

Die folgende Stunde verbrachte Florian damit, nach Chiaras Anweisungen das rote Stoffband in sanften Wellen oberhalb der Fensterfront anzubringen. An diesem befestigte er dann abwechselnd die Zweige und die Stoffbänder mit den Sternen, Rentieren und Engeln aus Naturmaterial. Währenddessen versah Chiara die Bäume mit den Kugeln, Kerzen und Zuckerstangen. Schließlich stellte sie sich in die Mitte des Raums, klatschte begeistert in die Hände und wandte sich strahlend zu Florian um.

„Sie sehen aus wie ein Kind an Weihnachten", spottete Florian gutmütig.

„Ich fühle mich auch so", erwiderte Chiara und eilte auf den Mann zu. Sie ergriff seine Hände und drückte sie vorsichtig.

„Vielen Dank dafür!", sagte sie leise und betrachtete zufrieden das Funkeln in seinen Augen. Ganz offensichtlich hatte auch er sein Vergnügen an dem vorweihnachtlichen Ambiente – oder einfach daran, ihr eine Freude bereitet zu haben? Sie jedenfalls fühlte eine Ahnung vergangener Tage in sich. Dieses Gefühl, das sie erst kürzlich so schmerzlich vermisst hatte: Weihnachtsfreude. Sie freute sich nicht nur über den vertrauten Duft nach Holz und Tannennadeln und über die Bereicherung der schlichten Einrichtung, sondern vor allem darüber, dass Florian sich von ihrer Begeisterung hatte anstecken lassen, wenngleich er das sicher nicht zuzugeben bereit war. Offenbar war er noch nicht ganz in seinem eigenbrötlerischen Missmut ertrunken. Schon gestern, als er vorgegeben hatte, sie in den Fluss werfen zu wollen, war etwas von der Lebensfreude durchgeblitzt, die tief in ihm vergraben sein musste und sich immer dann in seinem Gesicht widerspiegelte, wenn er eines seiner seltenen Lächeln zeigte oder gar fröhlich auflachte.

Plötzlich wurde Chiara bewusst, dass sie noch immer Florians kalte Hände festhielt. Sie betrachtete seine kräftigen Finger, die ihre umschlossen, und hob den Kopf. Seine Augen waren ernst auf ihr Gesicht gerichtet. Wieder glaubte sie, dieses eigentümliche Aufblitzen in ihnen zu sehen. Wie ein mühsam unterdrücktes Feuer, dem er die Nahrung zu entziehen versuchte. Im gleichen Moment entzog er ihr seine Hände und schob sie in die Hosentaschen seiner Jeans.

„Wir haben zu tun", sagte er schroff, ging zum Tisch und klappte das Notebook auf.

Chiara seufzte, gesellte sich aber eilig zu ihm und wartete, bis Florian die letzten Zeilen überflogen hatte. Sie war froh, als er endlich von ihrem Stuhl wegtrat und seinen unruhigen Gang durch den Raum aufnahm. Dennoch dauerte es geraume Zeit, bis er schließlich zu diktieren begann. Anfangs wirkte er unkonzentriert, veranlasste sie mehrmals zu Löschungen, dann fand er in die Geschichte hinein und tauchte ganz in sie ab. Vergessen waren der Schnee vor dem Fenster, der Duft der Bäume und Bienenwachskerzen, das flackernde Feuer im Kamin und Chiaras Gegenwart.

Florian befand sich auf einer gefährlichen Jagd um die halbe Welt …

Unterbrochen nur von kleinen Mahlzeiten und einigen Ausflügen mit dem Hund verbrachte Chiara mindestens 12 Stunden pro Tag am Notebook. Das Manuskript wuchs, und bewundernd stellte die junge Frau fest, dass die zu Beginn so verworren wirkenden Handlungsstränge mehr und mehr zueinander führten und ein immer klareres Bild abgaben, wenngleich der Ausgang der Geschichte in verschiedene Richtungen hin offenblieb.

Sie seufzte und nahm die Hände von der Tastatur. Das Ende ihres Ausflugs in die kanadische Wildnis war ebenfalls offen, und zwar allein deshalb, weil sie in diesem Blockhaus im Wald keinen Internetzugang hatte. Sie war nicht in der Lage, nebenbei Stellenausschreibungen zu sichten oder gar online Bewerbungen abzuschicken, wie sie das geplant hatte. Wenn sie in ein paar Wochen Kanada den Rücken zukehrte, würde sie wieder vor den Trümmern ihres Lebens stehen. Mit einer renovierungsbedürftigen Villa, die eigentlich viel zu groß für sie war, in ihrer alten Heimatstadt, die sich in den Jahren ihrer Abwesenheit so verändert hatte, dass sie kaum noch jemanden kannte. Ohne Job und damit ohne ein geregeltes Einkommen sah ihre Zukunft nicht eben rosig aus.

Meist gelang es ihr, die Sorgen darüber nicht überhandnehmen zu lassen. Sie vertraute darauf, dass hinter all dem Unfertigen und Zerstörten ein Sinn steckte, den sie nur noch nicht erkannte. Ihre Großmutter hatte immer von einem göttlichen Plan für das Leben eines jeden Menschen gesprochen, den zu erkennen die meisten allerdings verlernt hatten. Chiara hatte ihr nie widersprochen, gedanklich jedoch hinzugefügt, dass die Menschen wohl eher keinen Sinn darin sahen, sich nach den Plänen eines Gottes zu richten, an den sie nicht mehr glaubten. Weil sie alle Macher waren; selbst Schöpfer, wenngleich sie doch nur in äußerst begrenztem Umfang ihre kleine Welt kreierten, die allerdings durch einen einzigen Satz oder ein winziges Ereignis aus ihrer Verankerung gehebelt werden konnte.

Und weshalb geschah das so oft? Vielleicht weil Gott auf diese Weise versuchte, seine Menschen wieder in seine Spur zu bugsieren? Chiara wuschelte sich durch den Kurzhaarschnitt und blickte auf die schneebedeckten Berge. Die letzten Strahlen der untergehenden Sonne setzten die Gipfel in Flammen.

Hatte Gott auch sie aus der Spur geworfen, weil sie einen Weg eingeschlagen hatte, der nicht zielführend war? Wo hatte sie die falsche Abzweigung genommen? Bei ihrem Umzug zurück nach Freiburg? Bei der Entscheidung, die Arbeitsstelle zu wählen, die ihrem Haus am nächsten lag? Womöglich war es gar nicht die Richtung, die so verkehrt gewesen war, kam es ihr in den Sinn, als ihr einfiel, wie sie erst vor einigen Stunden zu Florian gesagt hatte, dass sie verlernt hatte, für die unscheinbaren und alltäglichen Geschenke dankbar zu sein. Vielleicht war es ihre innere Einstellung, die nicht rund lief? Die Nörgelei über ihren Körper, der nun mal keiner Barbiepuppen-Norm entsprach, die sie immer wieder einholte? Die Unzufriedenheit mit ihrer Einsamkeit, da Männer sie offenbar allzu gern übersahen? Der Wunsch …

„Chiara Kilian!"

Sie fuhr erschrocken zusammen. Ihr momentaner Arbeitgeber lehnte einmal mehr an der Scheibe, die geschienten Hände ruhten untätig vor seinem Sixpackbauch und seine dunklen Augen waren anklagend auf sie gerichtet.

Chiara schaute ihn verwirrt an. Sie war so tief in Gedanken versunken gewesen, dass sie tatsächlich nicht wusste, ob er weiterdiktiert, geschwiegen oder sie bereits mehrfach angesprochen hatte. Ein verlegenes Lächeln stahl sich auf ihr Gesicht, und zu ihrem Erstaunen wurde Florians verkniffene Miene unverzüglich weicher.

„In den vergangenen Minuten waren *Sie* kilometerweit entfernt!", merkte er an, klang dabei allerdings weder spöttisch noch vorwurfsvoll. Es war schlicht eine Feststellung.

„Ich hatte gerade eine fantastische Idee für einen Roman, der mich auf Platz eins der Spiegel-Bestsellerliste katapultieren wird, während Sie sich hinter mir mit dem zweiten begnügen müssen!"

„Lassen Sie hören!"

„Damit Sie mir meine Idee klauen? Niemals!"

Florian zeigte dieses wunderbar schelmische Grinsen, ehe er ihr zunickte und wieder ernst sagte: „Wenn Sie jemanden zum Zuhören brauchen …"

„Sie?" Chiara lachte, und die nachdenkliche Stimmung, die sich zuvor in ihr breitgemacht hatte, verflog. Das zumindest hatte Florian bereits fertiggebracht. Und zuhören konnte ein Mann, der so ungern selbst redete, vermutlich auch recht gut.

„Ich meinte Rose. Sie besitzt einen wahren Schatz an Lebensweisheiten."

„Und rotweißen Zuckerhirtenstäben?"

„Das auch."

„Ist es in Ordnung, wenn wir für heute Schluss machen? Mein Rücken beschwert sich, meine Hände ebenfalls."

Florian runzelte die Stirn, nickte dann jedoch. „Ich feile an einigen Textstellen. Sie dürfen meine Fitnessgeräte benutzen."

„Die Folterinstrumente da oben? Niemals!" Chiara blickte den Mann herausfordernd an, allerdings warf er weder einen anzüglichen Blick auf ihre Pölsterchen noch sagte er einen Ton davon, dass mehr Bewegung ihr nicht schaden könne. Sie dankte ihm seine Zurückhaltung mit einem strahlenden Lächeln, das ihn wiederum die Stirn runzeln ließ. Offenbar wusste er nicht, womit er ihr nonverbales Dankeschön verdient hatte. Und genau das ließ ihn in ihrer Achtung höher steigen als die höchste Schneewehe draußen vor der Tür.

Florian besaß ein verwirrendes Spektrum an Stimmungen, doch allmählich kristallisierte sich heraus, dass zwischen den Extremen ein feiner Kerl feststeckte, der möglicherweise aus der Zwangsjacke seiner Innenwelt befreit werden könnte. Ob das ihre Aufgabe war? Chiara verwuschelte erneut ihr Haar und erhob sich eilig, da sie dem eindringlichen Blick des Mannes entgehen wollte, der ihre Gedanken beschäftigte. War sie trotz allem vielleicht am richtigen Platz – da, wo Gott sie haben wollte? Sie fand die Vorstellung verunsichernd, zugleich aber auch wunderschön. Wollte Gott sie womöglich gebrauchen, um einem zwar erfolgreichen, aber auch verletzten Menschen zu helfen!? Sie, das unscheinbare Pummelchen ohne irgendwelche herausragenden Begabungen?

„Gibt es in Banff ein Internetcafé?", fragte sie schließlich in dem verzweifelten Versuch, das zwischen ihnen entstandene Schweigen zu durchbrechen. Die wortlosen Pausen während Florians Diktat waren ihr mittlerweile vertraut, doch dieses Mal unterschied sie sich irritierend von den anderen.

Chiara schüttelte über den seltsamen Eindruck den Kopf. Wie konnte ein Schweigen sich von einem anderen unterscheiden?

Stille war Stille. Sie spitzte nachdenklich die Lippen und zupfte an ihrem fransig geschnittenen Haar. Das stimmte so nicht ganz. Die Stille, die in der verschneiten Berglandschaft herrschte, war eine völlig andere als die in ihrer leeren, großen Villa. Chiara fand die Stille der Natur erhaben, mächtig, tröstlich und wohltuend, wohingegen die in ihrem einsamen Zuhause bedrückend, schwer und unnatürlich wirkte.

Was also füllte das momentane Stillschweigen zwischen Florian und ihr? Die verwirrenden Gedankengänge, die ihr wie Schneeflocken durch den Kopf wirbelten? Die seinen, die sich vermutlich auf Wanderschaft zwischen dem Hier und Jetzt und der Welt seiner Romanfiguren befanden? Eine Stimme, die sie zwar spürte, aber nicht hörte, die ihre Gedanken in Richtungen lenkte, in die sie sonst niemals gegangen wären? Gottes Stimme?

„Meine Zeit!“, japste sie, ohne eine Antwort abzuwarten, und wandte sich dem Eingangsbereich zu.

„Der Autoschlüssel liegt in der Schublade mit der Hundeleine“, sagte Florian, drehte sich um und polterte die Stufen hinauf.

Verwundert registrierte Chiara, dass er die Tür hinter sich ins Schloss donnerte. Wenig später drang das Geräusch irgendeines scheinbar wütend bearbeiteten Trainingsgeräts zu ihr. Verunsichert schlüpfte Chiara in Stiefel und Jacke, und während sie nach dem Autoschlüssel griff und Shakespeare klarmachte, dass er nicht mitdurfte, fragte sie sich, ob sie ihn mit ihrem Ausruf verletzt hatte. Dabei war dieser auf ihre eigenen verworrenen Gedanken bezogen gewesen …

„Chiara!“ Marc öffnete die Eingangstür und ließ sie hinein. „Hast wohl genug von der Einöde da draußen?“

„Nein“, widersprach Chiara. „Aber Rose sagte mir, dass ich vielleicht deinen Computer benutzen darf.“

Bei dem Gedanken an Florian, den sie unbeabsichtigt verstört haben musste, breitete sich ein dumpfer Schmerz in ihrem Inneren aus. Gewaltsam zwang sie sich in die Gegenwart zurück. Allmählich führte sie sich auf wie der Autor. Gedankenversunken und einsilbig. Marc grinste, vermutlich mit einem ähnlichen Hintergedanken, und deutete auf eine geschlossene Zimmertür. Chiara trat ihre schneebedeckten Schuhe gründlich ab, zog sie dann aus und öffnete die Tür. Poster von irgendwelchen ihr unbekannten Sportlern hingen an den Wänden, der Computer brummte, auf dem Bildschirm war Facebook geöffnet. Zwischen dem ungemachten Bett und einem Sessel türmten sich Kleidungsstücke, daneben lagen schmutzige Turnschuhe.

„Nett", kommentierte sie und erntete als erste Reaktion eine große Kaugummiblase.

„Ich bin hier nur noch in den Semesterferien", erklärte Marc, nahm einen Stapel Ordner und Bücher vom Schreibtisch und wies auf den Drehstuhl, dessen Polster vorn durchgewetzt war, sodass die Füllung herausquoll.

„Vielen Dank! Eigentlich sollte ich mich dringend um einen Job bewerben und mich vielleicht auch mal bei meiner Familie und Freunden melden, ehe die Interpol auf die Suche nach mir ausschicken."

„Lass dir Zeit. Ich bin nebenan im Wohnzimmer, meine Eltern sind heute unterwegs. Möchtest du etwas trinken?"

„Nein, danke, Forster schenkt mir ständig Wasser nach, ich fühle mich schon wie ein Goldfisch. Und später bin ich noch bei Rose eingeladen."

„Benimmt sich der Einsiedler anständig?"

„Aber ja. Wir arbeiten konzentriert und kommen gut voran."

„Dann ist ja gut."

„Was hattest du denn erwartet?"

Marc zog unschlüssig die Schultern hoch. „Er redet ja nicht viel. Rose meinte mal, früher sei er anders gewesen. Freundlich, fröhlich, gesellig. Ich meine, ihn auch so in Erinnerung zu haben, doch ich hatte nie viel mit ihm, seiner Familie oder deren Gästen zu tun."

„Damals war er also nicht allein hier?"

„Nein, immer mit den Eltern und einer Schwester, außerdem vielen Gästen aus der Schweiz oder sonst woher. Ich glaube, seit Forster diese Wandlung durchgemacht hat, war niemand mehr hier."

„Du weißt aber nicht, was mit ihm geschehen ist?"

„Vielleicht weiß Rose es, wobei ich das bezweifle, so verschlossen, wie er ist. Wer so lebt und sich in Schweigen hüllt, frisst etwas in sich hinein."

„Studierst du Psychologie?"

Marc lachte. „Weit gefehlt." Er zwinkerte ihr zu und ließ sie allein.

Chiara schrieb eine Mail an Patrick und eine an ihre Mutter, ehe sie sich auf die Suche nach Stellenangeboten von Banken in Freiburg und der näheren Umgebung machte, ohne wirklich fündig zu werden. Frustriert wartete sie noch einige Minuten, ob eine Antwort von einem der beiden Angeschriebenen kam, doch da das nicht der Fall war, meldete sie sich von ihrem Account ab und begab sich auf die Suche nach Marc.

Er lümmelte dösend auf einer Couch vor dem Fernseher und hatte einen Sportsender laufen. „Fertig?"

„Ja. Vielen Dank, dass ich deinen Computer benutzen durfte."

„Jederzeit. Ich sage meiner Mom, dass du vielleicht mal vorbeikommst, dann bist du nicht auf meine Anwesenheit angewiesen."

„Das ist super. Danke."

Marc winkte ihr zum Abschied lässig zu, und wenig später betrat Chiara erneut den Laden von Rose. Sie bediente gerade ein Pärchen, deren Skier und Stöcke neben der Eingangstür standen, kassierte bei einem älteren Herrn Kaffee und Kuchen ab und hielt noch ein Pläuschchen mit ihm an der Tür, ehe sie zu Chiara zurückkehrte, die es sich mittlerweile auf einer Couch im hintersten Winkel des kleinen Caféabteils bequem gemacht hatte. Die bunt zusammengewürfelten Tische und Stühle, Sessel und Hocker bildeten ein ganz besonders gemütliches Ambiente, das durch die unterschiedlichen von der Decke hängenden Lampen noch unterstrichen wurde. An den verputzten Wandteilen zwischen den Holzbalken hingen eine große Anzahl Bilder, teils Gemälde, teils Fotos, darunter einige, die vermutlich aus den Anfängen der Fotografie stammten. Ein Feuer in einem Kamin verbreitete angenehme Wärme, Teelichter in geschliffenen Gläsern flackerten heimelig.

Rose zog über Chiaras Platzwahl eine Augenbraue nach oben, schwieg sich aber über das aus, was ihr durch den Kopf ging und brachte bald darauf Kaffee und ein Stück verführerisch duftenden Apfel-Zimt-Kuchen.

„Kommst du da draußen zurecht?", lautete ihre erste und unüberhörbar bange klingende Frage.

„Aber ja! Es ist wunderschön dort am Fluss! Die erhabene Bergwelt, die unzähligen Farbnuancen, die sie annehmen kann, der Schnee, die Stille … herrlich!"

Rose strahlte, als habe sie sich alle diese Herrlichkeiten selbst ausgedacht, und sagte: „Ich bin sehr froh darüber. Forster wird es guttun, sich endlich mal mit jemandem auseinandersetzen zu müssen."

„Er ist ein Gentleman."

„Wirklich?" Rose runzelte die Stirn, als gefiele ihr das nun wiederum gar nicht.

„Na gut, er ist wortkarg, gelegentlich brummig und lebt meist in einer anderen Welt. Dennoch hat er eigens für mich die Weihnachtsdekoration besorgt, er bereitet für uns beide das Frühstück zu, er lässt sich von mir dazu animieren, auch mal die Augen von dem flimmernden Bildschirm zu nehmen und einen Spaziergang zu machen – oder eine Schneeballschlacht."

„Wirklich?", wiederholte Rose und dieses Mal lag erneut ein begeistertes Lächeln auf ihrem ausdrucksstarken Gesicht. „Ich mag den armen Jungen sehr."

„Warum nennst du ihn so?", forschte Chiara nach.

Rose wiegte den Kopf. Ob sie sich unsicher war, wie viel sie ihr, der Fremden, erzählen durfte?

„Na, du lebst da draußen mit ihm. Vielleicht hast du das Recht, etwas mehr über ihn zu wissen. Zumal ich hoffe, dass deine Anwesenheit ihn ins Leben zurückholt. So, wie du euer zwangsweises Zusammenleben beschreibst, scheinst du darin ja bereits erfolgreich zu sein."

„Ausgerechnet ich!", Chiara lachte.

„Ausgerechnet du!", pflichtete Rose ihr ernst bei. „Ich hatte von Anfang an den Eindruck, dass du nicht so leicht zu beeindrucken bist. Weder von seinem attraktiven Äußeren noch von seinem Status als Bestsellerautor und schon gar nicht von der Tatsache, dass er sich benehmen kann wie die Axt im Walde. Ich war mir sicher, du würdest nicht gleich am zweiten Tag die Flucht ergreifen. Anna, die Lektorin, hegte nämlich genau diese Befürchtung."

Rose nahm die Tasse hoch, trank einen Schluck und taxierte Chiara dann erneut mit ihren beinahe schwarzen Augen. „Bis vor etwa vier Jahren nutzte die Familie Forster die Hütte zwei- bis dreimal im Jahr für ihre gemeinsamen Urlaube, meist begleitet von befreundeten Familien oder Geschäftspartnern, Freundinnen der jüngeren Schwester von Forster und auch seinen Freunden."

„So viele Menschen haben sich in das Haus gequetscht?", fragte Chiara verwundert.

„Nein, das natürlich nicht." Rose kicherte bei der Vorstellung und stellte die Tasse wieder ab. „Die Gäste quartierten sich entweder in Hotels ein oder campierten in Wohnmobilen auf einem der Campingplätze. Im Winter war in der Regel nur die Familie da, Franziska bewohnte das Gästezimmer, die Eltern das große Schlafzimmer oben und Florian schlief auf der Couch."

„Und was ist dann geschehen?" Gespannt beugte Chiara sich vor, ihre Hände hielten die Tasse mit dem langsam erkaltenden Kaffee fest umgriffen.

Rose zuckte mit den schmalen Schultern. „Was genau passiert ist, weiß ich leider auch nicht. Florian kommt zwar gelegentlich her und unterhält sich mit mir. Aber manchmal beschleicht mich das ungute Gefühl, dass ich die einzige Person bin, mit der er mehr als das Allernötigste spricht. Bis jetzt." Rose lächelte sie vielsagend an und schob sich das letzte Stück Kuchen in dem Mund, während Chiaras noch unberührt auf dem Steingutteller lag.

„Aber über das, was ihn so nachhaltig verändert hat, schweigt er verbissen. Fast so, als wolle er es ja nicht hergeben, sondern krampfhaft festhalten."

„Und dabei schmerzt es ihn", stelle Chiara schlicht fest.

Rose nickte beipflichtend und schenkte ihr erneut ein Lächeln, das zu Chiaras Überraschung Bewunderung und Dankbarkeit ausdrückte. Allein deshalb, weil sie es bereits mehrere Tage in Florians Gegenwart aushielt? Weil sie durchschaut hatte, dass dieser Mann nicht von Grund auf mürrisch war, sondern einen tiefen Schmerz in sich hineinfraß?

„Forster hat mir erzählt, dass er seinem Vater das Chalet abgekauft habe. Mehrmals im Jahr kommt er für ein paar Wochen zum Schreiben her, manchmal verschwindet er tagelang in der Wildnis. Frauen gegenüber ist er extrem distanziert. Glaub mir, einige der Mädchen hier aus Banff haben sich gern mal da oben herumgetrieben und kamen desillusioniert zurück. Anfangs dachte ich, er habe das Sprechen völlig verlernt. Er wirkte gejagt; wie auf der Flucht. Die Hütte ist zu seinem Versteck geworden. Über die Jahre öffnete er sich zumindest mir gegenüber wieder ein Stück weit, doch ansonsten hat er sich leider in seiner Einsamkeit eingerichtet."

„Er hat sich einen äußeren und einen inneren Schutzwall zugelegt, vielleicht, um sich vor der Vergangenheit zu verstecken?"

„Oder um sich vor einer neuerlichen Verletzung zu schützen. Wer weiß. Womöglich trifft auch beides zu." Rose legte ihren ganzen Kummer um den einst fröhlichen jungen Mann, den sie offenbar in ihr Herz geschlossen hatte, in einen tiefen Seufzer.

„Wunden, die Menschen einander zufügen, können die Seele heftig erschüttern", flüsterte Chiara. Zu präsent waren die Erinnerungen an die Spötteleien ihrer früheren Mitschüler, an so manchen Kommentar angeblicher Freunde, der nicht für ihr Ohr bestimmt gewesen war … über ihre Figur und die Tatsache, dass sie regelmäßig in die Kirche ging und in der Bibel las.

„Du kennst das, nicht wahr?"

„Wer kennt das nicht?"

„Leider gehen wir oftmals erschreckend lieblos miteinander um", sinnierte Rose und sah Chiara dabei mitfühlend an.

„Leider, ja. Doch ich habe beschlossen, mich nicht daran zu orientieren, wie andere mich sehen oder behandeln, sondern an dem, wie Gott mich sieht, wie er mich behandelt."

„Eine weise Entscheidung."

„Eine, die meine Großmutter mich gelehrt hat. Es klappt mal besser, mal schlechter. Aber ich vermute, die Hänseleien, die ich aushalten musste, sind ein Klacks gegen das, was Forster widerfahren ist."

„Unsere Seelen sind nicht alle gleich robust. Etwas, was die eine Person mit einem Lächeln und einem Schulterzucken wegsteckt, reißt bei einer anderen womöglich tiefe Wunden."

„Als so empfindsam schätze ich Forster allerdings nicht ein. Er gibt kräftig Kontra, wenn ich ihn aufziehe, und besitzt durchaus die Fähigkeit, über sich selbst zu lachen."

Rose lachte leise vor sich hin, wurde jedoch schnell wieder ernst. „Irgendetwas hat Forster schwer erschüttert. Er scheint jetzt zutiefst argwöhnisch zu sein, und aus diesem Misstrauen heraus verschanzt er sich hinter seiner wortkargen Brummigkeit und zieht die Einsamkeit dem Leben innerhalb der Gesellschaft vor."

„Wie ein Grizzly?"

„Wie ein Grizzly im Winterschlaf. Aber ich hoffe sehr, dass du ihn auftauen kannst."

„Ich?" Rose kannte sie doch kaum, und dennoch sprach sie ihre eigenen Gedankengänge von zuvor aus. War sie an dem Platz, an dem sie so überraschend gelandet war, also wirklich genau richtig? Hatte sie unbewusst eine Aufgabe übernommen, die sie trotz ihrer vermeintlich fehlenden Begabungen auszufüllen verstand?

„Wer sonst? Ich vermute, dass ihm nicht einmal seine Eltern oder seine Schwester in den vergangenen vier Jahren so nahe gekommen sind, wie du es im Augenblick bist."

„Du machst mir Angst!", raunte Chiara und biss eher verzweifelt als hungrig in das Gebäck.

„Weshalb? Ich finde, du machst deine Sache ausgezeichnet. Du verfügst offenbar über Fähigkeiten, die dich dafür prädestinieren."

„Welche Fähigkeiten?", fragte Chiara automatisch, begleitet von einem Seufzen. „Ich bin nichts Besonderes. Ich tippe schnell und kann halbwegs mit Zahlen jonglieren. Das ist aber auch schon alles."

„Was ist mit den vorhin angedeuteten Verletzungen, gegen die du in deiner Jugend ankämpfen musstest und die du mittlerweile meist weglachen kannst? Über die du dich erhoben hast, um dein Leben zu gestalten, ohne dich von der Meinung anderer Leute beeinflussen oder niederdrücken zu lassen?" Eifrig, fast aufgebracht, blitzte Rose sie an. „All das hat dich womöglich auf diesen Eigenbrötler vorbereitet. Es gibt nicht viele Menschen, die mit Forsters Launen, seinen Ecken und Kanten und seiner Wortkargheit zurechtkommen."

„Ehrlich, so schlimm ist er nicht!", verteidigte Chiara Florian und wunderte sich, dass Rose ein derart negatives Bild von ihm zeichnete. Dabei wusste sie doch, dass die Frau dem Autor viel Zuneigung entgegenbrachte.

„Wie ich schon sagte: Es ist besser geworden. Aber er hat es sich hier in Banff in den letzten Jahren mit so ziemlich allen Menschen verdorben. Sie gehen ihm lieber aus dem Weg. Leider, so fürchte ich, ist das in der Schweiz nicht anders. *Du* hingegen weichst ihm nicht aus. Vielleicht deshalb, weil du auf ihn vorbereitet bist?!"

„Ich mache eigentlich gar nichts Besonderes", flüsterte Chiara verwirrt. „Ich bin doch einfach nur … da. Ich bin ich."

„Meine Rede!", lachte Rose und lehnte sich zufrieden zurück.

6. Kapitel

Blaue, grüne und violette Schleier tanzten über den Nachthimmel, färbten die Schneeflächen ein, berauschten die Sinne. Sie verliefen wie Wasserfarben auf einem saugfähigen Untergrund, um daraufhin wie im Nichts zu verschwinden, tauchten aber sogleich an anderer Stelle wieder auf. Der Himmel über dem schneebedeckten Fluss war erfüllt von Polarlichtern, und obwohl Florian bereits mehrfach Zeuge dieses Spektakels geworden war, stand er an der offenen Terrassentür und konnte sich kaum sattsehen. Wie ein Gruß aus Gottes perfekter, heiler Welt jenseits der hiesigen wirbelten die Lichter gleich Fontänen auseinander, schienen vor Lebensfreude überzusprudeln und weckten tief vergrabene Wünsche und Sehnsüchte in ihm. Ein dunkelblauer Streifen zog seine Aufmerksamkeit auf sich. Kornblumenblau! Wie Chiaras Augen.

Florian ballte die Hände zu Fäusten. Wie gern hätte er ihr dieses herrliche Phänomen gezeigt. Ihre Begeisterung, das Strahlen ihres hübschen Gesichtes, das übermütige Blitzen in ihren wunderschönen Augen hätte seine Freude noch vervielfacht. Doch sie war nicht hier. Warum musste sie so lange fortbleiben?

Florian fuhr sich verblüfft über das Kinn mit dem mittlerweile wuchernden Bart. Ohne den Blick von dem Naturschauspiel abzuwenden, machte er sich klar, dass er sich nach der Anwesenheit einer anderen Person sehnte. Er wünschte sich jemanden herbei. Chiara!

Erschrocken wandte er sich ab. Durfte das sein? Konnte er diese Gefühle zulassen? Der Aufruhr in seinem Inneren ließ ihn die Zähne zusammenpressen, bis sie knirschten. Ja, Chiara war anders. Besonders. Aber war das genug?

Shakespeare jaulte leise auf, trotte zu ihm und sah ihn mit schief gelegtem Kopf an. Spürte das Tier den Schmerz, der sich in Florian ausbreitete? Erkannte es seine Furcht?

„Komm, alter Junge. Wir laufen ein Stück!", beschloss Florian und knallte die Terrassentür zu. Nachlässig zog er sich irgendetwas über, griff nach der Leine und verließ beinahe gehetzt seinen Zufluchtsort. Das zweite Mal innerhalb der vergangenen Tage!

Er joggte, so gut es im tiefen Neuschnee möglich war, in den Wald, gefolgt von Shakespeare, dem das halbwegs flotte Vorankommen zu gefallen schien, war Chiara mit ihm doch meist sehr gemütlich unterwegs. Erneut geisterte die Frau durch Florians Gedanken. Irgendwie musste es ihm gelingen, sie daraus zu vertreiben!

An der Stelle, an der der Pfad nach links in Richtung Grillstelle führte, wandte er sich nach rechts. Bis auf die Spuren einiger Wildtiere lag der Schnee hier unberührt und hoch, aber das hinderte ihn nicht daran, diesen Pfad zu wählen. Im tiefen Schnee konnte er sich noch mehr auspowern; das würde ihm guttun.

Zügig joggte Florian voran, ignorierte die zunehmend durch seine Trainingshose dringende Nässe und die Schmerzen, die seine Handgelenke aussandten, weil die Brüche unangenehm auf die Kälte reagierten. Er musste unbedingt den Kopf freibekommen! Ausreichend Bewegung hatte immer schon sein Bedürfnis nach Nähe, vor allem nach der Nähe einer Frau gemindert. Es zog ihn immer tiefer in den Wald. Gelegentlich eröffnete sich ihm ein freies Blickfeld auf den Bow River. Die Nordlichter erloschen allmählich; vielleicht verzogen sie sich an einen anderen Ort, um dort die Menschen mit ihrem Farbenspiel zu erfreuen.

Plötzlich sackte Florians linkes Bein in ein Loch. Er stürzte und spürte gleichzeitig einen reißenden Schmerz durch seinen Fuß jagen. Er keuchte laut auf. Shakespeare war sofort bei ihm und bellte ihn auffordernd an.

„Ja, ich stehe gleich auf", zischte Florian und wälzte sich auf die Seite, um sein Bein zu befreien. Bereits bei dieser Bewegung wurde ihm klar, dass der Heimweg nicht nur schmerzhaft, sondern elend lang ausfallen würde. Florian griff nach einem tief hängenden Ast, um sich an diesem hochzuziehen. Der Baum, eine schlanke Birke, entlud erst einmal eine Ladung Schnee auf ihn. Er stäubte ihm ins Gesicht und in den Nacken, von wo aus er innerhalb von Sekunden als eisige Perlen über seinen Rücken rollte.

Mühsam zog Florian sich hoch. Als er den schmerzenden Fuß belastete, durchzucke ihn erneut ein beißender Schmerz. Es war ihm nahezu unmöglich aufzutreten. Abschätzend sah er sich um. Wie weit war er vom Blockhaus entfernt? Zwei Kilometer? Oder mehr? Es war schwer, die Entfernung abzuschätzen, umgaben ihn doch lediglich Bäume mit mehreren Zentimeter hohen Schneehauben, ein sternenbewehrter Himmel, der ihm verdeutlichte, dass die Temperatur schnell noch tiefer fallen könnte, und eine erfreulich helle, wenngleich kalte Schneedecke.

„Sehen wir es positiv, Shakespeare“, meinte er. „Der Rückweg wird mein Gemüt ausreichend abkühlen und mich eine ganze Weile beschäftigen, sodass ich nicht auf dumme Gedanken komme!“

Der Neufundländer drängte sich an ihn, als wolle er ihn zugleich stützen und wärmen. Florian atmete tief die eisige Luft ein. Sobald seine Kraft erschöpft war, würde das Tier ihn womöglich tatsächlich warm halten müssen …

Chiara legte einige Holzscheite in die fast erloschene Glut und eilte wider besseren Wissens in den ersten Stock. Sie klopfte an Florians Tür und rief seinen Namen, öffnete schließlich die Tür, doch alles war finster. Die Stille im Haus verdeutlichte ihr, wie allein sie war.

Wo waren bloß Florian und der Hund zu dieser späten Stunde abgeblieben, zumal Chiara ja den einzigen fahrbaren Untersatz dabeigehabt hatte? Besorgt huschte sie die Stufen hinunter, besah sich mit gerunzelter Stirn die Sportschuhe, die Florian im Haus trug, und zerrte die Schublade auf, die für gewöhnlich die Hundeleine und den Autoschlüssel beherbergte. Die Leine war fort, und an der Garderobe fehlten ein Paar Stiefel und der Parka.

Ob sie sich Sorgen machen musste? Normalerweise war Florian nur tagsüber in den Wäldern unterwegs, das hatte er ihr gesagt, verbunden mit der Warnung, dass man sich nachts noch viel schneller in der Wildnis verlief. Ebenso hatte er sie darauf hingewiesen, dass sich gelegentlich Berglöwen und im Sommer auch Bären hierher verirrten. Zwar scheuten die Tiere den Kontakt mit Menschen, doch wenn eines ausgehungert und verwundet war oder erschreckt wurde, konnte es schon einmal zu einem Angriff kommen …

Chiara blieb unschlüssig an der Tür stehen. Florian kannte sich hier weit besser aus als sie, zudem hatte er den Hund bei sich. Wäre es nicht leichtsinnig von ihr, sich auf die Suche nach ihm zu begeben? Würde sie sich nicht vielmehr selbst in Gefahr bringen, wenn sie jetzt losging, während Mann und Hund demnächst womöglich unbehelligt und vergnügt in das Blockhaus zurückkehrten?

„Es lebe das Handy!“, flüsterte sie und betrachtete unschlüssig ihre Hände. Sie waren noch kalt von dem Fußweg, den sie vom Parkplatz bis hierher zurückgelegt hatte.

Eine tiefe Beunruhigung hielt in ihrem Herz Einzug. Sie wusste, dass sie nicht tatenlos herumsitzen und auf die Rückkehr der beiden warten konnte.

„Ich muss mich wenigstens einmal in der Nähe umsehen“, sagte sie zu sich selbst und eilte in die Küche. Sie riss zwei Schubladen auf, ehe sie die schwere schwarze Taschenlampe fand. Probeweise schaltete sie diese ein. Ein starker Lichtstrahl erhellte das durch das prasselnde Feuer erzeugte Dämmerlicht. Zügig zog sie sich wieder an, streifte sich trockene Handschuhe über und verließ das Haus.

Klirrende Kälte biss ihr unbarmherzig ins Gesicht und verleitete sie dazu, nur oberflächlich zu atmen, da sonst ihre Atemwege zu schmerzen begannen. Falls Florian etwas zugestoßen war, würde er eine dermaßen frostige Nacht sicher nicht überleben! Chiara rief sich zur Vernunft. Bestimmt war er nur mit dem Hund eine Runde Laufen.

Sie knipste die Lampe an und ging über den festgetretenen Schnee vor dem Eingangsbereich der Hütte in Richtung Flussufer. Dort waren lediglich ihre Hin- und Rückspuren vom frühen Nachmittag zu finden, gemeinsam mit denen des Hundes. Demnach war Florian hier nicht entlanggegangen. Getrieben von einer unbekannten Unruhe, ja beinahe einer Verlassensangst in ihrem Herzen, eilte sie den Pfad zum Wanderweg entlang und wandte sich instinktiv nicht dem Parkplatz zu. Von dort war sie schließlich erst Minuten zuvor gekommen. Sie ließ den Schein der Taschenlampe nach rechts über den Boden gleiten. Tatsächlich entdeckte sie auf dem verschneiten Wanderweg die tief eingesunkenen Fußspuren eines Menschen und aufgewühlten Schnee, eine Spur, die Shakespeare im Tiefschnee hinterlassen hatte. Beides führte in den Wald hinein.

Ein weiteres Mal zögerte Chiara und sah sich unsicher um. Dunkle Baumriesen, wenngleich freundlich weiß geschmückt, ragten in den schwarzen Himmel hinauf, an dem die blitzenden Sterne auf die Klarheit und Kälte der Nacht hinwiesen. Wieder einmal war die Stille um sie her beinahe vollkommen, nur unterbrochen von einem gelegentlichen Zischen, wenn sich eine Schneehaube von einem Zweig löste und zu Boden glitt, begleitet vom Rascheln und Knacken der zurückschnellenden Äste. So wohltuend sie die friedliche Lautlosigkeit sonst empfand, im Augenblick brüllte sie Chiara förmlich in die Ohren, wie allein sie war.

„Forster? Shakespeare?“ Ihre Stimme, zögernd halblaut, verlor sich in der sie einhüllenden weißen Masse. Der Schnee dämpfte jedes Geräusch.

„Also gut“, sprach Chiara sich selbst Mut zu. Sie wälzte sich über eine meterhohe Schneeverwehung, die sich auf der älteren und damit festeren Schneedecke auftürmte. Das Licht der Taschenlampe fing die fortführenden Spuren ein, und sie folgte ihnen mühsam. Das tiefe Einsinken ihrer Füße behinderte sie am Vorankommen, das Herausziehen gestaltete sich wie gegen einen Widerstand an; als wolle die weiße Masse sie festhalten.

Warum war Florian hier entlanggegangen? War das die Hardcorevariante des Joggens? Genügten ihm die Fitnessgeräte in seinem Zimmer nicht, brauchte er diese sportliche Herausforderung?

Ihre Jeans wurde bis zu den Knien durchnässt und vereiste. Hinter jeder Wegbiegung, die sie passierte, nahm sie sich vor, dass sie nach der nächsten umdrehen würde, aber die einsamen Spuren, denen sie folgte, trieben sie doch weiter voran.

Schließlich blieb sie keuchend, schwitzend und frierend zugleich und völlig erschöpft stehen, der Schnee reichte ihr bis über die Knie. Vielleicht sollte sie besser umkehren und Hilfe organisieren?

Ein Bellen ließ aufmerken.

„Shakey?“, rief sie in die nun wieder herrschende Stille hinein. Hastig stapfte sie in Richtung des Bellens, das ihr jetzt ununterbrochen entgegenhallte, wie um ihr den Weg zu weisen. Sekunden später flog ein riesiger Schatten auf sie zu. Bei jeder seiner kraftvollen Bewegungen stäubten meterhohe Schneefontänen auf. Sie hatte zumindest den Hund gefunden! Das Tier umsprang sie bellend, als freue es sich übermäßig über ihre Anwesenheit.

„Forster?“, rief sie in den dunklen Wald und erhielt tatsächlich eine Antwort: „Hier!“

Begleitet von dem aufgeregten Neufundländer kämpfte sie sich vorwärts, vergaß ihre kalten Zehen und die eisige Hose an ihren Beinen, und traf kurz darauf auf den Gesuchten. Er lehnte seitlich am Stamm einer Kiefer.

„Hatte ich Ihnen nicht gesagt, dass es nachts im Wald gefährlich ist?“, begrüßte er sie.

„Doch, das haben Sie“, erwiderte Chiara gelassen. Die eigenartige Spur im Schnee hinter Florian, die der Lichtkegel der Taschenlampe einfing, ehe sie wild flackerte und dann erlosch, verriet ihr, dass irgendetwas mit ihm nicht stimmte. Das waren bei Weitem nicht mehr die vor Kraft strotzenden, klaren Abdrücke von zuvor.

„Sie könnten sich verletzen!“, fuhr der Mann fort.

Chiara versteckte ihr Lächeln nicht. Florian klang besorgt, und das gefiel ihr. „Ich vermute, das haben Sie selbstlos für mich übernommen?“

„Sicher, ganz gentlemanlike“, gab er zurück, und Chiara lachte über den beißenden Spott, der ihn selbst traf.

„Was ist passiert?“

„Bin in ein Loch getreten und kann meinen linken Fuß nicht richtig belasten.“

„Sind Ihnen zwei gebrochene Hände noch nicht genug Einschränkungen?“

„Das ist nicht witzig“, murmelte er.

„Nein. Wahrscheinlich eher schmerzhaft?“

„Möglich“, konterte er. „Ich sage es Ihnen, sobald ich wieder etwas spüre.“

„Soll ich den Schlitten holen?“, erbot sie sich.

„Bei diesem Tiefschnee?“

„Gut, dann müssen wir einen anderen Weg finden, Sie ins Warme zu schaffen“, sagte sie gewohnt tatkräftig und trat neben ihn.

„Wollen Sie mich tragen?“

„Wenn Sie schnell die Hälfte Ihre Muskelmasse abschütteln, gern!“

Florian sah sie durchdringend an. Chiara bemerkte sein Zittern und ahnte, dass er bereits seit Stunden gegen die Kälte ankämpfte. Seine Lippen waren blau, und an den Haarsträhnen, die ihm in die Stirn fielen, hatten sich winzige Eiskristalle gebildet. Der wuchernde Bart war vollständig weiß.

„Wo haben Sie sich eigentlich herumgetrieben?“, fragte er sie unvermittelt.

Chiara hob angriffslustig den Kopf. Das hörte sich ja fast so an, als sei er eifersüchtig. „Jedenfalls nicht im Wald!“, gab sie bissiger zurück, als sie wollte, hüpfte ihr Herz doch erschreckend aufgeregt, obwohl sie gleichzeitig versuchte, sich selbst von der Unsinnigkeit ihrer Gedanken zu überzeugen.

Chiara und Florian taxierten sich gegenseitig, schwankten zwischen Hilflosigkeit und Vorwurf, momentan überfordert mit der Situation, in der sie steckten. Chiara konnte nicht mehr als unterschiedliche Grautöne erkennen, dennoch bemerkte sie, dass Florian beunruhigt war. Machte ihm der schwierige und für ihn sicher schmerzhafte Rückweg Sorgen oder war es etwas anderes? Wenn er wegen ihrer langen Abwesenheit Bedenken gehabt hatte, warum war er dann nicht zum Parkplatz gegangen, wo er sie hätte abpassen können, sondern in die Gegenrichtung? Das wirkte ja fast, als sei er … vor ihr geflüchtet! Aber warum?

Die Eingebung kam so plötzlich und schlug wie eine eisige Woge über ihr zusammen. Akzeptierte Forster sie in seiner Nähe, weil er etwas für sie empfand? Die spöttische Stimme in ihr, die ihr zuflüsterte, dass ein Einsiedler nicht wählerisch sein durfte, brachte sie sofort zur Räson. Ja, sie sah nicht wie ein Model aus, doch sie wusste dennoch um ihre Vorzüge. Es gab nicht viele Männer, die diese entdeckten, weil sie Chiara gern vorschnell als uninteressant abtaten. Forster hatte es jedoch nicht bei diesem ersten Eindruck belassen können, er war gezwungen gewesen, sich intensiver mit ihr auseinanderzusetzen.

„Wollen Sie mir nun helfen oder sollen wir hier festfrieren?" Florians Stimme klang kalt wie die Nacht und zerstörte jede weiterführende Überlegung in diese Richtung.

Chiara löste endlich den Blick von seinem, gesellte sich auf seine linke Seite und legte ihren Arm um ihn. Er stützte sich schwer auf sie, und sie kämpften sich mehr taumelnd als gehend durch den Schnee hinter Shakespeare her, der die ausgetretene Spur wie ein zu klein geratener Schneepflug noch etwas verbreiterte.

„Was hatten Sie hier draußen zu suchen?", fragte Chiara.

„Sie jedenfalls nicht", gab er zurück.

Chiara hielt an und schüttelte energisch seinen Arm ab. „Wenn Sie nicht sofort aufhören, *mich* für Ihren blödsinnigen Ausflug zu bestrafen, trete ich Ihnen erst gegen das schmerzende Bein, dann auf Ihre Hände und überlasse Sie anschließend Ihrem Schicksal!"

Ihr entfuhr ein kurzer Schreckensschrei, als Florian sie packte und an sich zog. „Was wollen Sie hören?“, fragte er leise, nahezu lauernd, und beugte sich über ihr Gesicht. „Dass ich Ihretwegen durch den Wald irre?“

Chiara zitterte am ganzen Leib. Wie gern hätte sie sich an ihn geschmiegt … Der Gedanke erschreckte sie, denn sie wünschte sich das nicht etwa, weil sie erschöpft war und fror, sondern vielmehr, weil … sie es wollte! Sie sehnte sich danach, Florians Nähe zu spüren, seine Arme um ihre Taille, seine Hände in ihrem Haar oder an ihren kalten Wangen …

Ruckartig wich sie zurück und befreite sich aus seinem festen Griff. Das, was er sagte und wie er es sagte, klang viel zu spöttisch. Es war schlicht nicht wahr, zumal es dafür ohnehin keine Veranlassung gab.

„Wie war das noch gleich mit dem Gentleman?“, hakte sie nach, um die Situation irgendwie zu klären.

Ein Lächeln huschte über sein schmerzverzerrtes Gesicht, verschwand aber sofort wieder. „Ich vermute, der ist kurz davor, zu Eis zu gefrieren.“

„Dann sollten wir ihn dringend auftauen, denn mit einem eiskalten Rüpel arbeite ich nicht!“ Sie holte tief Luft, trat erneut an seine Seite und legte den Arm um seine Hüften.

Schweigend kämpften sie sich weiter voran, und Chiara schrak zusammen, als Florian plötzlich dicht an ihrem Ohr flüsterte: „Ich fürchte, ich muss Ihnen gestehen, dass der Gentleman schon lange reichlich unterkühlt ist.“

„Es ist nie zu spät, näher ans Feuer zu treten.“

„Und wenn er sich dabei verbrennt?“

„Dann hat er es wenigstens versucht.“

Daraufhin schwieg Florian geraume Zeit, sodass nur ihr Keuchen und das dumpfe Knirschen ihrer Schritte im Schnee zu hören war, ehe er ebenso leise, doch mit einem kaum überhörbaren Schmerz in der Stimme sagte: „Was ist aber, wenn er sich vor der Hitze und ihren Konsequenzen zu sehr fürchtet?“

„Dann sollte er sich vielleicht Hilfe suchen."

„Ja, klar!" Er klang zwar wieder so abweisend wie zuvor, revidierte diesen Eindruck jedoch gleich darauf, indem er sie kurz und freundschaftlich an seine Seite drückte.

Chiara hatte sich einmal mehr durchgesetzt. Florian war in dem Bad mit der Wanne verschwunden, sie hatte sich mit der Dusche in ihrem Minibad begnügt und kam nun, ungewohnt langsam für eine Frau mit so viel Schwung, die Stufen hinunter. Sie steckte in einer Jeans, die aussah, als sei sie aus fünf anderen zusammengesetzt worden, samt zwei riesigen Pattentaschen auf den Oberschenkeln, die sich vermutlich bestens zum Äpfelstehlen im Nachbargarten eigneten. Wie nicht anders zu erwarten, trug sie darüber eines ihrer lässigen weißen Herrenhemden. Sie waren Florian an einer Frau zuerst eigentümlich vorgekommen, inzwischen musste er jedoch zugeben, dass sie einfach perfekt zu Chiaras unaufdringlicher und natürlicher Art passten.

„Aufgetaut?", fragte sie ihn und schenkte ihm ihr strahlendes Lächeln. Es schien ihm fast, als spiegele sich die Sonne auf ihrem Gesicht.

„Zumindest äußerlich", erwiderte er und erntete dafür einen prüfenden Blick. Selbstverständlich war der Frau klar, dass er sich nicht grundlos in die Einsamkeit zurückgezogen hatte und diese Bärbeißigkeit an den Tag legte, die viele Zeitgenossen abschreckte – was durchaus in seinem Sinne war. Allerdings war ihm das Gebaren mittlerweile in Fleisch und Blut übergegangen. Nur bei Chiara gelang es ihm nicht, den Schutzwall aufrechtzuerhalten. Sie war offenbar resistent gegen seine abweisende Introvertiertheit und verleitete ihn zu längst vergessenen Aufmerksamkeiten, ohne dass sie diese einforderte. Für einen Augenblick stand ihm das Bild einer langbeinigen blonden Schönheit vor Augen. Sie presste sich aufreizend an ihn, legte den Kopf in den Nacken und bot ihm ihren kirschrot geschminkten Mund dar …

Florian stützte sich vornübergebeugt mit einer Hand an der Steinverkleidung ab und krümmte sich zusammen, als litte er Schmerzen. Er schob die Erinnerung an das nachfolgende Desaster energisch beiseite, indem er das Holzscheit in seiner Hand förmlich in die Glut schleuderte. Eine Hitzewelle, begleitet von einem sprühenden Funkenregen, schlug ihm aus der offenen Feuerstelle entgegen. Sie erinnerte ihn verheerend an die Feuersbrunst, die ihn damals überrollt hatte …

Florian drohte zu stürzen, als er sich ruckartig abwandte. Er hielt sich nur auf den Beinen, weil er sich reaktionsschnell an der Lehne eines Drehsessels festhielt. Chiara sprang herzu und ergriff ihn an beiden Armen. Florian grunzte. Als ob sie die Kraft aufbringen könnte, ihn zu halten, wenn er umfiel! Das war einfach lächerlich! Er spürte die Berührung ihrer Hände durch den Stoff des eng anliegenden schwarzen Shirts. Eine angenehme Wärme ging von ihnen aus …

Florian riss sich los, strafte sie mit einem wütenden Blick und drehte den Sessel, um sich in diesen fallen zu lassen. Er wandte sich den prasselnden Flammen zu und streckte seine nackten Füße in Richtung der Wärmequelle.

„Ich fahre nach Banff und hole einen Arzt“, sagte sie leise. Ihre Stimme klang eigentümlich traurig. Hatte er sie durch seine harsche Reaktion auf ihr Hilfsangebot nun doch verletzt? Er war ein Idiot, dem der Umgang mit Frauen inzwischen allzu fremd war. Solange Chiara scherzte und ihn mit harmlosem Spott bedachte, vertrug sie jegliches Echo seinerseits. Wollte sie ihm allerdings helfen und sorgte sie sich um ihn, war sie empfindlich wie ein zarter Schneekristall. Er wusste darum, weshalb also tat er ihr absichtlich weh? Weil er es so gewohnt war? Weil er damit sogar sie auf Distanz halten konnte?

Florian rieb sich in einer hilflosen Geste über das Kinn. Sie tat aber doch nichts, um sich ihm anzunähern. Offenbar kannte sie die subtilen Signale nicht, die manch andere Frau auszusenden verstand, wenn sie etwas zu erreichen hoffte … Er musste endlich lernen zu unterscheiden!

„Chiara“, sprach er sie an, wagte jedoch nicht, sie anzusehen. „Bleiben Sie. Es ist dunkel und vermutlich ist die Temperatur draußen so stark gefallen, dass die Straße in die Stadt eine einzige Eisspur ist.“

„Aber Sie sind verletzt!“, widersprach sie sanft, als wolle sie ihn keinesfalls zu einem weiteren Ausbruch reizen. „Ihr Fuß könnte gebrochen sein.“

„Er ist nur leicht geschwollen und nicht blau. Ich tippe auf eine Verstauchung, kein Bruch, kein Bänderriss.“

„Wie Sie meinen, Doktor Forster!“, murmelte sie, dennoch hörte er, wie sie sich im Vorraum an ihren Stiefeln zu schaffen machte.

Er schwang den Sessel herum und taxierte sie. Sie stand gebückt da, einen Schuh bereits angezogen, und war dabei, am zweiten den Reißverschluss nach oben zu ziehen. In dieser Position hielt sie inne und sah ihn aus ihren betörend blauen Augen abwartend an.

„Bitte, Chiara. Es ist zu gefährlich.“

„Ich war doch bis vorhin auch allein da draußen.“

„Das war schon übel genug“, gab er mühsam beherrscht zurück, wobei ihm die Frage, wo sie so lange gewesen sein könnte, einen Stich versetzte. Verblüfft nahm er das längst verloren geglaubte Gefühl der Besorgnis wahr, das ihn ob der Gefahr, in der sie geschwebt hatte, nachträglich befiel. Offenbar war die Eisschicht um sein Herz ins Schmelzen geraten. Ihre Augen hielten seinen Blick noch immer gefangen. Ob sie darüber nachdachte, wie weit sie seinem Urteilsvermögen trauen durfte?

Gar nicht, Mädchen!, schoss es ihm durch den Kopf. *Ich bin ein Meister darin, Situationen verkehrt einzuschätzen und genau das Falsche zu tun … Spürst du nicht die Gefahr?*

Florian ballte die Hände zu Fäusten, empfand die Anspannung in jedem seiner Muskeln. Das Shirt spannte plötzlich bedenklich über seiner Brust und den Schultern, drohte ihm den Raum zum Atmen zu nehmen.

Er hasste diese leise Stimme in seinem Kopf, katapultierte sie ihn doch um vier Jahre zurück, machte ihn erneut zu dem, was er war. Dabei fühlte er sich doch in der Rolle, in die seine gebrochenen Hände ihn zwangsläufig manövriert hatten, so viel wohler.

„Ich verspreche Ihnen, dass wir morgen früh ins Krankenhaus fahren, falls es meinem Fuß bis dahin nicht besser geht."

Sie atmete hörbar durch, entledigte sich aber nach einem Blick auf die Wanduhr wieder ihrer Winterstiefel. Es war bereits weit nach Mitternacht. Aus diesem Grund untersagte Florian es sich, irgendetwas in ihren hastigen Rückzug auf ihr Zimmer hineinzuinterpretieren.

7. Kapitel

Chiara blickte auf, als Florian in Schweigen verfiel. Er stand vor der Fensterfront, entlastete den noch schmerzenden, vermutlich jedoch nicht schlimm verletzten Fuß und war tief in Gedanken versunken. Sie betrachtete den blinkenden Cursor am Ende des halb fertigen Satzes und fragte sich, ob die Worte der Auslöser für seine plötzliche Abwesenheit waren.

Als er sie erkannte und zugleich als Vertraute identifizierte, riss er die Augen vor Entsetzen und Wut weit auf und

Chiara nutzte Florians Innehalten, um aufzustehen, frisches Wasser und Kaffee zu holen und sich die leicht pochenden Handgelenke zu reiben. Florian hatte sich seine zwar gebrochen, aber Schmerzen hatten sie jetzt wohl beide.

Eine weitere Woche hochkonzentrierter Arbeit vom frühen Morgen bis in die späten Abendstunden lag hinter ihnen, lediglich unterbrochen durch kurze Pausen, wenn sie gemeinsam mit dem Hund eine Runde drehten oder eine Mahlzeit zubereiteten. Zweimal hatte Chiara Rose besucht. Beim zweiten Mal hatte die Frau Kunden im Laden und Gäste im Café gehabt, sodass Chiara nur zwei Stücke Apfel-Zimt-Kuchen zu den benötigten Lebensmitteln hatte packen lassen. Dafür hatte sie von Florian das zufriedenste Lächeln geschenkt bekommen, das sie bis dahin bei ihm gesehen hatte. Kurzerhand hatte sie ihm beide Stücke überlassen und sich mit einigen Keksen begnügt. Während ihrer Ausflüge nach Banff hatte sie zudem bei Marcs Familie vorbeigeschaut, um den Computer zu nutzen. Sie hatte erfolglos nach Stellenausschreibungen gesehen und die Antwortmails von ihrer Mutter und Patrick gelesen.

Mit einer Tasse dampfenden Kaffees in der Hand trat sie neben Florian an die Fensterfront und tippte gedankenverloren einen Holzelch an einem roten Schmuckband an, der sich daraufhin wie eine Ballerina um sich selbst drehte. Sie bewunderte das eisige Panorama draußen und nahm den Duft der neben ihr stehenden Fichte in sich auf. Es waren nur noch zwei Tage bis Heiligabend, und zum ersten Mal kam ihr der Gedanke, wie seltsam es sein würde, hier im Blockhaus diesen besonderen Abend zu verbringen, einzig mit Florian als Gesellschaft. Ob sie Forster wohl dazu überreden könnte, Rose und Marc einzuladen? Aber vermutlich bekam Rose Besuch von ihren Kindern, und Marc hatte ja ebenfalls Familie vor Ort.

„Chiara?" Florians tiefe Stimme ließ sie den Blick von dem verschneiten Gipfel abwenden. Er hatte sich ihr etwas angenähert. Ein aufgeregtes Kribbeln breitete sich in ihr aus, als ihr bewusst wurde, dass er sie offenbar seit Längerem beobachtete.

„Hm?"

„Haben Sie die Einsamkeit allmählich satt?"

„Sie sind doch da!", gab sie zurück.

„Ich bin weit davon entfernt, ein passabler Gesellschafter zu sein."

„Sie füllen die Rolle immer besser aus."

„Ich bin nicht der Gesprächigste."

„Wirklich?" Chiara blinzelte gespielt verwirrt. „Und dabei habe ich den Eindruck, von morgens bis abends Ihre Stimme im Ohr zu haben."

Florian lachte kurz auf, wurde aber sofort wieder ernst und trat noch dichter vor sie, wobei er sich, ihrem Beispiel folgend, seitlich an die Glasscheibe lehnte.

Sie lächelte vergnügt zu ihm auf und bot ihm spontan ihre nur halb geleerte Kaffeetasse an. Er ergriff sie, dabei berührte er Chiaras Finger länger als nötig. Ein wohliger Schauer durchrieselte sie. Schnell wandte sie den Blick wieder der verschneiten Flusslandschaft zu. Seine Berührung setzte sie förmlich unter Strom, ließ eine Sehnsucht nach Mehr in ihr erwachen. Obwohl sie sich seit Langem verboten hatte, gut aussehenden Männern mehr als einen flüchtigen Blick zu gönnen, um ihr Herz vor Enttäuschungen zu schützen, war sie diesem Gefühl hilflos ausgeliefert: Sie hatte sich in einen schweigsamen Einsiedler verliebt.

Diese Erkenntnis versetzte sie in Aufruhr. Florian war viel zu attraktiv, viel zu erfolgreich für sie. Weshalb sollte ein Mann wie er sich ausgerechnet für sie interessieren – zumal er sich ohnehin aus keinem Menschen etwas zu machen schien, ausgenommen Rose vielleicht.

Wenn ein Mann wie Fenton Forrester darauf aus war, sich an eine Frau zu binden, würde er garantiert kein langweiliges, wenig ansehnliches und dazu noch arbeitsloses Pummelchen auswählen.

Chiara fühlte Wut in sich aufkeimen – Wut auf sich selbst. Sie stand wieder einmal kurz davor, ihr eigenes Ich zu zerlegen. Und dabei hatte sie doch geglaubt, die alten Verletzungen hinter sich gelassen zu haben. Sie war geliebt. Von Gott geliebt – und das war das Einzige, was wirklich zählte. Außer, man sehnte sich nach der Anerkennung und Liebe eines Mannes …

Chiara stieß sich ruckartig von der kalten Scheibe ab und hastete zur Garderobe.

Florian folgte ihr, wobei er im Vorbeigehen die Tasse auf der Arbeitsfläche der Küche abstellte. Als Chiara damit fertig war, wie wild an den Reißverschlüssen der Stiefel zu zerren, und nach ihrer Jacke greifen wollte, fing er ihre Hand mitten in der Bewegung ab und hielt sie ungeachtet seiner Schiene eisern fest.

„Was ist los?“, fragte er hörbar besorgt.

Chiara zwang ihre Stimme zur Ruhe, wenngleich ihr Herz deutlich schneller schlug. „Ich fahre nach Banff, um für die Feiertage einzukaufen. Haben Sie irgendwelche besonderen Wünsche?“

„Nichts, was sich einfach besorgen ließe“, sagte er leise und zog sie an der Hand näher zu sich. Nun war sie wieder an der Reihe, beunruhigt zu reagieren. Interpretierte sie seine Worte, seine Handlung falsch? Lag ihm vielleicht doch etwas an ihr?

Verwirrt entwand sie ihm ihre Finger und schlüpfte in ihre eisblaue Daunenjacke. Mit einem flüchtigen Seitenblick erkannte sie, dass er die Stirn gerunzelt und die Augen zu Schlitzen zusammengekniffen hatte. Er machte auf sie einen aufgebrachten, richtiggehend wütenden Eindruck. Weil sie ihm die Hand entzogen hatte? Hatte er sie womöglich als einfache Beute auserkoren? Einfache Beute ließ man schnell fallen, wenn sie sich als ungenießbar herausstellte …

„Haben Sie Angst vor mir?“, fragte er mit erstickt klingender Stimme.

Chiara, die bereits die Schublade mit dem Wagenschlüssel aufgezogen hatte, drehte sich bestürzt zu ihm um. Hatte sie mit dem Gefühlschaos in ihrem Inneren, das sie zu ihrer überstürzten Flucht getrieben hatte, die vertraute Zweisamkeit der vergangenen Tage zerstört, ihn zurück in sein selbst errichtetes Gefängnis gestoßen?

„Meine Güte, nein! Weshalb sollte ich Angst vor Ihnen haben?“, erwiderte sie und neigte fragend den Kopf. Sie sah am Zucken seiner Kiefermuskeln und dem Verhärten seiner Gesichtszüge, dass er die Zähne zusammenbiss. Hatte auch er die friedlichen Tage mit ihr genossen, womöglich das erste Mal seit diesen von Rose grob umrissenen vier Jahren?

Ein trauriges Lächeln schlich sich wie ein flüchtiger Flügelschlag auf sein Gesicht, ehe er ihr zunickte, als wolle er sie aufmuntern, ihr Vorhaben in die Tat umzusetzen. Sie holte den Wagenschlüssel hervor und griff nach ihren Handschuhen. Bevor sie diese überstreifte, wandte sie sich noch einmal zu Florian um. Er verharrte wie festgewachsen auf demselben Fleck, seine Augen waren über sie hinweg auf die robuste Tür gerichtet. Der Mann sah aus, als sei er meilenweit entfernt. Bei seinem Manuskript? In der Vergangenheit?

Von einer inneren Stimme getrieben, die ihr zuzuraunen schien, dass sie heute ihre Zurückhaltung Männern gegenüber einfach mal aufgeben sollte, trat sie vor ihn und wartete, bis er den Kopf senkte und sie ansah. Sie tippte ihm leicht auf die Kerbe an seinem Kinn. „Ich bin in einer Stunde wieder da. Mit Apfel-Zimt-Kuchen."

Sein Lächeln schmerzte sie, wirkte es doch so zweifelnd, als schenke er ihren Worten keinen Glauben.

Sie ging in die Kälte hinaus und runzelte die Stirn, als sie seine Stimme vernahm. Was sie hörte, verstörte sie nur noch mehr. Da er schnell die Tür hinter ihr schloss, konnte sie weder sein Gesicht sehen, um seine Stimmung abzulesen, noch nachfragen, ob sie ihn richtig verstanden hatte. Sie stapfte durch den knirschenden Schnee, den Blick auf die ausgetretene Spur gerichtet, und versuchte das, was sie gehört zu haben glaubte, einzuordnen. Hatte er tatsächlich gesagt: *„Bleib besser fort"*?

Es klingelte an der Tür. Sofort war Leo auf den kleinen Füßen und rannte los. Patrick seufzte. Der Kindergarten war für zwei Wochen geschlossen, er hatte jedoch genug Arbeit für drei.

„Du darfst doch nicht die Tür öffnen, wenn es läutet!", rief er seinem Sohn mahnend nach und fügte mit einem Schmunzeln hinzu: „Auch nicht, wenn es *nicht* läutet!"

„Komm doch! Komm doch!", rief Leo. Patrick hörte ihn aufgeregt im Flur auf- und abhüpfen. Er speicherte seine Arbeir, rollte mit dem Stuhl zurück und eilte zu dem ungeduldigen Leo. Vor der Tür wartete Jonas Kelberg, ein ehemaliger Schulkamerad von ihm.

„Hallo, Patrick, hallo, Leo. Mann, bist du gewachsen. Du bist ja fast so groß wie dein Papa!"

„Klar, ich bin ja auch schon vier!", erklärte Leo ohne Scheu und streckte Jonas verdeutlichend fünf Finger entgegen.

„Coole Sache!", lachte dieser und drückte Patrick die Rechte. „Wo ist der Patient?"

„Hier ist niemand krank!" Leo schaute fragend von seinem Papa zu dem Besucher.

„Dein Piratenschiffbett ist der Patient“, erklärte Patrick ihm. Leo öffnete staunend und verstehend zugleich den Mund, ergriff dann die kräftige Hand des Schreiners und zerrte ihn hinter sich her in sein Kinderzimmer.

Jonas ließ das gutmütig mit sich geschehen und betrachtete dann das gesplitterte Holzpaneel rund um das Bullauge des von ihm gezimmerten Hochbettes.

„Wie ist denn das passiert?“, fragte er den Kleinen, der ihm ein betretenes Grinsen schenkte. Patrick nahm es mit einer Mischung aus Erleichterung und Betroffenheit wahr. Er hatte Leo ordentlich die Leviten gelesen.

„Ich wollte da durchkriechen.“

„Da durch?“ Jonas warf Patrick einen zweifelnden Blick zu.

„Er hat es mit dem Kopf geschafft, allerdings steckte er dann fest. In die eine Richtung war die Schulter im Weg, in die andere die Ohren.“

„Und da hast du das Holz aufgesägt?“

„Er wollte mir erst die Ohren abschneiden!“, verkündete Leo, noch immer aufgebracht über den Vorschlag seines Vaters.

Der sah, wie Jonas ein Lachen unterdrückte. „Aber dann hat dein Papa lieber das Holz zerstört, was? Und ich soll es wieder ersetzen, statt dass er mit dir und deinen Lauschern zu einem Arzt gehen muss?“ Jonas zog Leo spielerisch an den Ohren.

„Papa sagt, das ist billiger!“, kicherte der Junge.

Jonas prustete.

„Kannst du das parieren?“

„Reparieren“, verbesserte Patrick.

Jonas ging vor Leo in die Hocke, hob ihn hoch, als wiege er nicht mehr als ein Stofftier, und warf ihn auf sein Bett. Der Junge quietschte vor Vergnügen. Gleich darauf blickte er durch das, was einmal ein Bullauge in der dunkelblauen Absturzsicherung gewesen war. Jonas stellte sich Nase an Nase mit ihm auf die andere Seite und flüsterte, jedoch so laut, dass Patrick es hören konnte: „Was hältst du davon: Ich komme morgen wieder, und dann mache ich dir ein größeres Bullauge, durch das du durchkriechen kannst. Dahinter bringe ich dir eine Rutsche an."

„Cool!", jubelte Leo, kletterte über die robuste Absicherung und warf sich in die Arme des kräftigen Schreiners.

„Du kannst gut mit Kindern umgehen", murmelte Patrick mit einem Anflug von schmerzlicher Eifersucht in der Brust.

Jonas stellte den Knirps auf die Füße, wuschelte ihm durch das Lockenhaar und folgte Patrick hinüber in das winzige Wohnzimmer, wo sie es sich mit einem Bier bequem machten.

„Was willst du für die ausgefallene Reparatur haben?"

„Nichts", brummte Jonas und streckte die langen Beine unter den Couchtisch.

„Komm schon."

„Lass es gut sein! Es ist mein Weihnachtsgeschenk für Leo."

„Dem du gar nichts schenken musst."

„Ich möchte es aber, okay?" Jonas schüttelte über Patricks Unnachgiebigkeit den Kopf.

„Na gut. Aber mir gefällt das nicht, immerhin ist dir mit Chiaras Kündigung ein lukrativer Auftrag durch die Lappen gegangen."

„Richtig, die Bankerin mit der alten Villa. Ja, es ist wirklich schade um den Job. Das hätte Spaß gemacht – und ordentlich Geld reingespült." Jonas zog eine Grimasse, als hätte er den Nachsatz gern zurückgenommen. „Sie hat noch nichts Neues gefunden?"

„Wie man's nimmt." Patrick umriss in knappen Worten, welchen Übergangsjob er der Freundin seiner verstorbenen Frau verschafft hatte, und wunderte sich über die Sorgenfalten auf der Stirn seines Freundes, als der Name „Florian Forster" fiel.

Jonas ließ ihn ausreden, ehe er sich räusperte und nachhakte: „Florian Forster aus der Schweiz?"

„Du kennst ihn?"

„Der Florian Forster aus der schwerreichen Industriellenfamilie Forster? Präzisionsinstrumente Forster?"

Patrick zog die Schultern hoch.

„Es ging eine Zeitlang das Gerücht um, dass er zum Zeitvertreib Bücher schreibt.“

„Dann wird es wohl derselbe sein.“

„Und du sagtest, diese Chiara sei mit ihm allein in einer einsamen Hütte in den kanadischen Rockys?“

„Naja, halbwegs einsam. Einige Kilometer entfernt befindet sich die Ortschaft Banff.“

„Aber sie ist *allein* mit dem Kerl?“

„Hör mal, sie ist ein großes Mädchen.“

Jonas hob entschuldigend beide Hände. „Vielleicht täusche ich mich ja, und ich will sicher nicht schlecht über einen Menschen sprechen oder dich beunruhigen …“

„Aber?“

Jonas rutschte auf dem Sessel ein Stück nach vorn und warf einen prüfenden Blick auf die in den Flur führende Tür. Wollte er sich vergewissern, dass Leo ihm nicht zuhörte? Der kleine Same der Besorgnis, der in Patricks Herz gelegt war, wuchs zu einem dornigen Gestrüpp heran. „Was ist mit Forster?“

„Ich habe vor vier Jahren mit der Firma, bei der ich damals noch angestellt war, einige Tage in der Schweiz gearbeitet. Die Eidgenossen waren aufgeschreckt, weil der Sohn einer ihrer oberen Zehntausend von zwei Frauen der Vergewaltigung beschuldigt worden war.“

„Forster?“ Patrick hielt unwillkürlich den Atem an.

„Forster! Bei den Opfern handelte sich um Freundinnen seiner jüngeren Schwester. Sie hatten mit ihr und ihrer Familie ein paar Tage in ihrer kanadischen Hütte verbracht …“

„Verdammt!“ Patrick sprang auf.

Beschwichtigend hob Jonas die Hand. „Ich habe das nicht weiter verfolgt.“

„Ich muss das nachprüfen und Chiara notfalls warnen“, murmelte Patrick, bereits auf dem Weg in sein Arbeitszimmer.

„Klar musst du das!“, sagte Jonas, leerte sein Bier und verließ wenig später nach einem knappen Gruß die Wohnung.

Patrick nahm Jonas' Abschied nicht bewusst wahr. Er klickte sich mittlerweile durch das Internet, ohne wirklich fündig zu werden. Die meisten Reportagen klangen nach sensationslüsterner Berichterstattung, hinter denen Patrick mehr Spekulation als Tatsachen vermutete. In einer renommierten Tageszeitung las er allerdings von der Anzeige der beiden Frauen und ihren schwerwiegenden Vorwürfen. Kurz darauf fand er eine Meldung, in der es hieß, dass Florian Forster zu den Anschuldigungen weiterhin beharrlich schwieg, inzwischen jedoch in Untersuchungshaft saß. Detaillierteres war zu dem brisanten Thema nicht aufzutreiben. Offenbar war es der einflussreichen Familie gelungen, eine Berichterstattung über den weiteren Verlauf – wie eine Gerichtsverhandlung und das Urteil – zu unterdrücken. Oder lag es daran, dass die Presse den Stoff unterdessen als langweilig abgetan und sich anderen Neuigkeiten zugewandt hatte?

Minutenlang starrte Patrick das schwarzweiße Konterfei eines für Frauen vermutlich äußerst attraktiven jungen Mannes an, ehe er sein Mailprogramm öffnete und eine vorsichtig formulierte Warnung an Chiara tippte. Er schickte sie ab, verharrte aber wie gelähmt auf seinem Bürostuhl.

Leo brummte in seinem Zimmer wie ein Flugzeug. Das Geräusch begann Patrick umso mehr zu nerven, je länger es andauerte. Es schien ihm zuzurufen, dass er sich unverzüglich in eine Maschine setzen und nach Kanada fliegen sollte.

Chiara war wirklich ein großes Mädchen, der er weder Leichtsinn noch unüberlegte Aktionen zutraute. Doch das nützte ihr alles nichts, wenn sie sich tagein, tagaus mit Forster allein in einer abseits gelegenen Hütte befand. Patrick raufte sich die Haare. *Er* hatte sie dorthin geschickt. Sie war Mias beste Freundin gewesen … Die Frau mit der Nugatfüllung. Wie sollte sie es jemals verkraften, falls Forster-

Patrick schrieb erneut eine Mail. Dieses Mal mit der unverblümten Aufforderung, sich sofort aus Forsters Nähe zu entfernen. Er schickte sie mit einer ausholenden Geste ab, als wolle er ihr damit mehr Dringlichkeit verleihen. Während die untere Bildschirmleiste anzeigte, wie rasch die Mail herausging, betete er so inständig wie seit Mias Unfall nicht mehr, dass Chiara sie genauso schnell erhalten und vor allem lesen und ernst nehmen würde!

Chiara klingelte ein zweites Mal und warf dabei einen prüfenden Blick auf die Fenster des Fachwerkhauses, in dem Marcs Eltern wohnten. Die Weihnachtsbeleuchtung war nicht angeschaltet, nichts rührte sich. Ob die Familie über die Feiertage zu Verwandten gefahren war? Sie versuchte es mit Klopfen, doch als sich auch daraufhin nichts tat, wandte sie sich schulterzuckend ab und stapfte vorsichtig über den glatten Gehsteig an den sechs geschmückten Bäumen vorbei und betrat Roses Geschäft.

Inzwischen kannte sie den kürzesten Weg zwischen den Regalen hindurch bis zur Kasse und dem winzigen Cafébereich. Wie erwartet fand sie dort die Inhaberin. Rose beugte sich über irgendwelche Papiere, die sie bereitwillig beiseiteschob, als sich Chiara neben sie auf die Couch setzte.

„Kaffee? Tee? Kuchen?“

„Wenn ich dich so höre, könnte ich auf die Idee verfallen, Forster habe sich seine Wortkargheit bei dir abgeschaut.“

„Entschuldige bitte. Diese Steuerunterlagen machen mich wahnsinnig.“

„Ich würde dir ja meine Hilfe anbieten. Aber vermutlich halte ich Amtsenglisch für Kauderwelsch, zumal ich von der kanadischen Steuer so viel Ahnung habe wie vom Kitesurfen. Außerdem habe ich Forster versichert, dass ich in einer Stunde wieder in der Hütte bin. Das letzte Mal, als ich bis spät in die Nacht bei dir war, hat er reagiert wie ein abgewiesener Welpe.“

Begeistert klatschte Rose in die Hände. „Er war eifersüchtig?“

„Sagen wir mal, er war besorgt.“

„Wunderbar! Ich wusste vom ersten Moment an, als ich dich gesehen habe, dass du das Wunder bist, für das ich schon so lange bete."

„Übertreib's nicht", murmelte Chiara und dachte an ihre zuletzt überaus schreckhafte Reaktion auf ihre eigenen Gefühle und Gedanken Florian gegenüber.

„Er mag dich, nicht wahr?", bohrte Rose unerbittlich weiter nach.

„Vielleicht", Chiara zögerte, beschloss dann aber, dass sie sich bei Rose nicht zurückhalten musste. „Gelegentlich schaut er mich so an, als … ach, ich weiß nicht." Nun machte sie doch einen Rückzieher, irritiert über die Kühnheit und den Inhalt dessen, was sie zu sagen versucht gewesen war.

„Du faszinierst ihn." Rose drückte ihre beiden Hände, ehe sie aufsprang und wenig später mit ihrem Apfelkuchen und zwei Tassen Kaffee zurückkehrte.

„Und wie geht es dir damit? Was empfindest du für ihn?" Rose nahm, wie so oft, kein Blatt vor den Mund.

„Zwiespältig." Chiara seufzte, rückte auf der Couch etwas näher zu Rose und flüsterte: „Manchmal erschreckt mich die Intensität meiner Gefühle. Vor allem, weil dann wie aus dem Nichts diese unschönen Gedanken auftauchen, dass ich nicht gut genug für ihn bin. Natürlich verbunden mit der Erinnerung an meinen Exfreund, den ich irgendwann zu einer menschlichen Barbiepuppe sagen hörte, ich sei doch nur ein herrlich naives Pummelchen."

„Zumindest bringst du deine Ängste mit der Verletzung in Einklang, die ein unreifer Kerl, der dich gar nicht verdient hat, dir zugefügt hat. Das ist gut. Ich fürchte, Forster hat nie begriffen, dass das, was ihm von anderen angetan wurde, nicht unbedingt seine Schuld war. Oder aber, dass er sich verändern kann und das bereits getan hat." Rose zog mangels genaueren Wissens über Florians Kummer die Schultern hoch und fügte hinzu: „Obwohl manche Veränderungen des ausgelassenen Sonnyboys von einst nicht gerade zu seinem Vorteil waren."

„Ach nein?“, witzelte Chiara, schrak allerdings zusammen, als Rose fest ihre Hand packte.

„Moment! Eventuell ist das nur in unseren Augen so. Womöglich musste das alles geschehen, damit ihr zwei hier zusammentrefft.“

„Ist das nicht etwas weit hergeholt?“, fragte Chiara belustigt über Roses Enthusiasmus. „Ganz abgesehen davon, dass Forsters Schmerz offensichtlich sehr tief sitzt. Das wäre eine derbe Lektion-“

„Vielleicht …“ Rose runzelte die Stirn. „Vielleicht bleibt Gott bei uns verwirrten Menschenkindern manchmal nur die Möglichkeit, eine lange Wegstrecke mit uns zu gehen. Weil wir auf seine kleinen Hinweisschilder für die kurze nicht reagiert haben …“

„Die Sache mit der falschen Abzweigung?“, sinnierte Chiara, wie sie es vor einigen Tagen bereits getan hatte.

„Genau. Anscheinend müssen wir gelegentlich Umwege machen, um das zu verstehen, was wir lernen müssen. Umso größer ist dann oft der Lerneffekt.“

Chiara nickte zustimmend. Sie hatte über die von Rose angesprochenen schmerzlichen Umwege gelernt, die Tatsache anzunehmen, dass sie nun einmal keinen „perfekten“ Körper besaß. Deshalb war sie dennoch nicht weniger wert als andere. Und falls sich je ein Mann in sie verliebte, konnte sie sich zumindest sicher sein, dass er wirklich sie meinte und nicht ihr im Laufe der Jahre abblätterndes Äußeres. Es hatte durchaus seine Vorteile, nicht der Norm zu entsprechen, zumal die sowieso weit von der Realität entfernt war. Jetzt blieb ihr zu hoffen, dass Forster sich im Augenblick auf einem ähnlichen Weg befand.

Rose trat vor sie. Chiara schaute überrascht auf, war es ihr doch entgangen, dass sie sich überhaupt entfernt hatte.

„Heute bringst du Forster nicht nur sein Kuchenstück, sondern auch die hier mit.“ Die Frau drückte Chiara eine der Zuckerstangen in die Hand.

„Was hast du nur mit diesem Süßzeug?“, lachte sie.

Rose sah sie einen Moment verwirrt an, ehe sie sich wieder neben ihr niederließ. „Du kennst die Geschichte der Hirtenstäbe nicht?“

„Nein. Sind sie denn mehr als Dekoration und eine Leckerei?“

„Viel mehr.“ Rose nahm die Stange, auf der besonders deutlich die roten Linien zu sehen waren, wieder in die Hand.

„Die Geschichte der Candy Canes wird unterschiedlich erzählt. Es heißt, dass ein Chorleiter aus dem Kölner Dom die gebogene Süßigkeit herstellte, anscheinend, um den Kindern die langatmigen Gottesdienste zu versüßen.“ Rose lachte, fuhr aber fort: „Um 1847 soll August Irmgard, ein deutscher Einwanderer, seinen Weihnachtsbaum in Wooster, Ohio, damit geschmückt haben, über fünfzig Jahre später entstanden dann erstmals die Zuckerstangen mit den roten Streifen. Angeblich war es ein Bonbonkoch aus Indiana, der eine Süßigkeit kreieren wollte, die den Sinn von Weihnachten in sich trägt. Also nahm er ein Stück weißen Kandis als Symbol für die Reinheit Jesu und formte ihn zu einem J, wie Jesus. Andersherum gehalten bildet es einen Hirtenstab, wiederum als Hinweis auf Jesus. Der gute Hirte von uns oftmals so furchtbar verirrten Schafsköpfen.“ Rose schmunzelte und hielt die Nascherei hoch.

„Und die roten Linien?“

„Gut, dass du danach fragst“, lachte Rose. „Der Mann fügte der Zuckerstange drei schmale rote Linien hinzu. Hier gehen die Überlieferungen erneut etwas auseinander, was aber nicht weiter tragisch ist. Die einen sagen, die Streifen stehen für die Striemen, die Jesus von der Folter vor der Kreuzigung davontrug, andere sehen in ihnen Vater, Sohn und Heiligen Geist – die Dreieinigkeit – verkörpert.“

Rose sah Chiara fragend an, und sie nickte. Das alles war ihr nicht fremd.

„In dem dicken, meist etwas dunkler gefärbten Streifen symbolisierte der findige Konditor das Blut, das das Kind in der Krippe, dessen Geburt wir zu Weihnachten feiern, später am Kreuz vergossen hat. Stellvertretend für uns, zur Vergebung, damit wir nicht durch unsere Schuld von Gott getrennt bleiben müssen."

Chiara schwieg lange, während sie das zerbrechliche Kunstwerk in der offenen Handfläche hielt. Rose hatte es ihr geschenkt ... war dieses Geschenk verbunden mit der unausgesprochenen Aufforderung, endlich den Menschen zu vergeben, die ihr wehgetan hatten, weil sie selbst bereits so viele Male Vergebung erfahren hatte?

Und Florian? Gab es auch jemanden in seinem Leben, dem er vergeben musste, damit seine Seele heilen konnte? Oder war es vielmehr so, dass er sich selbst verzeihen musste – die vielleicht deutlich schwierigere Aufgabe?

„Was darf ich auf Forsters Namen heute anschreiben?", unterbrach Rose ihre Gedankengänge irgendwann mit einer praktischen Frage und der Erinnerung daran, wie schnell die Zeit verstrichen war.

„Hast du tiefgekühlten Lachs da? Und fertigen Blätterteig?"

„Sicher."

„Das wird unser Heiligabend-Festessen. Außerdem brauche ich ..."

Wenig später half Rose ihr, den Einkauf in eine Transportkiste zu packen und diese samt eines sperrigen Geschenks auf die Ladefläche von Florians Pick-up zu laden. Mit einem Blick auf die Kirchturmuhr verschob Chiara einen neuerlichen Versuch, bei Marc vorbeizugehen, um ihrer Mutter und einigen Freunden eine Weihnachtsmail zukommen zu lassen. Zudem behagten ihr die bedrohlich dunklen Wolken nicht, die sich wie eine Wand über dem Cascade Mountain zusammenballten.

Sie umarmte Rose zum Abschied, kletterte hinter das Steuer und fuhr den schmalen Pfad entlang bis zu der Straße, die sie an den Fluss bringen würde. Unbehaglich bemerkte sie den zunehmenden Wind, der Schneefontänen über den Weg blies und die Bäume veranlasste, ihre weiße Fracht stäubend abzuwerfen. Über der Gebirgskette zu ihrer Rechten nahm sie ein Wetterleuchten wahr, doch sie musste sich viel zu sehr auf die Fahrt bei den widrigen Bedingungen konzentrieren, um sich das Phänomen näher ansehen zu können. Als sie am Wegende ankam und hielt, riss ihr ein kräftiger Wind die Fahrertür aus der Hand. Aufgewirbelter Schnee peitschte ihr schmerzhaft wie Nadelstiche ins Gesicht. Plötzlich erhellte ein gleißender Blitz die Bergwelt, die wogenden Bäume und die schneebedeckte Eisfläche des Flusses. Ein Blizzard kündigte sich an, bereit, seine eisige Macht über diesem Landstrich unter Beweis zu stellen.

Chiara zögerte. Ob sie nicht besser das Ende des Unwetters im Auto abwartete? Aber darin würde es bald kalt werden, außer, sie ließ den Motor laufen. Allerdings stand die Tankanzeige nicht einmal mehr auf halb voll. Was, wenn der Schneesturm lange andauerte oder die Straße unpassierbar machte? Vielleicht wäre es ratsam, zurück nach Banff zu fahren? Was würde dann aber aus Forster? Es war nicht so, dass sie ihm nicht zutraute, die Einsamkeit über Weihnachten auszuhalten, ohne in Schwermut zu verfallen – ganz im Gegenteil. Doch die Gefahr, dass er sich um sie sorgte und sich dem Sturm zum Trotz auf die Suche nach ihr begab, war ihr zu groß. Sie musste sich einfach nur beeilen, um den Schutz des Blockhauses zu erreichen, bevor das Unwetter über sie hereinbrach.

8. Kapitel

Patrick warf sich seit Stunden schlaflos im Bett herum. Vor seinem inneren Auge spielten sich Horrorvisionen ab, in denen Chiara das Opfer eines bösartigen Wüstlings wurde, der sich hinter der Fassade eines zurückgezogen lebenden Autors versteckt hatte.

Entnervt trat er die Decke beiseite und eilte barfuß in Leos Zimmer. Zusammengerollt wie ein Igel lag das Kind in seinem Bett, atmete laut durch den Mund, und die Löckchen in seinem Nacken schimmerten dunkel vor Feuchtigkeit.

Patrick drehte die Heizung herunter und ging in die Küche, doch auch der Genuss von drei Gläsern Wasser half ihm nicht, zur Ruhe zu kommen.

Wie schon am frühen Abend, am späteren Abend und bevor er zu Bett gegangen war, prüfte er seine Mails. Chiara hatte nicht geantwortet, was er für ein absolut schlechtes Zeichen hielt. Sie hatte offensichtlich seine Warnung nicht erhalten.

Patrick schlug mit der geballten Faust so heftig auf den Tisch, dass die Tastatur klapperte. Er öffnete die Mail mit der Telefonnummer der Lektorin, die er Chiara geschickt hatte, tippte sie in sein Telefon und wartete. Jeder Piepton brachte seine Nerven dem Zerreißen näher. Endlich meldete sich eine verschlafene Stimme.

„Anna? Bist du das?“

„Patrick?“

„Wie gut kennst du diesen Forster?“

„Wer kennt schon Forster?“ Sie lachte schlaftrunken. „Er lebt sehr zurückgezogen und kommuniziert nicht mehr als unbedingt nötig.“

„Ein exzentrischer Einzelgänger?“

„Wenn du so willst."
„Eine tickende Zeitbombe?"
„Wie bitte?"
„Ist er für Chiara gefährlich?"
Patrick hörte, wie Anna etwas murmelte, vermutlich sprach sie mit ihrem Mann. Gleich darauf erklang das Klicken eines Türschlosses.
„Was ist eigentlich los?", fragte die Frau nun endlich lauter und besser zu verstehen.
„Kennst du Forsters Hintergrund?"
„Er entstammt einer einflussreichen Familie aus der Schweiz, mit der er jedoch gebrochen hat. Warum rufst du mich mitten in der Nacht an und stellst mir solche Fragen?"
„Forster wurde der zweifachen Vergewaltigung angeklagt."
Das Schweigen, das auf seine Worte folgte, verriet ihm deutlich, dass man im Verlag davon nichts wusste.
„Das …" Wieder schwieg Anna.
„Ich muss Chiara irgendwie erreichen."
„Forster sagte mal zu mir, er habe seinen ersten Thriller in Untersuchungshaft zu schreiben begonnen. Ich habe das für einen reichlich eigentümlichen Witz eines Mannes gehalten, der grundsätzlich nie scherzt."
„Anna, gib mir bitte die Telefonnummer der Berghütte."
„Es gibt dort weder Telefon- noch Internetanschluss. Unser Kontakt läuft telefonisch über eine Rose Beatle in Banff."
Patrick unterdrückte ein paar harsche Worte, stützte den Kopf in die freie Hand und schloss gequält die Augen. Seine Gedanken überschlugen sich. In Kanada musste es jetzt früher Abend sein. Ob diese Rose sich bereit erklären würde, zur Hütte hinaufzufahren, um Chiara zu holen, weg von diesem allem Anschein nach gefährlichen Mann?
„Gib mir bitte die Nummer."
„Wir sollten nichts überstürzen. Was die Anschuldigung anbelangt …" Anna unterbrach sich und Patrick hörte sie vor sich hin

murmeln. Ob sie mit sich selbst sprach oder mit ihrem Mann, war ihm gleichgültig, ebenso wie die wirtschaftlichen Überlegungen eines Verlags. Er musste unbedingt Chiara schützen.

Annas Schweigen dauerte an. Irgendwann sprang Patrick auf. Der Bürostuhl rollte fort und knallte unsanft gegen die rückwärtige Wand. „Ich will Chiara da weghaben. Völlig egal, ob der Kerl euch das Manuskript dann durch den Reißwolf gedreht zuschickt!"

„Geh es ein bisschen vorsichtig an", empfahl Anna und klang dabei eingeschüchtert. Vermutlich war sie aber einfach nur verwirrt aufgrund dessen, was sie da über ihren Starautor erfahren hatte.

Patrick notierte sich die Nummer, drückte Anna ohne Abschied aus der Leitung und wählte neu. Erstaunlich schnell meldete sich eine angenehm tiefe Frauenstimme.

Langsam, da er auf jeden Fall wollte, dass die Frau ihn ernst nahm, erklärte er, weshalb er anrief. Doch sie unterbrach ihn gleich nach dem ersten Satz.

„Entschuldigung … verstehen." Ihre Stimme hörte sich im Gegensatz zum Beginn ihres Telefonats eigentümlich weit weg an. Der Anfang des darauffolgenden Satzes fehlte ganz. Plötzlich vernahm er: „… Schneesturm wütet. Wahrscheinlich schneit er uns ein. Er könnte die Leitungen be-"

Was folgte, war Stille. Beängstigende Stille, die die letzten Wortfetzen der Frau umso bedrohlicher in der Luft hängen ließ.

Patrick starrte mit einem Gefühl drohender Panik in der Brust das Telefon an. Über Banff tobte ein Schneesturm? Wenn er richtig interpretierte, was die Frau angedeutet hatte, war es unmöglich, zu Chiara zu gelangen oder ihr wenigstens eine Warnung zukommen zu lassen. Sie war weiterhin allein auf sich gestellt, wurde womöglich mit Forster auch noch über mehrere Tage eingeschneit …

Er wählte erneut – ohne Erfolg.

Grelle Blitze erhellten die unvermittelt hereingebrochene Dunkelheit, beleuchteten die vom Wind schräg herbeigepeitschten Schneeflocken und Forsters Gesicht. Seine Züge waren grimmig, jeder Muskel angespannt, die Hände zu Fäusten geballt.

Er konnte sich einfach nicht darauf verlassen, dass Chiara sich verspätet und dabei den nahenden Sturm bemerkt hatte und deshalb bei Rose in Banff geblieben war.

Gejagt von der Sorge um sie humpelte er die Stufen hinauf, zerrte seine Skihose aus dem Schrank, schlüpfte hinein und wäre vor Hast beinahe die Treppe hinuntergestürzt.

„Los, Shakey!", rief er dem Hund zu und bemerkte nicht einmal, dass er Chiaras Abkürzung des Namens gebrauchte. Der Neufundländer sprang sofort von seiner Decke auf und kam in den Eingangsbereich. Florian legte ihm ein orangefarbenes Geschirr für Rettungshunde um, zog seine Stiefel an, danach den Parka, und schob die Mütze tief in die Stirn.

Als er die Tür aufriss, peitschte ihm ein eisiger Wind eine Fontäne Schnee entgegen und holte ihn fast von den Beinen. Geduckt folgte er dem Hund hinaus in das wütende Toben. Die Bäume schienen zu eigenständigem Leben erwacht zu sein, beugten sich hierhin und dorthin, schüttelten und neigten sich. Schneeverwehungen verwandelten die Landschaft von einer Sekunde auf die andere in immer neue Szenarien. Der Sturm zerrte an Florians Jacke, trieb den Schnee in jede noch so winzige Öffnung seiner Kleidung. Innerhalb eines Wimpernschlags war er weiß eingestäubt und der Hund kaum noch zu sehen.

Florian knipste die Taschenlampe an, warf sie dann aber zurück unter den halbwegs geschützten Türeingang. In ihrem hellen Lichtschein sah er nur wirbelnde, zu einer undurchdringlichen Masse gewordene Schneeflocken.

Zwar ließen der Wind und die Kristallgeschosse nach, sobald er in den schützenden Wald eintauchte, dafür saß ihm die von umstürzenden Bäumen ausgehende Gefahr drohend im Nacken. Er kämpfte sich vorwärts, erreichte nach einer gefühlten Ewigkeit die Abzweigung des Wanderwegs und wandte sich nach links, dem Wanderparkplatz zu. Der etwas breitere Naturpfad bot Wind und Schnee erneut eine größere Angriffsfläche. Die sich auftürmenden Schneeverwehungen machten das Vorankommen schwierig, zumal sein Fuß noch immer schmerzte. Dennoch trieb ihn die Angst um Chiara eisern voran. Er hatte schon einmal ein Mädchen verloren, das er geliebt hatte; ein zweites Mal durfte ihm das nicht passieren.

Dieser Gedankengang erschreckte ihn nicht mehr so stark wie die ersten Male, als er sich hatte eingestehen müssen, dass er sich wieder verliebt hatte. Doch die Sorge um Chiaras Wohlergehen wuchs dadurch zu einem lodernden Feuer in ihm an.

„Lass mich sie finden!“, schrie er in den grauschwarzen Himmel hinauf. Als Antwort erhielt er zwei dicht aufeinanderfolgende Blitze und direkt darauf die dazugehörigen Donnerschläge, die die Erde beben ließen. Florian taumelte, stürzte und fing sich reaktionsschnell mit beiden Händen ab. Den stechenden Schmerz ignorierte er einfach und kämpfte sich keuchend wieder auf die Beine.

Shakespeare war zurückgekehrt und stieß ihn mehrmals mit der Schnauze an. Wollte er ihn zur Umkehr animieren? Oder trieb er ihn an, den Kampf gegen die Urgewalten nicht aufzugeben?

„Wir müssen Chiara finden“, rief er dem Hund über das Tosen der Bäume, das Heulen und Pfeifen des Windes und das zischende Geräusch des peitschenden Schnees zu. Der Neufundländer bellte einmal kurz auf, machte kehrt und lief wieder in Richtung Parkplatz. Florian folgte ihm. Er sah nicht weiter als den nächsten Schritt, den er voranstrebte. Wie sollte Chiara, falls der Blizzard sie auf dem Heimweg überrascht hatte, überhaupt den Pfad finden? Womöglich lief Florian an ihr vorbei, ohne es zu bemerken. Wenn sie tatsächlich in diesem wütenden eisigen Toben unterwegs war, hatte sie dann überhaupt noch eine Chance?

Chiara hatte den Kopf tief gesenkt. Zweige ratschten an ihrer Jeans und der Jacke entlang. Mehrmals trat sie in Löcher, stolperte über Wurzeln und schneebedeckte Grasbüschel. Sie stapfte voran, ohne nachzudenken, ohne sich umzusehen. Sie wollte einfach nur weiter, denn stehen bleiben, das war ihr bewusst, würde den Tod bedeuten. Ein paarmal hatte sie mit dem Gedanken gespielt, den Schlitten mit den Einkäufen zurückzulassen, aber in einer Art irrwitziger Entschlossenheit klammerte sie sich an der Schnur in ihren im Rücken zusammengelegten Händen fest. Sie zerrte das Holzgefährt hinter sich her, als sei es ihr Rettungsanker in einem Meer aus aufgepeitschtem Schnee.

Abrupt stoppte der Schlitten. Es war, als sei ein Zentnergewicht hinzugekommen. War ein Baum auf das Gefährt gestürzt, ohne dass sie es gehört hatte? Chiara drehte sich ängstlich um. Eine verschneite Gestalt schälte sich aus dem Schwarz und Weiß. Ein Mensch. War er über ihren Schlitten gestolpert?

Die Person trat zu ihr, ergriff sie mit den behandschuhten Händen an den Oberarmen und stellte sich so vor sie, dass sie in den Genuss seines Windschattens kam. Dunkle Augen schienen sie förmlich zu durchbohren.

„Forster!“ Selbst ihre Stimme klang wie eingefroren.

„Du bist vom Weg abgekommen!“ Er musste schreien, um den gewaltigen Lärm um sie her zu übertönen, obwohl sein Gesicht nur wenige Zentimeter von ihrem entfernt war.

Sie fragte nicht, wie er sie trotzdem hatte finden können, zumal sich im gleichen Augenblick Shakespeare an ihre Hosenbeine drückte. Vermutlich war es dem Tier zu verdanken, dass sie nicht irgendwann im Frühling tot im Wald aufgefunden werden würde.

Forster beugte sich herunter und legte seine kalte Stirn an die ihre. Chiara wagte ein frohes Aufseufzen. Es war unbeschreiblich schön, nicht mehr allein zu sein, Zuneigung und Sorge zu spüren, Hilfe zu erfahren – Florian bei sich zu haben.

Sie bedauerte es, als er sich plötzlich wegdrehte, und das bei Weitem nicht nur, weil sie damit wieder der ungezähmten Kraft des Windes und der peitschenden Schneeflocken ausgesetzt war. Florian wand ihr die Schlittenschnur aus den klammen Fingern. Er drehte das Gefährt um und knotete es an das Geschirr des Hundes. Gleich darauf war er zurück und ergriff fest Chiaras Hand.

„Nicht loslassen!“, rief er ihr zu, aber das hatte sie nicht vor, zumal sie ihn lediglich als grauen Umriss inmitten einer Welt wahrnahm, die jede Farbe eingebüßt hatte. Mit der anderen Hand nahm er die Hundeleine, die er am Schlitten befestigt hatte. So behielt er den Kontakt zu Shakespeare. Der Hund lief ihnen voraus, kam wegen seiner zu ziehenden Last allerdings nur langsam voran. Mehrmals musste Florian ihm mit dem Gefährt helfen; dabei ließ er Chiara niemals los.

Es dauerte lange, bis sie endlich den kleinen Vorplatz der Hütte erreichten. Eine rasche Abfolge von Blitzen beleuchtete einen entwurzelten Baumstamm. Er versperrte ihnen den Weg, einige seiner Zweige ragten sogar bis auf das Dach des Hauses.

„Kletter da durch“, wies Florian sie schreiend an und schob sie in das Gewirr aus wuchtigen Ästen und feingliedrigen wippenden Zweigen. Schneller als gedacht gelang es Chiara, das Hindernis zu übersteigen und sich zwischen den Ästen hindurchzuwinden. Sie stieß die Tür auf und genoss im ersten Augenblick die ihr entgegenschlagende Wärme, ehe ihr Gesicht unangenehm zu brennen begann. Hinter ihr taumelte Florian herein. Er trug die Kiste, wie auch immer er sie über die vom Sturm gefällte Hürde gebracht hatte.

Chiara fühlte sich zu erschöpft, um sich darüber zu freuen, dass der Hund sich gleich im Eingangsbereich den Schnee aus dem Fell schüttelte und darauf zu warten schien, dass jemand ihn abtrocknete. Sie streifte die durchnässten Handschuhe ab und tat ihm den Gefallen, wenn auch oberflächlich, und schickte ihn dann auf seine Decke.

Florian hatte inzwischen die Tür zugeschoben. Wie weiße Fabelwesen standen sie dicht beieinander in dem winzigen Vorraum, zusätzlich eingeengt durch die Lebensmittelkiste. Seine Handschuhe landeten neben ihren auf einer beachtlichen Schicht hereingewehten Schnees. Er legte die Hände an ihre Wangen, seine Finger vergruben sich in ihrem nassen Haar; sie klammerte sich an seine Unterarme. Wieder neigte er den Kopf und presste seine Stirn an ihre. Chiara schloss die Augen, überwältigt von einem unbändigen Glücksgefühl.

„Was für ein Leichtsinn“, flüsterte er.

„Ich hatte Angst, du könntest mich suchen gehen, wenn ich nicht komme.“ Die vertraute Anrede ging ihr wie von selbst über die Lippen.

„Sicher!“, gab er ebenso leise zurück.

„Es kam so überraschend.“ Chiara meinte den Blizzard ebenso wie ihre Gefühle für Florian, aber das behielt sie vorsichtshalber für sich.

Der Schnee taute, und die Tropfen rannen ihnen über die Gesichter. Chiara wischte sie von der linken Wange des Mannes, der sich zu ihrem Bedauern daraufhin aufrichtete. Sein prüfender Blick wanderte an ihrem zitternden Körper entlang; zitternd vor Kälte, vor Erleichterung und vor Sehnsucht nach mehr Berührungen von ihm.

Er ließ ihr Gesicht los und öffnete ihre Jacke. Chiara ließ reglos zu, dass er sie ihr über die Schultern und die Arme streifte. Sie fiel hinter ihr auf den nassen Boden. Er wickelte den Schal von ihrem Hals, der vor Nässe ungewohnt schwer war. Er landete als schwarzes Knäuel bei den Handschuhen. Chiara erschauderte, als Florian die Hände auf den feuchten Stoff ihres weißen Herrenhemdes legte. Plötzlich verdunkelten sich seine Augen. Sein Gesicht erstarrte zu einer Maske und er ließ die Hände sinken.

Chiara wich unwillkürlich einen Schritt zurück. Was taten sie hier eigentlich? Bisher war es nur eine Hilfestellung von ihm gewesen, das Entfernen der schneedurchtränkten Hüllen. Bisher …

„Ich gehe-“ Sie brachte den Satz nicht zu Ende. Mit ihren roten Fingern deutete sie zur Zimmerdecke, dorthin, wo sich ihr sicheres kleines Reich befand. Mit hochrotem Kopf wirbelte sie herum und rannte in Richtung Treppe davon, ungeachtet der Stiefel, die sie noch immer trug.

Chiara schleuderte das Hemd in eine Ecke des winzigen Bades. „Bist du noch ganz bei Trost?", schimpfte sie vor sich hin. „Das ist Fenton Forrester! Was denkst du, was dieser Mann von dir wollen könnte?"

Sie kämpfte mit der Jeans, die nass und kalt an ihren Schenkeln klebte. Schließlich setzte sie sich auf den Toilettendeckel und zerrte mit verbissenem Gesicht an dem widerstrebenden festen Baumwollstoff.

„Was soll das, Chiara Kilian? Du bist kein Niemand!", ermahnte sie sich aufgebracht. „Warum sollte sich ein Mann wie er nicht in dich verlieben können? Über diese verkorkste Denkweise über dich selbst warst du doch hinweg!"

Etwas fiel klackernd zu Boden. Sie beugte sich seitlich hinunter und betrachtete die rotweiße Zuckerstange in ihrer durchsichtigen Plastikhülle.

„Du musst Klaus vergeben. Und Thomas Maier!", befahl sie sich selbst, als sie nach der Süßigkeit griff. Sie war mehrfach gebrochen.

Mit ihrem kalten Zeigefinger, der unangenehm kribbelte, fuhr sie die dicke Linie nach. „Vergossenes Blut zur Vergebung für meine Schuld", flüsterte sie und besah dann ihr zerzaustes rotgesichtiges Ebenbild im Spiegel.

Sie hatte ihren Klassenkameraden und Klaus verziehen und ebenso dem Clooney-Verschnitt. Aber nicht sich selbst. Nicht für ihre absolut törichte und jahrelang andauernde Selbstzerfleischung. Nicht dafür, dass sie als Teenager den bescheuerten Wunsch gehabt hatte, wie ein Hungermodel auszusehen. Sie hatte sich nie selbst verzeihen können. Und genau darum bezeichnete sie sich auch heute noch als Pummelchen, obwohl sie das schon lange nicht mehr aus dem Mund eines anderen gehört hatte! Das mochte der Grund dafür sein, weshalb sie sich unwürdig fühlte, von einem Mann geliebt zu werden. Sie schüttelte den Kopf.

„Halt!“ Chiara betrachtete erneut ihr Spiegelbild. „Du hast Angst. Angst davor, Forster könne sich nur deshalb zu dir hingezogen fühlen, weil er seit Jahren keine Frau mehr im Haus hatte. Du hast Angst, dass du tatsächlich diejenige bist, die ihm hilft, zurück in ein halbwegs normales Leben zu finden – aus welchem Grund auch immer er sich vor der Welt versteckt hält –, nur damit er dich dann gegen eine andere Frau austauscht. Gegen eine Barbie. Und damit sind wir wieder beim Grundproblem angelangt, Chiara Kilian: bei deiner mangelnden Selbstachtung. Bei dem fehlenden Bewusstsein, dass du gut bist, wie du bist. Und das hängt damit zusammen, dass du dir selbst noch nicht vergeben hast. Weil du Mängel an dir siehst, wo Gott keine sieht!“

Ihr Blick ruhte auf der in der Verpackung zerbrochenen Leckerei. War sie, Chiara, nicht ebenso zerbrochen, weil Menschen in ihrer Vergangenheit sie fallen lassen hatten? Denn sie umgab nun mal keine unsichtbare Hülle, die sie dennoch zusammenhielt. Oder etwa doch? Konnte nicht Gottes Liebe so ein Halt sein, eine unsichtbare Kraft, die die Bruchstücke ihres Lebens in einem perfekten Ganzen zusammenhielt, ihr über die schmerzlichen Absplitterungen hinweghalf, als seien sie gar nicht da?

„Lern endlich daraus“, forderte sie sich auf. „Es ist an der Zeit!“

Florian verließ das in weißen Dunst getauchte Bad. Vorsichtig zog er sich an, schmerzten seine beiden Handgelenke doch mehr, als sie das in den letzten zwei Wochen getan hatten. In ihm regte sich die Befürchtung, dass die allmählich heilenden Brüche einen Schlag zu viel abbekommen hatten. Und offenbar hatte er ebenso einen Schlag auf den Kopf erhalten!

Wie hatte er sich Chiara nur so weit annähern können? So unvorsichtig war er vier lange einsame Jahre hindurch nicht gewesen. Vier Jahre lang war es ihm gelungen, sich von allem fernzuhalten, was auch nur halbwegs nach einer attraktiven jungen Frau aussah. Und da diese zumeist im Freundeskreis oder bei Familienfeiern auftauchten, hatte er kategorisch alle gemieden – außer, es war nicht zu verhindern gewesen. Und selbst dann hatte er jeder Annäherung, jedem noch so harmlosen Blick vorgebeugt, indem er sich aufgeführt hatte, als sei er in den kanadischen Bergen unter Grizzlys aufgewachsen.

Florian trat an die Kommode mit den geschwungenen Schubladen und zog die oberste auf. Er griff nach dem mit der Bildseite nach unten liegenden Rahmen und drehte ihn um. Seine Eltern, seine Schwester und sein eigenes Konterfei lächelten ihm entgegen. Ein Bild aus fröhlichen Zeiten.

Wie so oft strich er mit dem Zeigefinger über das Bild seiner Mutter und flüsterte: „Verzeih mir."

Das seit jenem Herbsttag vor vier Jahren nur zu vertraute Gefühl der Verlassenheit tobte in seinem Herzen wie der Blizzard vor der Fensterfront seines Zimmers. Sie hatten sich alle von ihm abgewandt: die Freunde, die Studienkollegen, seine Schwester und sein Vater, der auch seine Frau dazu gezwungen hatte, den Kontakt zu ihrem Sohn abzubrechen.

In einer Mischung aus Hilflosigkeit und Wut knallte er die Fotografie zurück in die Schublade und schob diese so kräftig zu, dass die Kommode ein Stück über den Holzboden rutschte und gegen die Wand knallte.

Er verließ den großen Raum und hörte das Wasser der Dusche im Gästezimmer rauschen. Verzweifelt ballte er die Hände zu Fäusten. Mehr als jemals zuvor wünschte er sich, allein zu sein. In dem Wissen, dass er sich etwas vormachte, stürmte er die Stufen hinunter. Er wollte keinesfalls allein sein. Nicht länger und niemals mehr. Chiaras kornblumenblaue Augen waren zu bezaubernd, um nicht jeden Tag, hundertmal am Tag, den Blick in sie zu versenken.

Sie war so herrlich unkompliziert, so ungekünstelt. Mal fröhlich, mal albern, mal spöttisch, dann wiederum aufmerksam, konzentriert oder ernst. Sie hatte ihn dazu gebracht, sich wie ein normaler Mensch zu unterhalten und zu fühlen. Um ihretwillen wollte er wieder den Kontakt zu anderen suchen, lernen, neu zu vertrauen – seinen Mitmenschen und sich selbst.

Aber war dieses Ziel nicht unerreichbar für ihn? Seine Vergangenheit würde ihn früher oder später wieder einholen – und damit auch Chiara überrollen.

Florian legte Holz nach und räumte Chiaras Einkäufe aus, ehe er eine Mahlzeit zubereitete und schließlich mit einer riesigen Tasse Tee in der Hand ans Fenster trat. Inzwischen war der Schnee an der Front über einen Meter in die Höhe geklettert, die Schneeflocken klatschten mit Wucht gegen das Glas, deutlich erhellt von den in immer kürzeren Abständen aufflammenden Blitzen. Der Blizzard legte an Intensität zu.

Eine Bewegung neben ihm ließ ihn aufsehen. Er hatte Chiara wegen der Geräuschkulisse draußen nicht herunterkommen hören. Sie hielt die Tasse in der Hand, die er für sie in der Küchenzeile bereitgestellt hatte. Ihr frech geschnittenes fransiges Haar war feucht, ihre Wangen gerötet, ein Überbleibsel der vorausgegangenen Kälte und der im Raum herrschenden Wärme. Oder war es etwa Schamröte? Er hoffte und betete, dass dem nicht so war.

„So etwas habe ich in meinem ganzen Leben noch nicht erlebt", sagte sie im Plauderton.

Er hob die Augenbrauen. Die Erleichterung über ihren alltäglichen Tonfall wärmte sein Inneres ebenso wie das heiße Getränk.

„In dieser Heftigkeit … ich auch nicht. Blizzards kommen oft schnell und unvorhergesehen, vor allem im Gebirge, wenn sich die Wolkenfronten hinter den Bergmassiven aufstauen."

„Vielen Dank, dass du mich gesucht hast. Ich fürchte, mein Ausflug hätte sonst ein ungutes Ende gefunden."

Florian verstärkte beim Gedanken daran, auf was sie anspielte, den Druck seiner Hände um die dickwandige Tontasse.

„Gern geschehen", erwiderte er und versuchte, genauso normal zu klingen wie sie. Anscheinend hatte sie die kleine Szene im Eingangsbereich bereits verarbeitet. Dabei hatte er den Eindruck gehabt, das Ganze habe sie fast ebenso erschreckt wie ihn. Er bewunderte sie dafür, beneidete sie sogar ein wenig und fühlte doch tiefe Dankbarkeit. Ganz offenbar konnten sie da weitermachen, wo sie vor dem Sturm aufgehört hatten: in kameradschaftlicher Atmosphäre.

„Haben wir noch Strom?", erkundigte sie sich plötzlich in ihrer typisch praktischen Art.

„Die Leitungen liegen unterirdisch. Das hat damals mein Vater beim Neubau der Hütte veranlasst. Solange der in unsere Richtung gelegene Teil von Banff Strom hat, dürften wir auch versorgt sein." Florian ging einige Schritte und betätigte den Lichtschalter, dann nochmals. Nichts geschah.

„Schade, ich hätte gern mit dir am Manuskript weitergearbeitet", murmelte Chiara, setzte sich auf die Couch und zog die Beine an, ohne den Blick vom Schneesturm zu nehmen.

Florians Gesichtsmuskeln zuckten, als er überlegte, ob sie ihren Vertrag erfüllen wollte, damit sie möglichst schnell, womöglich sogar vor der vereinbarten Frist, nach Deutschland zurückfliegen konnte. Wollte sie fort von hier? Weg von ihm? Hatte er sie doch eingeschüchtert oder gar verängstigt?

Er ließ sich in der gegenüberliegenden Ecke der Couch nieder. Verbissen versuchte er, die Selbstvorwürfe, die Last seiner Erinnerungen und die Angst, Chiara zu verlieren, irgendwohin zu packen, wo er sie für lange Zeit würde vergessen können. Wie sooft war er dabei nicht sehr erfolgreich.

„Die hat Rose mir für dich mitgegeben. Leider ist sie zerbrochen." Chiara beugte sich zu ihm hinüber und streckte ihm eine der Zuckerstangen entgegen, die genauso untrennbar zu Rose gehörten wie ihr Laden und der Apfel-Zimt-Kuchen.

Vorsichtig, um jede Berührung zu vermeiden, nahm er Chiara die Leckerei ab.

„Kennst du ihre Bedeutung?“, fragte sie leise, fast träge, als sei sie unendlich müde.

„Ja“, antwortete er knapp und schon wieder in Gedanken versunken. Es war jetzt über drei Jahre her, seit Rose ihm das erste Mal diesen Weihnachtsschmuck geschenkt hatte. Sie hatte ihm die Geschichte dahinter erzählt, ihn lange angesehen und schließlich gesagt: „Wenn du jemandem vergeben musst, dann tu es. Denn ansonsten wird dich das Nichtverziehene töten. Wenn du dir selbst verzeihen musst, tu es restlos und für immer, denn dir ist bereits verziehen!“

Daraufhin war er aus dem Laden geflohen und hatte Rose tagelang gemieden. Sie blickte zu tief. Sie bohrte in schmerzenden Wunden, die er doch zu vergessen versuchte.

„Gut“, lautete Chiaras Antwort, ehe sie sich erhob, um nach den in einer Pfanne brutzelnden Würsten und dem quellenden Reis zu sehen. Im Vorübergehen legte sie ihm ihre Hand federleicht auf die Schulter.

Florian schaute ihr nach. Dies war keine Berührung gewesen, die Nähe suchte oder die ihn reizen sollte, wie er es von früher kannte, wenn ein Mädchen seine Aufmerksamkeit gewinnen wollte. Es war nur eine einfache freundschaftliche Geste, wie eine Versicherung, dass sie da war. Und dass sie ihm vertraute?

Chiara und Florian aßen auf der Couch, die Teller auf dem Schoß, und bewunderten fasziniert das Toben der Natur. Florian sah Chiara bei manchem Blitz und bei besonders lauten Donnerschlägen zusammenzucken und nahm daher an, dass sie ein wenig Angst vor Gewittern hatte. Umso mehr bewegte es ihn, dass sie seinetwegen das Wagnis auf sich genommen hatte, die Hütte zu erreichen, statt schleunigst in die Stadt zurückzukehren.

Er machte es sich in seiner Ecke bequem und blickte sie lange an, wie sie hinaussah, den leeren Teller auf den Oberschenkeln balancierend, den Kopf an das hohe Polster gelehnt. Das nur noch mäßig flackernde Feuer spiegelte sich kaum in der Scheibe, beleuchtete jedoch mit einem sanften Orangeton das Profil der jungen Frau mit dem ebenmäßigen Teint. Sie hatte neben ihren faszinierenden Augen auch eine freche Stupsnase und einen sinnlichen Mund. Und innerlich war sie ebenfalls schön. Dazu war sie intelligent und nicht auf den Mund gefallen. Sie akzeptierte, zumindest in ihrer geschäftlichen Beziehung, dass er häufig in eine Welt abtauchte, in die sie ihm nicht folgen konnte. Weder löcherte sie ihn mit Fragen, noch war sie über seine Schweigsamkeit eingeschnappt, und obwohl sie gelegentlich kindlich albern war, nervte sie doch nicht mit ständigem Gekicher oder haltlosem Plappern. Die Wärme, die ihn bei ihrem Anblick erfüllte, wandelte sich langsam in ein züngelndes Feuer, in das sich auch Begehren mischte.

Hastig sprang er auf. „Der Akku am Notebook dürfte voll sein. Ich verkrieche mich für ein, zwei Stunden in die Arbeit."

Chiara nickte lediglich, legte Holz nach und spülte dann das Geschirr. Als er sich später einmal nach ihr umsah, ruhte sie auf der Couch. Mehr als ihre auf dem Seitenholm der Couch liegenden Füße in den gefütterten Socken konnte er von seinem Platz aus nicht sehen.

Florian speicherte gerade noch rechtzeitig das Dokument ab, bevor der Akku seinen Dienst zu quittieren drohte. Er fuhr das Gerät herunter und erhob sich. Mit einem Blick auf die junge Frau auf der Couch, die nur schemenhaft von dem erneut ersterbenden Feuer angeleuchtet wurde, lächelte er.

Chiara hatte die Beine angezogen und schlief. Sie lag seitlich, mit dem Kopf auf ihrem rechten Arm, als habe sie, bis ihr die Augen endgültig zugefallen waren, den Sturm beobachtet. Mittlerweile war das Gewitter weitergezogen. Entfernt war noch immer Wetterleuchten zu erahnen, allerdings trieb der kräftige Wind weiterhin große Schneeflocken herbei.

Florian näherte sich leise der Couch. Lange Zeit stand er hinter der hohen Rückenlehne und blickte auf das friedliche Profil der Schlafenden. Da im Stehen der verletzte Fuß zu schmerzen begann, ging er um das Sofa herum, zog vorsichtig den Fußschemel eines Sessels näher und setzte sich. Vornübergebeugt, die

Ellenbogen auf die Oberschenkel, das Kinn in die Hände gestützt, betrachtete er Chiara. Sie atmete regelmäßig und tief, gelegentlich zuckte ihr Mundwinkel.

Dies verleitete Florian jedes Mal zu einem belustigten und liebevollen Lächeln. Unfassbar, wie schnell sein gewaltsam von allen Gefühlen abgeschottetes Herz es gelernt hatte, Chiara zu lieben! Offenbar hatte es den Kampf gegen seinen Verstand aufgenommen – und gewonnen.

„Mieser Verräter!", murmelte Florian, ohne es wirklich ernst zu meinen.

Schließlich überfiel auch ihn eine bleierne Müdigkeit. Dennoch erhob er sich nur zögernd, da er sich von dem schönen Anblick kaum trennen konnte. Er holte zwei Fleecedecken, breitete sie sorgsam über Chiara aus und blieb dann unschlüssig stehen. Endlich riss er sich los, legte Holz nach und kam doch nicht umhin, erneut vor die Couch zu treten. Er ging vor Chiara in die Hocke und hauchte ihr einen leichten Kuss auf die Wange. Sie roch herrlich nach einer Mischung aus Kokosshampoo, Deo und ihr selbst.

Florian wich ein Stück zurück, in dem Wissen, dass ihn sonst vielleicht seine Gefühle für sie überwältigen könnten. Leise flüsterte er: „Gleichgültig, was sie dir vermutlich über mich erzählen werden … ich bin das nicht."

9. Kapitel

Dick vermummt, umgeben von wirbelnden Schneeflocken, tief zwischen den Bergen hängenden grauen Wolken und einem beißend kalten Nordwind trat Chiara auf den Platz vor dem Blockhaus, wo Florian es inzwischen aufgegeben hatte, die Motorsäge starten zu wollen. Die gab nicht mehr als ein heiseres Spucken von sich. Da Chiara die Kraft und Übung für eine herkömmliche Baumsäge fehlte und Florian seine gebrochenen Hände wieder zu schaffen machten, würde der vom Blizzard gefällte Baum also erst einmal vor der Tür liegen bleiben.

Chiara kletterte über das Hindernis hinweg. Sie verließ die wippenden Äste und versank ohne jede Vorwarnung in einer riesigen Schneewehe. Bis zum Hals steckte sie in der weichen weißen Masse. Als der erste Schreck vergangen war, stellte sie fest, dass hier wenigstens der frostige Wind nicht mehr an ihr rüttelte.

Florian, auf ihr Missgeschick aufmerksam geworden, stieg auf einen der kräftigen Äste in ihrer Nähe und versuchte, sie herauszuziehen. Er streckte die Arme aus, rutschte ab und landete ebenfalls im Schnee. Zwar versank er bei Weitem nicht so tief wie Chiara, da unterhalb der Äste die Schneeschichten weniger hoch lagen, dafür allerdings kopfüber. Doch er hatte sich schnell wieder befreit.

Vom Schnee mit Zuckerguss überzogen wie ein Gebäckstück ließ er sich breit grinsend von Chiara auslachen.

„Ich weiß gar nicht, warum du lachst", verspottete er im Gegenzug Chiara. „Ich stecke im Gegensatz zu dir zumindest nicht mehr fest."

„Ich lache vor allem deshalb, weil du vermutlich gleich wieder mit dem Kopf voraus in deine Grube kriechen wirst."

„Und weshalb sollte ich das tun?“

„Weil du deine Mütze da unten vergessen hast.“

„Mist!“ Florian fasste sich mit den Handschuhen an den schneebedeckten Kopf, als müsse er sich vergewissern, ob Chiara recht hatte.

„Geh nicht weg“, sagte er zu ihr, was sie erneut zu einem Heiterkeitsausbruch veranlasste. Wie sollte sie aus dem Loch, geschweige denn von der Hütte wegkommen? Sie waren eingeschneit.

Chiara fand den Umstand aufregend, zumal sie wusste, dass sie über ausreichend Gas für den Herd verfügten, dazu über einen Konservenvorrat, der mindestens für zwei Wochen reichen würde. Es war kalt genug, um die Lebensmittel aus dem Kühlschrank in der kleinen Kammer neben der Küche zu lagern. Dort stapelte sich auch ein beträchtlicher Holzvorrat.

Shakespeare, der im Schnee weitaus besser klarkam als sie oder Florian, kam zu ihr und leckte ihr tröstend einmal quer durch das Gesicht. „Das ist unfair, Junge“, murmelte sie.

Endlich gelang es ihr, ihre Arme zu befreien. Sie reckte sich in ihrem kalten, aber nachgebenden Gefängnis zunächst in alle Richtungen, dann, als sie etwas Bewegungsfreiheit gewonnen hatte, warf sie sich mit deutlich mehr Schwung noch einmal in die sie umgebenden Schneeschichten. Die weiße Masse drückte sich zu einer festeren Wand zusammen, an der sie hoffentlich hochklettern konnte. Notfalls würde sie mit den Händen kleine Löcher als provisorische Tritte schaufeln.

Ein entrüsteter Ausruf ließ sie hochschrecken. Shakespeare hatte begonnen, sie mit den Vorderläufen auszubuddeln, und der aufspritzende Schnee traf Florian.

„Braver Shakey!“, lobte Chiara ihn laut genug, dass Florian es hören musste.

„Shakey, hör sofort auf.“ Der Hund drehte den Kopf zu dem Mann um.

„Weiter, Shakey!“, feuerte Chiara ihn schmunzelnd an, und wie sie erwartet hatte, gehorchte das Tier ihr, nicht Florian.

„Verschwörung! Rebellion!", rief der und kämpfte sich auf dem Bauch robbend aus Shakespeares Schusslinie und zu Chiara vor.

„Wenn ihr beiden nicht aufhört, euch gegen mich zu verschwören, mache ich auf diese Schneehasengrube einen Deckel drauf."

„Ich bezweifle, dass du den Schnee schneller auf mich draufschaufeln kannst, als Shakey ihn wegbuddelt."

Der Hund bellte, als er seinen Namen hörte, unterbrach seine Tätigkeit dabei aber nicht. Offensichtlich wollte er Chiara möglichst schnell befreien.

„Willst du es darauf ankommen lassen, Schneehase?"

„Auf jeden Fall, Schneemann."

Florian schob mit ausgebreiteten Armen von links und rechts Unmengen der kalten Masse in das von Chiara mittlerweile befestigte Loch. Sie prustete, teils vor Lachen, teils, weil der Schnee ihr ins Gesicht stäubte.

Shakespeare bellte, als ärgere er sich über das, was der Mann da tat, und sprang plötzlich übermütig auf Florians Rücken. Durch das zusätzliche Gewicht brach dieser vorn ein und rutschte unweigerlich – und erneut mit dem Kopf voraus – auf Chiara zu. Sein Kopf stieß gegen ihren, was ihn bremste, und schließlich lag seine Wange an ihrer. In dieser Position endete seine unfreiwillige Rutschpartie.

„Offenbar macht es dir Spaß, kopfüber im Schnee zu stecken", kicherte Chiara, ein wenig verunsichert über seine Nähe, aber doch belustigt genug, um ihn zu foppen.

„Berauschend!", pflichtete Florian mit leicht dumpf klingender Stimme bei. „Du solltest es unbedingt ausprobieren."

„Dient der Wildwuchs in deinem Gesicht dabei als Bremsbelag?"

„Ja, da hast du dann einen deutlichen Nachteil."

„Ach nein, ich umwickle meinen Kopf einfach mit einem selbstgestrickten Pullover von meiner Oma. Der kratzt genauso!"

„Ich kratze?"

„Ziemlich."

Chiara bereute sofort, dies gesagt zu haben, denn Florian begann prompt, seinen Kopf zu bewegen, sodass seine Bartstoppeln noch heftiger in ihre Wange stachen.

„Lass den Blödsinn und überleg dir lieber, wie wir hier wieder rauskommen."

„Spätestens im Frühjahr mit der Schneeschmelze."

Plötzlich erfasste Chiara Panik, als würde sie sich erst jetzt der Enge des Raums bewusst werden, in dem sie feststeckte. Als sie noch den Himmel über sich gesehen hatte, war es nicht so schlimm gewesen …

Sie wollte Florian ihre überhandnehmende Angst mitteilen und drehte den Kopf zu ihm hin. Gleichzeitig hatte er wohl denselben Gedanken. Für einen Augenblick berührten seine Lippen ihre Stirn, doch im gleichen Moment wich er auch schon wieder zurück. Ein heißer Schauer lief durch Chiaras Körper. Die aufsteigende Panik, verbunden mit dem aufregenden Gefühl dieser Berührung ließ sie laut aufkeuchen.

„Bleib ganz ruhig. Ich hole dich da raus", versicherte Florian ihr mit erstaunlich gelassener Stimme.

Er war durchtrainiert, und so dauerte es lediglich einen Moment, bis er sich aus ihrem Blickfeld gewälzt hatte und ihr den beruhigenden Anblick des wolkenverhangenen Himmels und der wirbelnden Schneeflocken wieder freigab.

Gleich darauf erschien sein Gesicht über dem Loch. „Bist du in Ordnung?"

„Ja, jetzt sehe ich ja den Himmel wieder."

„Den sollte man nie aus den Augen verlieren." Er lächelte, und Chiara hatte das Gefühl, als müsse der Schnee um sie her sofort schmelzen. So verletzlich, fast schüchtern sah er aus, was ihr Inneres nur noch mehr erwärmte.

„Du hast dir ja bereits zwei Tritte gebaut", sagte er, stolz auf ihren Einfall. „Kannst du die Füße in die Tritte stellen? Damit bist du schon halb draußen, den Rest ziehe ich dich hoch."

„Ich versuche es."

„Chiara?" Fragend hob sie erneut den Kopf und erblickte diesmal ein freches Grinsen. „Ich sage das lieber, solange du noch da unten steckst. Dann kann ich dich, je nach Reaktion, notfalls noch ein bisschen in deiner Grube abkühlen lassen."

„Fühl dich nicht zu sicher, Schneemann! Ich komme irgendwann auch allein raus."

Seine Augenbrauen zuckten, als bezweifle er das, und das schelmische Grinsen, das Chiara so liebte, war wieder da. Mit einem wesentlich deutlicheren Schweizer Akzent als sonst sagte er: „Du gibst einen bezaubernden Schneehasen ab."

Chiara spürte, wie die Freude in ihr hochsprudelte wie winzige Kohlensäureperlen in einer Wasserflasche. Sie erwiderte gespielt vorwurfsvoll: „Für einen frostigen Schneemann sind deine Komplimente wirklich herausragend, für einen preisgekrönten Autor aber niederschmetternd!"

„Wenn du meinst!", antwortete er übertrieben schmollend, und sein Kopf verschwand aus ihrem Blickfeld.

Chiara verschränkte die Arme vor der Brust, lehnte sich an die Schneewand hinter ihr und wartete. Sie musste lange warten, allerdings hatte sie es in ihrer windgeschützten Schneehasengrube entschieden wärmer und angenehmer als der Schneemann. Der war dem beißenden Wind schutzlos ausgesetzt und dazu noch einem Hund, der nicht verstand, warum er nicht weiterbuddeln durfte. Sie hörte, wie Florian das Tier mehrmals wegschickte und wegdrückte und Shakespeare sich darüber jaulend und bellend beschwerte.

„Ein wahrer Retter und Gentleman, dieser Shakespeare", rief sie hinauf, um Florian zu ärgern.

„Untreuer Kollege", hielt er dagegen.

Chiara machte sich nicht die Mühe, ihre Belustigung für sich zu behalten. Da sie aber keine Lust auf einen noch längeren Aufenthalt zwischen hoch aufragenden Schneewänden verspürte, nahm sie ihre Arbeit an den Tritten wieder rauf. Endlich gelang es ihr, bis an den oberen Rand der Grube zu klettern. Kurz bevor sie einen sicheren Halt fand, drohte sie jedoch abzurutschen. Obwohl sie davon ausgegangen war, dass Florian weiterhin seinen Spaß daran hatte, ihr die kalte Schulter zu zeigen, ergriff er sie unter den Armen und zog sie vollends hoch. Schließlich lagen sie nebeneinander auf dem Schnee und sahen zu, wie sich immer mehr Flocken auf ihnen niederließen. Shakespeare robbte ganz nah neben Chiara, als wolle er sie vor dem Wind schützen.

„Was hast du mit dem Hund angestellt?", brummte Florian, ohne die schnell ziehenden grauen Wolken vor dem ebenso grauen Himmel aus dem Blick zu verlieren.

Chiara blieb ihm eine Antwort schuldig. Was sollte sie auch sagen? Dass es manchmal einfach von Vorteil ist, wenn man weiß, woran man mit dem anderen ist?

Sie drehte sich zur Seite und stemmte den Ellenbogen auf die weiße Fläche, der prompt ein Stück einsank. Sie stützte ihren Kopf auf die behandschuhte Handfläche und sah aus dieser leicht erhöhten Position zu Florian. Er hatte die Augen geschlossen und wirkte trotz des wilden Barts, in dem sich die Schneeflocken verfingen, ohne sofort zu schmelzen, beinahe friedlich, ja zufrieden. Anscheinend drängte es ihn im Moment nicht, unbedingt an dem Manuskript weiterzuschreiben. Oder akzeptierte er schlichtweg die Zwangspause aufgrund der fehlenden Elektrizität?

Chiara betrachtete Florians Mund und verspürte den Wunsch auszuprobieren, wie es sich anfühlte, Florian zu küssen. Bei der bloßen Vorstellung zog ein süßer Schmerz durch ihren Leib und blieb irgendwo in Höhe ihres Herzens hängen.

Ihr Blick wanderte über seine gerade Nase zu seinen Augen. Erschrocken stellte sie fest, dass er sie beobachtete, wobei er gelegentlich eine auf seinen dichten schwarzen Wimpern landende Flocke wegblinzelte.

„Hundert Manuskriptseiten für deine Gedanken", sagte er mit rauer Stimme.

„Da ich die eigenhändig tippe, halte ich das für einen unfairen Tausch!"

„Einen Versuch war es wert“, seufzte Florian und zog sich mithilfe einiger Zweige näher an den umgestürzten Stamm, um nicht erneut in einer Schneeverwehung zu versinken. „Und jetzt ist mir kalt.“

Chiara behalf sich auf ähnliche Weise, drehte sich auf einem breiten Ast stehend aber noch einmal um. Sie hatte nie zuvor in ihrem Leben so viel Schnee gesehen, und dabei rieselten noch immer weiße Flocken vom Himmel, wenngleich sie mittlerweile nur noch zarte Gebilde waren. Obwohl sie fror, konnte sie den Blick nicht von den dunklen Bäumen mit ihrem mächtigen weißen Schmuck abwenden. Sie bewunderte die bizarren Formen der Schneewehen, die der Sturm vor allem am Waldrand geformt hatte. Wenn sie sich ein Stück nach vorn beugte, konnte sie die Berge und den Bogen des Bow River sehen, der unter der Schneeschicht kaum noch zu erkennen war. Wieder überraschte und betörte sie das vollständige Fehlen jedes von Menschen hervorgerufenen Geräuschs. Die Welt schien wie unter einer Glasglocke zu liegen.

Das Gefühl, ganz allein zu sein, rief Begeisterung in Chiara hervor, der sich jedoch gleichzeitig ein Funke Furcht beimischte. Es hatte auch etwas Beängstigendes, völlig von der Außenwelt abgeschnitten zu sein. Der Mensch ist nicht dafür geschaffen, ohne den Austausch und die Begegnung mit seinesgleichen auszukommen.

Unwillkürlich drehte Chiara sich um und blickte auf die offen stehende Eingangstür, durch die Florian verschwunden war. Wie kam er nur damit zurecht, dermaßen von der Welt abgeschottet zu leben? Selbstverständlich unterhielt er zwangsläufig Kontakte zum Verlag und zu Rose, und sicher gab es in der Schweiz ein paar Personen, denen er nicht dauerhaft ausweichen konnte. Aber war nicht die Frage nach dem Wie zweitrangig? Viel wichtiger war es doch, *warum* er diese selbst auferlegte Einsamkeit auf sich nahm, zumal Rose ihn als Sonnyboy beschrieben und von einem einst regen Besucherstrom in dem Waldhaus gesprochen hatte, bevor … ja, bevor was?

Chiara kletterte über den wuchtigen Stamm, kämpfte sich durch das Geäst und erreichte schließlich die Tür. Einige Minuten später stand sie in der Küche und prüfte, ob der am frühen Morgen aus dem Küchenanbau hereingeholte Lachs und die Rolle Blätterteig soweit aufgetaut waren, dass sie die Mahlzeit für Heiligabend vorbereiten konnte.

„Darf ich dir helfen?"

Chiara fuhr erschrocken herum. Sie hatte Florian oben in seinem Zimmer vermutet.

„Warum nicht?", erwiderte sie, als sich ihr aufgeschreckter Herzschlag wieder beruhigt hatte.

„Bei meiner Mutter ..." Er brach ab, und für einen Augenblick sah es aus, als würde er die Flucht antreten. Chiara ließ ihn nicht aus den Augen. Die gerunzelte Stirn und die geballten Fäuste zeugten unmissverständlich von dem inneren Kampf, den er austrug. Dann lächelte er sie entschuldigend an und gesellte sich neben sie. Offenbar hatte er soeben einen Sieg errungen.

„Würdest du dich um den Reis und eine Zitronen-Butter-Soße kümmern?", fuhr Chiara fort, als habe die abrupte Unterbrechung ihrer Unterhaltung nie stattgefunden.

„Sofern du mir bei der Soße etwas zur Hand gehst, gern."

„Ich diktiere dir die einzelnen Zubereitungsschritte", lachte sie.

„Ob das auch ohne Strom funktioniert?" In dem Moment, als er das Wort „Strom" aussprach, begann der Kühlschrank zu summen und eines der Lichter im Wohnbereich strahlte auf.

Chiara schmunzelte und sagte, indem sie Florian leicht in die Seite stieß: „Das Problem habe ich kurzerhand behoben."

„Du besitzt erstaunliche Fähigkeiten!"

Chiara empfand Freude darüber, dass sie ihm einfach zustimmen konnte, ohne das Gefühl zu haben, dass dies überheblich sei. Ja, sie verfügte über erstaunliche Fähigkeiten. Geschenkte Begabungen, wenngleich sie keine wunderbare Singstimme hatte, kein Instrument spielen und nicht mehr als Strichmännchen zeichnen konnte. Sie war weder eine begabte Rednerin, noch mit einer blühenden Fantasie ausgestattet, wie Florian sie besaß. Aber ihr war es gelungen, einen wortkargen Grizzly dazu zu animieren, zu seiner verloren gegangenen Höflichkeit und Freundlichkeit zurückzufinden. Er sprach mehr als Drei-Wort-Sätze mit ihr. Ihre Begabung war keine offensichtliche, keine, die jemals im Rampenlicht stehen würde, aber sie war deshalb noch lange nicht unwichtig.

Zufrieden ergriff sie ein Messer und zerteilte den Blätterteig in vier Viertel.

Einträchtig werkelten sie in der Küche, und als die Speisen vorbereitet waren, band Chiara ihre Schürze ab und hängte sie an den dafür vorgesehen Haken an einem der mächtigen Holzstämme.

„Zeit zum Umziehen“, verkündete sie.

„Muss das sein?“ Florian sah an seiner grauen Jogginghose und dem orangen Sweatshirt hinunter auf seine bequemen Sportschuhe.

„Oh ja! Schließlich feiern wir einen Geburtstag.“

„Ich weiß gar nicht, ob ich … na, mal sehen.“ Er zeigte einen so betretenen Gesichtsausdruck, dass Chiara ihm tröstend den Arm drückte.

„Du wirst schon etwas finden.“

„Vermutlich dasselbe Ensemble in Schwarz“, lachte er.

„Immerhin!“

Chiara stapfte gefolgt von Florian die Stufen hinauf und verschwand in ihrem Zimmer. Sie schlüpfte in schwarze Woll-Leggins und ein weich fließendes silbergraues Kleid, das knapp oberhalb der Knie endete, bürstete einmal durch ihr blondes Haar, sodass die Spitzen wieder frech um ihr Gesicht und in ihren Nacken fielen. Zuletzt zog sie ein Paar schwarze Pumps an, die sie mitgebracht und bisher nicht getragen hatte.

Obwohl sie kein Make-up auflegte, was sie ohnehin selten tat, und sich beeilt hatte, war Florian vor ihr im Wohnraum. Er stand an dem Baum vor der Fensterfront und zündete die ersten Bienenwachskerzen an. Als er sie auf der Treppe hörte, drehte er sich um und schaute sie bewundernd an. Chiara zwinkerte ihm vergnügt zu. Er trug schwarze Jeans und ein weißes Hemd, das von ihr hätte stammen können – wenn Florian nicht durch sein Training so überaus breitschultrig gewesen wäre. Während er die Kerzen am zweiten Baum anzündete, deckte sie den Tisch, füllte die Speisen in Schüsseln und legte die vier schmalen Lachsscheiben in ihrem goldfarbenen Blätterteigmantel auf eine Platte.

Wie vor jeder Mahlzeit sprach Florian sein knappes Dankesgebet, das Chiara noch immer zum Schmunzeln brachte. Es erinnerte sie erneut daran, dass dieser Stenografie-Stil bis vor Kurzem Florians Art gewesen war, auch mit ihr zu kommunizieren.

Während sie das gemeinsam zubereitete Essen genossen, erzählte Chiara von früheren Weihnachtsfesten, vom Verlust ihres Vaters, von der erneuten Heirat ihrer Mutter und schließlich vom Tod ihrer Freundin Mia und ihrer Rückkehr nach Freiburg. Florian stellte gelegentliche Zwischenfragen, sodass sie mehr ins Detail ging, zumal sich herausstellte, dass er ein ungewöhnlich guter Zuhörer war.

Irgendwann wagte Chiara den Sprung ins kalte Wasser und erkundigte sich nach Florians Familie. Er legte das Besteck beiseite und runzelte die Stirn.

„Vater, Mutter, jüngere Schwester."

Chiara schluckte schwer. Er war in seine Einsilbigkeit zurückgefallen. Für sie gab es jetzt nur die Flucht nach vorn: „Sie haben dir sehr wehgetan, und deshalb willst du nicht über sie reden?"

„Ganz genau."

Chiara ließ ihn nicht aus den Augen. Auf seiner Stirn waren tiefe Falten entstanden, die seinen Unwillen über das Thema bezeugten.

„Dann erzähl mir, wo du wohnst, wenn du nicht gerade hier in Banff bist."

„Schweiz."

Chiara atmete laut aus und legte ebenfalls das Besteck neben den Teller. „Du möchtest also gar nichts von dir preisgeben?"

„Wieder richtig." Ein eigentümliches Flackern beherrschte seine dunklen Augen. Im ersten Moment hielt Chiara es für Wut, bis ihr klar wurde, dass es vielmehr ein abgrundtiefer Schmerz war, der in Florian wühlte.

„Es tut mir leid“, flüsterte sie. Ihre Hand zitterte, als sie nach dem Wasserglas griff, um sich an etwas festhalten zu können. Der Sturm der vergangenen Nacht schien zurückgekehrt zu sein. Offenbar vertraute er ihr noch immer nicht.

„Du brauchst keine Angst vor mir zu haben“, presste Florian mühsam hervor.

„Ich habe keine Angst vor dir.“ Chiara neigte leicht den Kopf. Florian sah über sie hinweg, mied den Blickkontakt. „Dazu hast du mir nie einen Grund gegeben.“

Scharrend schob Florian seinen Stuhl zurück und verließ mit großen Schritten den Essbereich. Dabei streifte er mit der Schulter an einem Zweig des Christbaums vorbei. Eine der Zuckerstangen löste sich und fiel ihm vor die Füße. Abrupt stoppte Florian. Da Chiara die süßen Schmuckstücke aus der Cellophanumhüllung befreit hatte, war sie in tausend Splitter zerbrochen.

Erstaunt beobachtete Chiara, wie Florian in die Hocke ging und die etwas größeren Einzelteile aufhob, als sei es wertvolles Porzellan. Er sammelte die Stücke in seiner Handfläche und erhob sich. Nach einem kurzen Blick zu ihr verschwand er über die Treppe nach oben. Chiara glaubte, Tränen in seinen Augen gesehen zu haben.

Minutenlang saß sie reglos da. Ihr Blick schweifte über die fast geleerten Schüsseln und Platten zu Florians verwaistem Stuhl, von dort zu der Fensterfront, die jedoch nur Dunkelheit und das spiegelnde Ambiente des Zimmers zeigte. Es war wohl ratsam, ihre Gefühle für Florian tief in ihrem Inneren zu verschließen. Er vertraute ihr nicht. Wie sollte sie sich auf jemanden einlassen können, der nichts aus seiner Vergangenheit preisgab? Weder von den guten Tagen noch von den schlechten? Schließlich blieb ihr Blick an den züngelnden Flammen des knisternden Feuers im gegenüberliegenden Teil des Raumes hängen.

„Na prima“, flüsterte sie, stand auf und kehrte erst einmal die restlichen Splitter des Hirtenstabs fort, ehe sie den Tisch abdeckte und das Geschirr spülte. Sie hörte, wie Florian zurückkehrte und sich in dem Stauraum unter der Treppe zu schaffen machte. Da er sie nicht ansprach, hüllte sie sich ebenfalls in Schweigen. Sie hatte keine Ahnung, was sie tun oder sagen könnte, um diesen doch so besonderen Abend irgendwie zu retten.

„Chiara?"

Sie ließ die Hände mit dem Geschirrtuch sinken. Florians Stimme klang verzagt und fragend zugleich.

„Forster?"

„Ich wollte dir den Abend nicht verderben …"

Chiara wartete.

„Entschuldige bitte."

„Mir tut es auch leid."

„Dann setz dich. Ich habe eine Überraschung für dich."

„Du hast …?"

„Ich habe sie erst, seit du von deiner Mutter und euren Ritualen an Heiligabend erzählt hast", verriet er und hörte sich dabei erstaunlich fröhlich an. Er klang, als freue er sich darauf, sie beschenken zu dürfen. „Und seit du es irgendwie zustande gebracht hast, dass wir wieder Strom haben."

Chiara ließ das restliche Geschirr stehen, warf das Geschirrtuch darüber und eilte in den Wohnbereich. Erstaunt betrachtete sie das im Kerzenschein schwarz glänzende Keyboard, das Florian neben der Couch auf zwei Stühle gestellt hatte. Er selbst saß auf einem der Hocker und deutete einladend auf das bequeme Sofa.

„Du kannst Klavier spielen?"

„Ich bin vermutlich ziemlich eingerostet, ein Meister war ich ohnehin nie. Und meine Hände … aber ich dachte-"

„Herrlich!", jubelte Chiara. Sie rollte sich schwungvoll über die Seitenlehne auf die Sitzfläche und machte es sich in der Ecke bequem, in der sie sowohl den hell erleuchteten Christbaum vor dem Fenster als auch Florian sehen konnte. Er grinste verlegen, was Chiara zu einem fröhlichen Auflachen verleitete. Zumindest versank er nicht mehr über Stunden oder Tage in seiner einsamen und düsteren Welt. Er gab sich ihretwegen Mühe, die dunklen Sturmwolken, die durch das missglückte Gespräch aufgezogen waren, weit von sich zu schieben.

„Ich habe übrigens auch ein Geschenk für dich."

„Du hast ein Weihnachtsgeschenk für mich besorgt?"

Chiara war es unmöglich, seine Stimmung zu deuten. Hatte er womöglich seit Jahren keine Aufmerksamkeit mehr zu Weihnachten erhalten? Keine Weihnachtspost, keinen lieben Gruß? Oder war er einfach überrascht, dass sie an ein Geschenk für ihn gedacht hatte, obwohl sie im Grunde nur ein geschäftliches Arrangement eingegangen waren?

„Rose hatte es in ihrem Laden. Ich frage mich, ob es in diesem Regallabyrinth überhaupt etwas gibt, was es *nicht* gibt", überlegte Chiara.

Florians Grinsen wurde noch breiter und erwärmte Chiaras Herz. Ihr Vorsatz, sich vor ihm zu verschließen, schmolz schneller dahin, als die warme Frühlingssonne Schnee zum Verdunsten brachte.

„Leider musste ich es im Wagen lassen. Es ist sehr sperrig und der Schneesturm war schon so heftig."

„Es war die richtige Entscheidung", beteuerte Florian. „Und was ist es?"

Chiara kniff ein Auge zu. Florian rutschte auf dem Hocker vor und zurück und wirkte auf sie so aufgeregt wie Leo, wenn sie ihm sein Geburtstags- oder Weihnachtsgeschenk überreichte.

Ihr Lachen erfüllte den Raum, und sie gewann den Eindruck, dass Florian diesem begeistert lauschte.

„Ich dachte, ein Geschenk, das dich davor bewahrt, dir noch einmal die Hände zu brechen, wäre hilfreich."

„Ein Rollator?"

Chiara versteckte prustend ihr Gesicht hinter ihren Händen. Der Mann war einfach … liebenswert!

„Ein Waveboard."

„Ein … *was*?"

„Na, zum Üben. Falls dein Vetter dich mal wieder überredet …“ Chiara stockte. In diesem Moment wurde ihr klar, dass Florian Kontakt zu einem Familienmitglied gehabt haben musste. Doch diesmal verschluckte sie jede dahin gehende Frage oder einen Kommentar.

„Du schenkst mir ein Waveboard?“, hakte Florian ungläubig nach.

„Wunderst du dich nicht viel mehr darüber, dass Rose eins in ihrem Laden hatte?“

„Nein. Ich wundere mich über deinen absolut schrägen Einfall.“

Chiara zuckte mit den Schultern, glücklich über die zurückgekehrte Eintracht zwischen ihnen.

„Ha!“, rief er dann aus. „Du versteckst deine wahren Absichten hinter vorgetäuschter Fürsorge für meine Hände!“

„Und was sind meine wahren Absichten?“, fragte sie zurück.

„Du willst, dass ich mir den Hals breche!“

„Unbedingt!“, lachte Chiara und dachte dabei, dass sie sich vielmehr wünschte, er möge sich Hals über Kopf in sie verlieben. Doch das behielt sie tunlichst für sich. Sie hatte Florian heute schon einmal in eine emotionale Zwangslage gebracht, das sollte genügen.

„Okay, dann kommen wir mal zu meinem Weihnachtsgeschenk für dich. Was soll ich spielen – oder versuchen zu spielen?“

„Hast du Noten?“

„Nein. Aber wir haben früher viel musiziert.“ Er stockte und senkte den Kopf. Chiara erahnte bittersüße Erinnerungen an die Tage, als er noch von einer liebevollen Familie umgeben gewesen war. „Das eine oder andere Weihnachtslied bekomme ich wohl hin.“

„Wie schön!“ Sie ging auf seinen traurigen Tonfall nicht ein. „Du könntest mit *Am Weihnachtsbaum die Lichter brennen* und *Die Nacht ist vorgedrungen* beginnen. *Ehre sei Gott in der Höhe* und *Es ist ein Ros' entsprungen* wäre schön. Und natürlich *Herbei, o ihr Gläub'gen*, *Ich steh an deiner Krippen hier* und *Kommet ihr Hirten*.“

„Meine armen Hände! Ich dachte eigentlich an ein, höchstens zwei Stücke." Er schmunzelte, die Klippe erneuter Spannungen war erfolgreich umschifft.

„Zum Ausgleich dafür, dass ich seit Wochen für dich die Finger über die Computertastatur hüpfen lasse, kannst du deine doch mal für mindestens fünfzehn Stücke zur Verfügung stellen!"

„Nimmersatt!"

„Genießerin!", widersprach Chiara.

„Manipulatorin!"

„Weihnachtsfreudesüchtige!"

„Sklaventreiberin!"

„Dann entscheide ich mich doch für den Nimmersatt."

„Prima."

„Und deshalb darfst du die fünfzehn Stücke getrost spielen."

„Manipulatorin."

„Du wiederholst dich."

„Ich filtere Wortwiederholungen erst in einem der Überarbeitungsschritte nach Beendigung der Schreibphase heraus."

„Du meinst, du bekommst bei mir auch zweite, dritte, vierte und fünfte Chancen?"

„Ich hoffe es."

„Gott besitzt diese Vergebungsbereitschaft, verschenkt diese Gnade, verfügt über diese Geduld. Ich bin nur ein kleines fehlerhaftes Menschlein."

„Du bist ein bezauberndes fehlerhaftes Menschlein. Und jetzt sei endlich still, damit ich anfangen kann."

„Etwas anderes will ich doch gar nicht."

„Chiara?"

„Ja?"

„Halt die Klappe!"

Sie kicherte, zog die grüne Fleecedecke über ihre Beine und lehnte sich bequem zurück, als Florian *Stille Nacht, heilige Nacht* zu intonieren begann. Chiara schloss die Augen. Florian hatte unrecht – er war ein virtuoser Pianist und spielte so sicher, dass er abwechselnd eine der Strophen oder den Refrain in eine jazzige Variante zu verändern verstand.

Nach dem vierten Stück nahm Florian die Finger von den Tasten und lachte über Chiaras abgrundtiefes Aufseufzen.

„Zufrieden?"

„Ich würde dir ja raten, dass du dir dein Geld als Pianist verdienen könntest, falls du mal in die Verlegenheit gerätst, dir beide Hände zu brechen. Ich fürchte aber, das ist irgendwie … unsinnig."

Forsters Lachen ließ ihr Herz kleine Freudensprünge vollführen. „Ich komme darauf zurück, spätestens, wenn ich dein Geschenk das erste Mal teste."

„Und dann gibst du mir die Schuld."

„Niemals. Ich würde das schon absichtlich tun, damit ich auch weiterhin eine Assistentin brauche."

„Wieso?"

„Du tust mir gut."

„Ich weiß!"

„Bescheidenheit ist nicht eben deine Stärke."

„Ich habe mich vor einigen Tagen dazu durchgerungen, mir meine Schwächen zu vergeben und meine Stärken zu schätzen."

„Eine weise Entscheidung, die dir gut steht."

„Spielst du bitte nochmal etwas für mich?"

„Darf ich denn auch ein bisschen für mich selbst spielen?"

„Nur zu."

„Sehr großzügig. Ich danke!" Florian erhob sich halb und verbeugte sich in ihre Richtung.

Nach einem weiteren Stück verließ Florian seinen Platz am Keyboard und kehrte wenig später mit zwei Stücken eines geviertelten Granatapfels aus der Küche zurück. Er reichte Chiara eine Serviette, die sie auf dem Schoß ausbreitete. Sie nahm den Teller mit ihrem Viertel entgegen, und nebeneinander sitzend zupften sie mit den Fingern die sauerfruchtigen Samen heraus, um sie schweigend zu genießen.

„Ich hoffe, das ist ein annehmbarer Heiligabend für dich, obwohl du ihn fernab deiner Freunde und deiner Familie begehen musst."

„Er ist perfekt", beteuerte Chiara und legte spontan ihren Kopf an Florians muskulöse Schulter. Es fühlte sich an, als sei dieser Platz eigens für sie geschaffen worden. Sie rief sich zur Vernunft, setzte sich wieder aufrecht hin und widmete sich den letzten roten Kernen ihres Granatapfels.

„Ist es ein Problem für dich, wenn wir morgen am Manuskript arbeiten, obwohl Feiertag ist? Anna ist sicher froh um jeden einzelnen Tag, den sie das Manuskript früher bekommt."

„Das ist in Ordnung. Ich bin schließlich zum Arbeiten hier. Wir sollten den Strom ausnutzen, solange wir ihn haben!"

„Ach, hast du vor, ihn demnächst wieder abzuschalten?"

„Wer weiß!" Sie zwinkerte ihm zu, stellte den Teller auf den Tisch und lehnte sich mit geschlossenen Augen zurück.

Plötzlich spürte sie Florians Atem über ihre Wange streichen. Offenbar war er mit seinem Gesicht ihrem sehr nahe gekommen. Mit einem Gefühl, als krabbelten Millionen aufgeregter Ameisen durch ihren Körper, wartete sie auf den Kuss, doch er blieb aus. Vielmehr erhob Florian sich ruckartig, räumte die Teller weg und begann die Kerzen zu löschen, die noch nicht vollständig heruntergebrannt waren.

„Vielen Dank für den schönen Abend", sagte er leise, ehe er die Stufen hinaufging.

„Ja, dir ebenfalls", flüsterte sie, ohne ihre Augen zu öffnen.

10. Kapitel

Fünf Tage lang arbeiteten Chiara und Florian sehr konzentriert von morgens bis in die Nacht, unterbrochen nur von kurzen Pausen, in denen sie gemeinsam eine Mahlzeit einnahmen, den Waldpfad in Richtung Wanderweg freizuschaufeln versuchten oder einige Runden Karten spielten, um den Kopf freizubekommen, wobei hierbei vor allem Chiara viel Spaß hatte.

Chiara bewunderte Florians penible Art, jedes Detail möglichst haargenau zu recherchieren, und erkannte erstmalig, wie viel Zeit, Arbeit und Herzblut in einem Buch steckte. Wenn sie daran dachte, dass Florian den Text noch mehrmals überarbeiten wollte, fragte sie sich, in welch hoher Auflage das Buch verkauft werden musste, um auch nur annähernd so viel Honorar einzubringen, dass er einen halbwegs vernünftigen Stundenlohn erhielt.

Ihre Finger kamen zur Ruhe, als Florian innehielt und sich grübelnd dem Fenster zuwandte. Zum ersten Mal seit dem Blizzard riss die Wolkendecke auf. Sonnenstrahlen durchfluteten das Tal und vertrieben die grauen Schatten. Chiara sprang auf und gesellte sich neben Florian, der gedankenverloren seine Hände betrachtete. Offenbar dachte er über eine neue Wendung seiner Geschichte nach und bekam gar nicht mit, welch grandioses Schauspiel sich vor ihm abspielte.

Der Schnee schien weiß aufzuleuchten, und Chiara kniff die Augen zusammen, so sehr blendete er. Millionen von funkelnden Diamanten erstrahlten aus den weißen Flächen. Die letzten Wolkenfetzen lösten sich auf, sodass der Himmel sein strahlendes Blau offenbarte. Chiara griff nach Florians Hand, der ihre wie selbstverständlich fest umschloss, ohne den Blick zu heben. Ob er ebenso wie sie das Gefühl hatte, dass ihre Hand genau da hingehörte, wo sie jetzt war?

„Sieh doch nur, Schneemann!", flüsterte sie und lehnte sich mit der Schulter ganz leicht an ihn.

„Ich sehe es", murmelte er, hatte den Blick aber noch immer auf ihrer beider Hände geheftete. Sanft entzog sie ihm ihre und klopfte leicht gegen die Scheibe.

„Hierhin." Sie lachte über seine Versunkenheit und auch über ihren wild trommelnden Herzschlag.

Florian blinzelte, dann legte sich ein Lächeln auf sein mittlerweile wieder mit Bartstoppeln überzogenes Gesicht. „Wunderschön!"

Chiara warf einen Seitenblick auf ihn und fragte sich mit gerunzelter Stirn, ob er überhaupt einen Blick auf das herrliche Panorama geworfen hatte. Er sah nämlich sie an.

Sie wagte einen zweiten Blick. Seine dunklen Augen waren durchdringend auf sie gerichtet, als wolle er nichts anderes ansehen.

„Hat dir eigentlich schon mal jemand gesagt, dass du wunderschöne Augen in der Farbe von Kornblumen hast? Sie passen perfekt zu deinem Haar, das ein bisschen an Weizen oder die Grannen von Gerste erinnert."

„Nein, niemand." Chiara konnte die Augen nicht von seinem Gesicht abwenden. Seine tastenden Hände ergriffen die ihren, und er zog sie zu sich, sodass sie unweigerlich näher zu ihm treten musste.

„Aber irgendjemand hat dir bestimmt schon einmal gesagt, wie berauschend dein fröhliches Lachen ist, und dass es einem perlend wie Champagner zu Kopf steigt?"

„Ich denke … nein."

„Oder wie hinreißend dein Gesicht zu strahlen beginnt, wenn du lächelst? Genauso, wie eben die Sonne den Schnee zum Leuchten gebracht hat?"

„Auch das nicht." Chiara begann zu zittern, so sehr erfüllten Freude, Aufregung und überquellende Liebe ihr Inneres.

„Wie viele Idioten laufen da draußen eigentlich herum?", meinte er mit einem Seufzen und einem sanften Lächeln.

Das leichte, warnende Sträuben in ihr erlahmte, wurde ausgelöscht von einer Welle der Sehnsucht nach seiner Nähe. Florian beugte sich vor. Seine Lippen berührten federleicht die ihren. Die zarten Perlen der Freude in ihr schienen zu explodieren.

Im gleichen Moment klopfte es kräftig an der Tür. Sie fuhren auseinander, als hätte sie ein Blitzschlag getroffen.

„Dein Timing mit dem Strom war perfekt. Aber das hier ..." Florian grinste schief, eilte zur Tür und riss sie auf. Eine Männerstimme erklang, doch Chiara war viel zu aufgewühlt, um etwas zu verstehen. Sie beobachtete, wie Florian in Stiefel und Parka schlüpfte; Shakespeare stürmte ebenfalls hinaus.

Der Weg war wieder passierbar. Jemand war gekommen, um nach den Eingeschneiten zu sehen. Wenig später verriet ein Motorengeräusch, das die Stille empfindlich zerriss, dass Florian und der Besucher sich daran gemacht hatten, das Hindernis vor der Tür zu beseitigen. Der besondere Augenblick war vorbei, wie auch die Ruhe im Tal.

Chiara seufzte leise. Vermutlich war es besser so. Florian hatte ihr noch immer nichts über seine Vergangenheit erzählt. Das Schweigen, in das er sich hüllte, stand wie eine Panzerglasscheibe zwischen ihnen. Zwar konnte sie ihn sehen, jedoch nicht wirklich zu ihm vordringen. Und sie wusste nicht einmal, ob die trennende Scheibe überhaupt schon leichte Sprünge und Risse aufwies, sodass eine Chance bestand, dass sie eines Tages zerbarst.

Chiara bereitete Tee zu und stellte drei Tassen bereit, war aber selbst erstaunt, als der Fremde tatsächlich nach zwei Stunden Arbeit das Gebäude betrat. Es handelte sich um einen grauhaarigen, bärtigen Mann um die 60 im Holzfällerhemd und mit Oberarmen wie ein Schwergewichtsboxer. Seine Haut war auch jetzt im Winter sonnengebräunt, was dafür sprach, dass er mehr Zeit im Freien als in einem Haus verbrachte.

„Miss Kilian, nicht?"

„Richtig."

„Ich bin Miller. Schöne Grüße von Rose soll ich ausrichten. Sie hat sich Sorgen gemacht."

„Mr Forster und mir geht es gut."

Miller sah sich um, und als er bemerkte, dass Florian nach oben gegangen war, beugte er sich vor und flüsterte: „Was ist denn mit dem Einsiedler passiert? Der ist ja richtiggehend umgänglich!"

„Ich habe ihn nicht anders kennengelernt."

„Aha." Deutliche Zweifel standen in sein faltiges Gesicht geschrieben. „Aber ich habe noch nie erlebt, dass er mehr als drei Worte am Stück sagt. Und die Einladung in die Blockhütte kommt einem Wunder gleich."

„Wir befinden uns in der Weihnachtszeit. Liegen Wunder da nicht in der Luft?"

„Sind Sie ein Engel?"

Chiara lachte und goss dem Mann aus der Thermoskanne eine zweite Tasse Tee ein, die er ebenso zügig hinunterstürzte wie die vorige.

„Fahren Sie sofort nach Banff zurück?", fragte Chiara.

„Es ist bereits nach drei Uhr. Ich denke, ich mache für heute Feierabend. Soll ich Sie mitnehmen?"

„Das wäre schön. Ich frage nur schnell Mr Forster, ob er mich später abholen kann."

„Ansonsten fährt Rose Sie sicher rüber. Oder ich übernehme das."

Chiara lächelte dankbar und ging durch den Wohntrakt und die Stufen hinauf. Florian kam ihr auf der Treppe entgegen.

„Mr Miller nimmt mich mit nach Banff. Ich denke, wir könnten einige frische Lebensmittel gebrauchen."

„Okay. Ich hole dich später ab. So gegen sechs?"

„Ist das auch wirklich in Ordnung?"

„Sicher. Ich überarbeite in der Zwischenzeit ein paar Textpassagen und komme dich dann holen. Außerdem muss ich ja auch noch mein Geschenk auspacken!"

Sein Grinsen beruhigte sie. Sie machte auf der Treppe kehrt und eilte vor ihm die Stufen hinunter. Während sie sich ihre warme Jacke überzog, bekam sie mit, wie Florian sich zwar zurückhaltend, aber durchaus freundlich mit Miller unterhielt und ihm zum Abschied die Hand drückte. Sie folgte dem Mann zum Auto, der auf dem ganzen Weg von der Hütte bis zum Wanderweg, den gewaltige Schneewehen umgaben, immer wieder und wieder den Kopf schüttelte.

Das Kaminfeuer knackte laut und verbreitete eine viel zu starke Hitze. Er hätte weniger Holz nachlegen sollen, bemerkte Florian. Er saß vor dem hell erleuchtenden Bildschirm und starrte den Text an, den Chiara für ihn getippt hatte. Es waren unpersönliche schwarze Buchstaben, denen man nicht ansah, wer sie geschrieben hatte, dennoch hatte Florian den Eindruck, als trügen sie Chiaras spezielle Note in sich.

„Blödsinn", murmelte er, stützte die Ellenbogen auf den Tisch und das Kinn in die Hände und versuchte, alles um sich herum auszublenden. Die glitzernde Schneelandschaft, das prasselnde Feuer, die zarten Wolkenschleier, die sich auf dem Blau des Himmels ausbreiteten, Chiaras über der Stuhllehne hängende dunkelblaue Strickjacke…

Es war unmöglich! Er bekam diese Frau einfach nicht mehr aus dem Kopf. Seltsamerweise lenkte ihn das mehr ab, als wenn sie da war.

Florian sprang auf, eilte zum Kamin und schob die Holzscheite mit dem Schürhaken auseinander. Ein Funkenregen wirbelte auf, die Flammen zischten protestierend. Das Schüreisen kratzte über die Steinquader, als Florian es zurückhängte. Reglos blieb er stehen und lauschte. Bis auf das Prasseln der Flammen war es völlig still. Die Art Stille, die er mochte … seine wohltuende Einsamkeit.

Weshalb aber war er dann so ruhelos? Warum fehlte ihm Chiara so sehr? Natürlich hatte er sie gern um sich, doch die letzten Male, als sie für einige Stunden fort gewesen war, hatte er es genossen, das Haus endlich wieder für sich zu haben, unbeobachtet zu sein, sich keine Gedanken über Höflichkeiten machen zu müssen. Und bei ihrem heutigen Ausflug musste er sich nicht einmal Sorgen um sie machen. Miller fuhr sie in diesem Augenblick in die Stadt, und er selbst würde sie später abholen.

Bei dieser Vorstellung schien sein Herz ein wenig ins Stolpern zu geraten. Er seufzte, strich sich mit beiden Händen durchs Haar und schüttelte über sich selbst den Kopf.

Er vermisste Chiara, obwohl sie kaum mehr als fünf Minuten fort war. Es war zwecklos, sich länger etwas vorzumachen: Er liebte sie. Ob er ihr das sagen sollte? Ihre Signale an ihn waren nach wie vor zurückhaltend, dennoch war er sich ziemlich sicher, dass er ihr nicht gleichgültig war.

Grübelnd stieg Florian die Stufen zu seinem Zimmer hinauf. Er würde sich umziehen und sofort in die Stadt fahren. Dann könnte er Chiara bei ihren Einkäufen begleiten, mit ihr gemeinsam bei Rose deren unvergleichlichen Apfel-Zimt-Kuchen genießen und in einem passenden Moment Chiaras Hand ergreifen, ihr sagen, dass er sie liebte …

Florians Blick fiel auf den Nachttisch. Dort lagen die Überreste der Christbaumdekoration, die er an Heiligabend versehentlich heruntergeworfen hatte. Er hatte sie absichtlich nicht entsorgt. Sie sollten ihn an das erinnern, was er war und wie sein Leben aussah. Aufstöhnend setzte er sich auf das Bett und nahm das gebogene Bruchstück in die Hand.

Er durfte Chiara seine Gefühle für sie nicht offenbaren, solange sein Leben noch einem großen Scherbenhaufen glich. Er hatte nicht vergeben, weder den anderen noch sich selbst, und Chiara wusste nichts von seiner Vergangenheit. Drei schwerwiegende Gründe, Stillschweigen zu wahren. Drei gute Gründe, Chiara weiter auf Abstand zu halten – oder war Chiara der Grund, weshalb er endlich anfangen sollte, den roten Linien auf der Schleckerei zu folgen?

Konnte er den Freundinnen seiner Schwester vergeben? War er in der Lage, seiner Familie zu verzeihen? Was war mit seinen Selbstvorwürfen, die ihn seit jenem Tag plagten, seine Seele und sein Herz mit eisernem Griff umklammerten, zusätzlich zu dem Schmerz, den Dritte ihm zugefügt hatten?

„Ich kann es nicht!“, flüsterte er und wollte das Bruchstück zurück zu den anderen legen. Es entglitt ihm, fiel auf den Holzboden, und erneut sprang ein kleines Teilchen ab; ein dunkelroter Splitter. Florian bückte sich und hob das winzige Zuckerstück auf. Wie ein Blutstropfen lag es auf seinem Zeigefinger. Das Blut Jesu, das für die Schuld, die die Menschheit tagein, tagaus auf sich lud, vergossen worden war. Zur Vergebung.

Florian runzelte die Stirn. Von der Schuld zur Vergebung. Das war die Botschaft hinter dem Mann am Kreuz. Warum war er selbst immer bei der Schuld stehen geblieben? Hatte er nicht verstanden, dass diese Begnadigung auch ihm galt? War es das, was Rose ihm sagen wollte, indem sie ihm immer wieder diese Zuckerstangen schenkte? Süße Vergebung!? Endlich wieder ein befreites Leben?

So sorgsam, als sei er ein kostbarer Edelstein, legte er den scheinbar unbedeutenden Splitter neben die anderen und erhob sich. Unter seinen Sportschuhen knirschte es. Er hatte die Biegung des rotweißen Hirtenstabes zertreten. Genauso, wie andere *ihn* zertreten hatten? Wie er es bei sich selbst getan hatte? Florian beschloss, zu Rose zu fahren. Sie würde ihm dabei helfen können, den Irrsinn, der ihn seit Jahren folterte, zu beenden.

Florian hielt einer jungen Frau mit einem Kleinkind an der einen und einem Einkaufskorb in der anderen Hand die Tür auf, damit sie Roses Laden verlassen konnten. Er grüßte höflich und erntete einen nahezu misstrauischen Blick der Frau, ehe sie den Gruß erkennbar verwirrt erwiderte. Vermutlich hatte er eine Einheimische vor sich, die ihn als unterkühlten Einsiedler kannte. Ein Grizzly oder Schneemann, wie Chiara ihn recht treffend betitelt hatte. Das würde sich nun ändern. Florian war bereit.

Er nahm den kürzesten Weg durch das Regallabyrinth, um das Café verwaist und hinter der Kasse lediglich Marc anzutreffen, der Rose gelegentlich aushalf, um sein Studium zu finanzieren.

„Hallo, Marc", grüßte Florian, selbst wenn er sich dabei reichlich seltsam fühlte. Die Jahre der Schweigsamkeit saßen tief in ihm. Er war jedoch gewillt, sie hinter sich zu lassen, ebenso wie die Vorfälle damals und alle Verletzungen und Anschuldigungen.

„Mr Forster." Marc vergaß vor Schreck sogar kurz, seinen Kaugummi zu malträtieren.

„Florian genügt."

„Äh … Wirklich?"

„Aber natürlich. Ist Rose nicht da?"

„Doch. Oben."

Florian grinste. Offenbar besaß er die Fähigkeit, seine jahrelang praktizierte Einsilbigkeit auf andere Menschen zu übertragen.

„Vielen Dank. Ich geh dann mal nach oben." Florian runzelte die Stirn. War das zu viel Information, ein zu großer Redefluss? Marc starrte ihn an, als stamme er von einem anderen Stern.

„Okay", sagte der junge Mann gedehnt, als überlege er, ob er vielleicht besser die Flucht antreten solle.

Florian, der gehörigen Spaß an der Situation empfand, schlug Marc kameradschaftlich auf die Schulter, was diesen vor Schreck leicht in die Knie gehen ließ. Da er den Studenten nicht noch mehr verwirren wollte, nahm Florian mit wenigen Sprüngen die Stufen zu Roses Wohnung in Angriff. Er trat in den quadratischen Flur und vernahm Stimmen aus dem angrenzenden Wohnzimmer. Die Hand schon erhoben, um die Tür aufzustoßen, hielt er inne, als er seinen Namen hörte.

„Patrick hat mir wegen Forster geschrieben.“ Chiaras Stimme klang seltsam hohl.

„Und was genau daran hat dich jetzt so mitgenommen?“, hakte Rose sanft nach.

„Er hat mich gebeten, sofort zu verschwinden. Forster sei gefährlich, meinte er.“

„Gefährlich?“

Florian drohte es den Magen umzudrehen. Er ahnte, was jetzt kommen würde.

„Er schreibt, Forster sei in der Schweiz der zweifachen Vergewaltigung angeklagt worden.“

Jemand sog laut die Luft ein. Roses Reaktion auf die erschütternde Nachricht.

Die Frauen schwiegen, während in Florians Kopf die Stimmen lautstark durcheinanderbrüllten. Das Chaos war ohne Vorwarnung wie ein tollwütiges Tier zurückgekehrt und schien seinem Vorhaben zerfleischen zu wollen. Rose würde sich von ihm abwenden – und was noch viel schlimmer war, er würde Chiara verlieren! Er hatte geplant gehabt, ihr nach seinem Gespräch mit Rose die ganze leidige Angelegenheit zu erzählen. So hätte sie es nicht erfahren dürfen!

„Patrick meinte, dass nicht einmal der Verlag davon gewusst habe. Ansonsten hätte diese Anna mich niemals allein zu ihm geschickt.“

Florian ballte die Hände zu Fäusten. Anna wusste demnach nun ebenfalls Bescheid. Er war ruiniert. Ein zweites Mal! Nahm dieses Desaster denn nie ein Ende? Würde es ihn sein Leben lang wieder und wieder überrollen?

Aber warum ausgerechnet jetzt, da er endlich bereit war, die Sache anzugehen und zu vergeben? In dem Augenblick, in dem er dank Chiara den Mut gefasst hatte, ins Leben zurückzukehren, war auch der Albtraum zurückgekehrt.

„Was soll ich denn jetzt tun?“ Chiaras Stimme klang tränenerstickt.

Florians Herz registrierte es und krampfte sich noch mehr zusammen. Erneut zog er andere Menschen mit in diesen bedrohlichen dunklen Schlund hinein. Unschuldige Menschen, die er liebte. Er hasste sich dafür. Und damit stand er wieder genau an dem Punkt, der ihn vier Jahre zuvor in die Isolation getrieben hatte.

„Du liebst ihn, nicht wahr?"

Florian vernahm keine Antwort, ahnte jedoch, dass Chiara genickt hatte. Der Schmerz drohte ihm das Herz zu zerreißen. Chiara war ihm so nah und doch unendlich weit von ihm entfernt. Zwischen ihnen hatte sich von einer Sekunde auf die andere ein unüberwindbares, gletscherbedecktes Bergmassiv erhoben.

„Also, meine Liebe." Rose hörte sich erschreckend nüchtern an. „Lass uns in Ruhe überlegen, was wir am besten tun!"

Florian ging leise rückwärts durch den Flur zur Treppe. Dort drehte er sich um und trat, wie schon so oft in den vergangenen Jahren, die Flucht an. Er warf sich in seinen Pick-up und raste in Richtung Blockhaus davon. Mehrmals schlingerte der Toyota gefährlich um die Kurven, und auf dem Parkplatz bohrte sich die Stoßstange tief in den aufgetürmten Schnee. Den ganzen Weg zum Holzhaus rannte Florian, wenngleich der Schnee ihm dies erheblich erschwerte. Aber das war ihm gerade recht. Je mehr Energie er verbrauchte, desto besser.

Ohne die Schuhe und den Parka abzustreifen oder den verwirrten Shakespeare zu beachten, zerrte er Chiaras Trolley aus dem Stauraum, wo er ihn gelagert hatte, damit sie in ihrem kleinen Gästezimmer mehr Platz hatte. Er spielte mit dem Gedanken, für sie zu packen und ihr den Koffer vor die Tür zu stellen, sodass sie die Hütte nicht mehr betreten musste. Doch er ließ es bleiben. Womöglich würde die Tatsache, dass er ihre Wäsche angefasst hatte, sie erst recht in Panik versetzen.

Hilflos blieb er inmitten des Wohnraumes stehen. Was sollte er jetzt tun? Sich in seinem Zimmer einschließen, bis Chiara fort war? Hinaus in die Berge wandern und am besten gar nicht mehr zurückkommen? Auf die gefrorene Oberfläche des Flusses hinausspazieren, in der Erwartung, irgendwo auf eine Stelle zu treffen, die unter seinem Gewicht einbrechen würde?

Sein Blick fiel auf den Christbaum vor dem Fenster. Die rotweißen Zuckerstangen schienen im Schein der Abendsonne zu leuchten. *Es gibt immer Hoffnung*, glaubte er sie flüstern zu hören.

Es gibt immer einen Weg. Nicht für ihn und Chiara, doch zumindest für sein Leben. Sich das Leben zu nehmen war keine Option. Zwar wusste er nicht, was er mit dem kümmerlichen Rest seines Daseins anfangen sollte, aber irgendwie würde es weitergehen.

„Ich glaube das einfach nicht." Chiara blinzelte und wischte sich mit den Händen die Tränen aus dem Gesicht. „Da muss ein Irrtum vorliegen."

„Ich weiß nicht, Mädchen." Rose wiegte abwägend den Kopf. „Dein Bekannter schreibt, die Anklage stamme von vor etwa vier Jahren. Seit damals ist Forster so verändert. Ich fürchte, irgendetwas ist an der Geschichte dran."

„Auf keinen Fall!", begehrte Chiara auf.

„Ich sage ja nicht, dass er es getan hat", beschwichtigte Rose mit einem wehmütigen Lächeln. „Dennoch muss etwas passiert sein, das Forsters Leben völlig auf den Kopf gestellt hat."

„Er hat sich mir gegenüber die ganze Zeit untadelig verhalten. Im Gegenteil, zuletzt habe ich mir sogar gewünscht, dass er nicht so furchtbar zurückhaltend wäre. Unsere Berührungen, die übrigens sehr rar waren, gingen fast immer von mir aus."

„Chiara!" Rose sprach eindringlich, forderte die volle Aufmerksamkeit der jungen Frau ein. „Ich zweifle keinen Augenblick an Forsters Charakter."

„Aber du sagtest-"

„Ich sagte, dass etwas Schlimmes vorgefallen sein muss. Jedoch glaube auch ich nicht, dass Forster zwei Frauen vergewaltigt hat.

Zum einen, weil das damals wie heute nicht seinem Wesen entspricht, zum anderen hätte er das gar nicht nötig gehabt. Die Mädchen sind ihm ja förmlich nachgelaufen. Er ist – oder war – der Erbe eines gut gehenden Konzerns, was an sich einen Mann schon in den Fokus mancher Damen rückt. Und hast du dir den Kerl mal angesehen?"

„Natürlich. Deshalb habe ich ja versucht, gegen meine Gefühle für ihn anzukämpfen. Ein Mann wie er gibt sich nicht mit einer Frau wie mir ab."

„Also, hör mal-"

„Ist schon gut, Rose. Ich weiß inzwischen durchaus, welche Fähigkeiten ich habe und was ich wert bin, auch wenn ich keine Modelmaße habe."

„Gut. Demnach muss ich mir also lediglich um Forster Sorgen machen?"

Chiara nickte und atmete mehrmals tief durch. „Was soll ich jetzt nur tun?", wiederholte sie ihre Frage von zuvor.

„Vielleicht ist es an der Zeit, ihn mit seiner Vergangenheit zu konfrontieren. Wobei er sie wohl ohnehin niemals wirklich aus seinen Gedanken und aus seiner Seele vertrieben hat."

Rose musterte Chiara eingehend und meinte dann: „Deine Fähigkeiten, von denen du eben gesprochen hast, und deine Persönlichkeit sind stark genug, um auch diesen Sturm zu überstehen."

„Ich hoffe es."

„Es könnte sein, dass er dich abblitzen lässt, dass er wütend wird, dass er dich rausschmeißt …"

„Das soll er mal probieren!", konterte Chiara kämpferisch und erhob sich.

„Gut so, Mädchen."

„Er wollte mich gegen sechs abholen", überlegte Chiara laut, unwillig über die Wartezeit, die sie vor sich hatte. Sie hätte die Unterredung mit Florian gern sofort geführt.

„Ich fahre dich zu ihm, und später rufe ich deinen Bekannten zurück und beruhige ihn."

„Danke. Am besten, ich nehme ein Stück von deinem Kuchen mit. Als Friedensangebot nach unserem Gespräch."

„Du bekommst alle acht Stücke, die noch übrig sind." Rose war anzusehen, wie sehr sie darauf hoffte, dass sich die Angelegenheit zum Guten klären ließ, ohne dass die bereits vollzogene Veränderung bei Florian einen Rückschlag erlitt.

„Oder wäre es dir lieber, wenn Marc dich fährt und zur Hütte begleitet?"

„Rose!" Chiara stemmte die Hände in die Hüften. „Ich brauche keinen männlichen Geleitschutz. Ich vertraue Forster! Außerdem hat Marc ihm im Ernstfall wohl wenig entgegenzusetzen. Hast du mal die Folterinstrumente in Forsters Zimmer gesehen?"

Rose lächelte traurig und nahm Chiara fest in die Arme. „Gott schenke dir Weisheit", flüsterte sie ihr zu, ehe sie Chiara aus der Umarmung entließ und nach ihrer Jacke und dem Autoschlüssel griff. „Komm! Packen wir deinen Grizzly an den Ohren!"

Hintereinander stürmten sie die Stufen hinunter und wurden von Marc mit den Worten empfangen: „Habt ihr Forster rausgeschmissen?"

„Wie bitte?" Chiara war bereits auf dem Weg zur Ladentür gewesen, doch nun fuhr sie zu dem Studenten herum.

„Er war kurz oben, kam dann aber wieder runter und ist wie ein angriffslustiger Stier mit gesenktem Kopf aus dem Laden gerannt."

„Oh nein!" Chiara drehte sich zu Rose um. Diese sah aus, als sei sie innerhalb von Sekunden um Jahre gealtert.

„Lass uns schnell fahren, Rose!", drängte Chiara.

Im Eilschritt schlängelten sie sich an den Regalen vorbei, ließen die vorbereitete Lebensmittelkiste stehen und rasten in Roses Pick-up den rutschigen Weg am Fluss entlang, durch den Wald in Richtung Hütte. Als sie am Parkplatz ankamen, hatte die Nacht bereits ihr schwarzes Tuch über die Landschaft geworfen.

Rose bestand darauf, Chiara zu begleiten, und so stürmten sie wenig später zu zweit in das Blockhaus. Das Erste, was Chiara sah, war ihr Trolley vor dem Bücherregal. Bei dem Gedanken, Florian könne ihre Kleidung eingepackt haben, stieg Wut in ihr auf, doch ein Griff nach dem Gepäckstück verriet ihr, dass es leer war. Allerdings war die Aufforderung unmissverständlich: Sie sollte die Hütte unverzüglich verlassen. Dies bestätigte ihre Vermutung, dass Florian Bruchstücke ihrer Unterhaltung gehört und die falschen Schlüsse gezogen haben musste. Die Angst, die sie um ihn empfand, jagte eisig wie vom Sturm gepeitschte Schneekristalle durch ihr Inneres.

11. Kapitel

Rose stieß sie sanft in die Seite und deutete mit einer Bewegung ihres Kopfes in Richtung Essbereich. Ein schwarzer Schatten stand vor der Terrassentür, kaum angeleuchtet durch das kleingehaltene Feuer. Erleichtert atmete Chiara auf. Er war da. Erst jetzt wurde ihr so richtig bewusst, dass die Befürchtung, er könne sich etwas antun, sie in Panik versetzt hatte.

„Was jetzt?“, raunte Rose.

„Du kannst getrost nach Hause fahren“, flüsterte Chiara und wiederholte noch einmal, was ihr Herz ihr unerschütterlich versicherte: „Ich vertraue ihm.“

Rose umarmte sie flüchtig und schob die Tür hinter sich zu. Zurück blieben Florian und Chiara.

Sie lauschte in sich hinein, ob da nicht doch ein Funke von Angst war, fand jedoch nur Sorge und Unruhe angesichts des schwierigen Gesprächs, das sie erwartete.

Chiara ging davon aus, dass Florian ihre Ankunft sehr wohl wahrgenommen hatte. Dennoch verharrte er reglos im Schatten, als wolle er mit der Dunkelheit verschmelzen. Sie zögerte einen Moment, dann legte sie Holz nach, ergriff den Trolley und zog ihn mit klackernden Rädchen über den Holzboden zur Treppe, stellte ihn dort aber vor dem Zugang zum Stauraum ab. Sie hatte nicht vor zu gehen. Zumindest nicht kampflos!

Chiara beobachtete, wie das ausbleibende Geräusch Florian veranlasste, den Kopf zu ihr zu drehen. Hatte er damit gerechnet, dass sie seiner nonverbalen Aufforderung nachkam, brav packte und wortlos aus seinem Leben verschwand, als hätten sie sich nie kennengelernt? Da hatte er sich gewaltig in ihr getäuscht!

Unsicher darüber, ob sie die richtigen Worte finden, den angemessenen Ton treffen würde, machte sie einen Schritt nach vorn. Forster drehte sich wieder weg, zeigte ihr die kalte Schulter.

„Ich würde gern deine Version hören", sagte sie leise. Dennoch schien ihre Stimme die Stille zu durchschneiden, wie ein Messer durch Butter glitt.

Florian schwieg. Das Warten machte Chiara noch nervöser. Sie wollte endlich Klarheit haben, aus seinem Mund hören, dass ihr Vertrauen auf ihn nicht ungerechtfertigt war.

„Wollte nie jemand", brummte er schließlich.

„Aber ich schon."

„Warum?"

„Weil ich den Anschuldigungen nicht glaube. Das bist nicht du."

„Du kennst mich nicht."

„Ich habe fünf Wochen auf engstem Raum mit dir gewohnt. Ich bilde mir ein, dich besser zu kennen als jeder andere Mensch auf dieser Welt. Ausgenommen deine Familie vielleicht."

Forster lachte ein so abgrundtief bitteres Lachen, dass das Blut in Chiaras Adern zu gefrieren drohte. „Meine Familie!" Er spuckte die Worte förmlich aus. Wütend. Verzweifelt.

„Gut, dann sogar besser als deine Familie", konterte Chiara und spürte eine wohltuende Gelassenheit in sich. Sie hatte Florian nichts getan, ganz abgesehen davon, dass sie ihm im Moment einen gewaltigen Vertrauensvorschuss entgegenbrachte. Das musste selbst er anerkennen.

„Verschwinde einfach!"

„Dein Benehmen ist beleidigend, unangemessen und völlig inakzeptabel!", fuhr Chiara ihn an. „Hättest du mich und Rose nur ein paar Minuten länger belauscht, wüsstest du, dass wir den Anschuldigungen beide keinen Glauben schenken. Wir sind diejenigen, die dir vertrauen und die viel für dich übrig haben. Vielleicht sind wir die einzigen Menschen auf dieser Welt, die das noch tun. Du solltest uns besser nicht vor den Kopf stoßen!"

Wieder versank Florian in Schweigen. Chiara beließ es dabei, ging in die Küche und bereitete Tee zu. Einen Augenblick spielte sie mit dem Gedanken, auch ein paar Brote zu belegen, doch ihr war nicht nach Essen zumute, Florian vermutlich noch viel weniger.

Sie trug die Thermoskanne und zwei Tassen zum Esstisch und setzte sich. Die Minuten verrannen. Florian stand unbeweglich vor dem Fenster, die Hände tief in den Taschen seiner Jeans vergraben, die Schultern ungewohnt gebeugt. Als er sich umdrehte, zuckte Chiara zusammen, so sehr hatte sie sich an seinen reglosen Anblick gewöhnt.

„Gut“, sagte er erstaunlich ruhig und nahm ihr gegenüber Platz, wich jedoch ihrem Blick aus.

Chiara schenkte ihm Tee ein und schob die Tasse zu ihm hinüber. Er umfasste sie mit beiden Händen und starrte in die goldfarbene Flüssigkeit und den aufsteigenden Dampf. Dann begann er plötzlich zu erzählen.

„Wie so oft verbrachten meine Eltern, meine Schwester Franziska und ich im Spätsommer eine Woche hier in der Hütte. Franziska hatte drei ihrer Freundinnen eingeladen; zwei von ihnen gingen bei uns ohnehin ein und aus, als gehörten sie zur Familie, die dritte verhielt sich ein wenig reservierter. Ich mochte Claudia, war sie doch nicht ganz so aufgedreht wie Franziska und die anderen Mädchen.“

Florian hob den Blick. Als ihm bewusst wurde, dass Chiara ihn unverwandt ansah, betrachtete er lieber wieder die allmählich dünner werdende Dampffahne.

„Ich wusste, dass alle drei ein bisschen in mich verknallt waren. Franziska hatte mir das nicht gerade zurückhaltend verraten.“

Florian richtete sich auf und straffte die Schultern. „Ich habe ihre Aufmerksamkeiten genossen. Eine Berührung hier, eine da, eine Umarmung am Morgen, eine abends, bevor sie ins Hotel zurückkehrten, Neckereien im Kanadier, spielerisches Geschubse bei den Spaziergängen, Getuschel, ein flüchtiger Kuss, den die andere dann überbieten musste … immerhin lagen sie neben aller

Freundschaft ja im Wettstreit um mich. Claudia hielt sich bei alledem zurück. Heute weiß ich, dass sie damit das einzig Richtige getan hat." Florian schüttelte den Kopf.

„Uns mögen die Regularien längst vergangener Zeiten verschroben vorkommen, nach denen ein Mann und eine Frau sich nicht allein in einem Raum aufhalten durften und in denen der einzige erlaubte Körperkontakt eine zurückhaltende Berührung beim Tanz war. Inzwischen denke ich, dass wir viel zu viele und viel zu intime Berührungen zulassen. Sie vermitteln eine Vertrautheit, die nicht da ist, beeinträchtigen den Respekt voreinander. Sie zerstören einen Schutz vor vorschnellen Entscheidungen und daraus resultierenden Verletzungen. Und sie rauben einem zudem die Vorfreude darauf, dem Menschen, den man liebt, irgendwann mehr von sich schenken zu dürfen."

Florian drehte sich auf dem Stuhl halb um und blickte minutenlang in die Flammen, ehe er fortfuhr: „Ehrlich, ich wünsche mir die recht eng gesteckten alten Regeln nicht zurück. Wünschenswert wäre in meinen Augen aber mehr Bewusstsein dafür, was wir alles mit einem Zuviel an Freizügigkeit aufs Spiel setzen."

Er räusperte sich und kam wieder auf seine Vergangenheit zu sprechen. „Ich fühle mich an dem, was nach dem Urlaub geschah, durchaus schuldig! Denn ich habe diese Spielchen ja freiwillig mitgespielt. Ich habe die Umarmungen genossen, die Küsse, die Neckereien, ohne auch nur einen Gedanken daran zu verschwenden, dass dies bei beiden Mädchen den Eindruck erwecken könnte, ich sei tatsächlich an ihnen interessiert! Ich war es nämlich nicht. Sie waren nur die Freundinnen meiner kleinen Schwester. Ich wusste damals schon, dass ich lediglich eine Art Trophäe für sie war. Dennoch ermunterte ich sie durch mein Verhalten dazu zu denken, aus uns könnte etwas werden."

Florian trank einen Schluck, ehe er seine Augen erneut auf die Tasse in seinen bebenden Händen richtete. Chiara spürte förmlich, wie er sich verkrampfte. Die Erinnerungen an das, was er nun erzählen musste, saßen ihm wie ein Dämon auf der Seele.

Seine Stimme war rau, als er nach geraumer Zeit fortfuhr: „Am letzten Tag unserer Ferienwoche bemerkte ich, dass ich Claudia ziemlich anziehend fand, was ich ihr auch sagte. Sie reagierte zuerst ziemlich erstaunt, hatte mein Flirten mit den beiden anderen jungen Frauen sie doch genau das Gegenteil annehmen lassen. Aber sie war auch erfreut, und so wurde aus uns ein Paar."

Florian hob den Kopf, und das erste Mal, seit er zu sprechen begonnen hatte, sah er Chiara an. Was wollte er ihr dadurch verdeutlichen? Dass er diese Claudia wirklich geliebt hatte? Oder wollte er sich vergewissern, ob Chiara bereit für die Wahrheit war? Sie schenkte ihm ein wehmütiges Lächeln, glaubte sie doch zu ahnen, was folgen würde.

Obwohl es ihm schwerzufallen schien, hielt er nun den Blickkontakt aufrecht. „Die beiden Verschmähten zickten ein paar Tage ordentlich rum. Das meiste davon hat vermutlich Claudia abbekommen. Noch ein Punkt, an dem ich mich schuldig fühle! Ich habe mich aufgeführt wie ein hirnloser Dreizehnjähriger, und Claudia musste da schon ausbaden, was ich durch meine Gedankenlosigkeit angerichtet hatte. Jedenfalls zerbrach die Freundschaft zwischen dem Trio und Claudia. Wir waren bereits zwei Wochen wieder zurück zu Hause, als plötzlich die Polizei vor unserem Haus vorfuhr. Sie erzählten meiner fassungslosen Mutter, dass zwei Frauen mich unabhängig voneinander wegen Vergewaltigung angezeigt hätten. Sie behaupteten, ich hätte sie im Wald neben der Hütte-"

Florian brach ab, sprang auf und wandte sich der Fensterscheibe zu.

„Ich landete in Untersuchungshaft, es kam zur Anklage. Meine Aussage stand gegen die zweier völlig am Boden zerstörter Frauen. Bereits da begann ich zu ahnen, dass dieses Schauspiel ein böses Ende nehmen würde. Die Presse bekam Wind davon, die Geschäftspartner meines Vaters, meine Studienkollegen und die Dozenten … Das Leben, das ich davor kannte, löste sich in Rauch auf. Claudia brach unverzüglich jeden Kontakt zu mir ab, meine

Anrufe nahm sie nicht entgegen. Meine Schwester beschimpfte mich als Perversling, mein Vater distanzierte sich öffentlich von mir und zwang auch meine Mutter, sich von mir fernzuhalten."

Florian lehnte die Stirn an die Scheibe und atmete heftig ein und aus. Obwohl sie kaum mehr als seine Silhouette erkennen konnte, ahnte Chiara den inneren Kampf und die Qual, die er von Neuem durchlitt. Wie gern hätte sie ihm jetzt tröstend über den Arm gestrichen, fürsorglich seine Hand gehalten. Doch die Angst, mit dieser Zuneigungsbekundung mehr aufzuwühlen als zu helfen, hielt sie auf ihrem Platz.

„Ich hatte das indirekt herausgefordert", gab er sich erneut eine Mitschuld. „Vielleicht wäre es nicht ganz so hässlich geworden, wenn ich nicht in der Defensive verharrt hätte. Ich schwieg größtenteils zu den Anschuldigungen, auch, weil die teuren Staranwälte, die mein Vater für mich engagiert hatte, mir dazu rieten. Dass damit lediglich der Ruf meines Vaters und sein Unternehmen geschützt werden sollte, erkannte ich zum damaligen Zeitpunkt nicht."

„Er hat dir keinen Glauben geschenkt, aber versucht, dich rauszuhauen, jedoch hauptsächlich mit dem Ziel, seinen Ruf nicht weiter zu schädigen?" Fassungslos starrte Chiara den Schattenriss an.

„Er dachte dabei vielleicht vor allem an meine Mutter und an meine Schwester … Wer weiß? Mich trieb ja auch der irrsinnige Gedanken um, dass es für die beiden ungleich schlimmer wäre, wenn sie plötzlich eingestehen müssten, dass sie mir unrecht getan hatten. Zudem nahm ich an, dass mein öffentliches Schweigen von Vorteil wäre, damit wir das einvernehmlich geregelt bekommen, sodass niemand das Gesicht verlieren müsste. Ein Irrtum, wie ich bald, aber zu spät bemerkte. Das war ein Fehler, den ich noch heute bereue. Denn es hat erst recht den Keil zwischen meine Familie und mich getrieben. Wer weiß – wenn ich mich von vornherein vehement gegen die Anschuldigungen gewehrt hätte, hätte meine Familie mir vielleicht den Rücken gestärkt, anstatt ihn mir zuzudrehen. Ich hatte einfach blindlings darauf vertraut, dass man mir glauben würde."

„Du hast aus Liebe geschwiegen", flüsterte Chiara.

„Kann man aus Liebe einen fatalen Fehler begehen?"

„Man kann, wie deine Erfahrungen zeigen."

„Das sollte mir nie wieder passieren!"

„Deshalb dein Einsiedlerleben, dein Misstrauen und dein Bemühen, niemanden an dich heranzulassen?"

„Bis ich mich auf dieses Waveboard gestellt habe …"

„Dein Vetter. Zu ihm hattest du also noch Kontakt?"

„Paul ist zwölf Jahre jünger als ich. Er hat mich immer bewundert und verstand nicht, was da um mich herum geschah. Ich treffe ihn ab und zu. Heimlich. Er ist meine Informationsquelle, was meine Familie angeht."

Chiara hob die Augenbrauen. Florians Eltern und die Schwester hatten ihn schrecklich verletzt, jedoch nicht tief genug, dass er nicht wenigstens in groben Zügen wissen wollte, wie es ihnen ging. Wie um Himmels willen hatte jemand auf die Idee verfallen können, ihn für einen Lüstling zu halten?

„Was ist dann geschehen?"

„Dir fehlt noch das Ende?"

„Wie bei dem Thriller, den ich für dich tippe."

Florian setzte sich zurück an den Tisch. Sein Gesicht wirkte jetzt ungewöhnlich entspannt. Ob er wirklich das erste Mal über die tragischen Geschehnisse gesprochen hatte? War das Aussprechen der Wahrheit ein wichtiger Schritt für ihn, um endlich aus diesem Kreislauf der Schuldzuweisungen auszubrechen?

„Es kam nie zu einer Gerichtsverhandlung. Eine der jungen Frauen, Nicole, hielt die Sache nicht durch. Offenbar hatte sie doch so etwas wie ein Gewissen. Sie erzählte eines Tages ihrer Mutter von der Absprache, die sie und das andere Mädchen getroffen hatten, um mich abzustrafen. Die Frau reagierte, Gott sei Dank, entsprechend. Ich kam frei. Blauäugig vertraute ich darauf, dass damit alles ausgestanden war. Allerdings blieb das Misstrauen in den Köpfen der Menschen. Man riet mir, Klage wegen Verleumdung und Rufmord zu erheben, aber ich hatte dafür weder die Kraft noch sah ich eine Veranlassung dazu. Meine Mitschuld in dem ganzen Drama stand mir ja schließlich nur zu deutlich vor Augen."

Florian stockte, als müsse er überlegen, ob er weitersprechen solle, und entschied sich dann dafür. „Mein Vater sah nur auf sein Geschäft und den Makel, den ich auf dem Ruf unserer Familie hinterlassen hatte. Das gab mir den Rest. Ich brach jeden Kontakt ab, fand erstmal Unterschlupf bei einem Studienkollegen, der tief gläubig ist. Von ihm habe ich viel gelernt. Doch das war natürlich keine Dauerlösung. Also nahm ich einen Kredit auf. Es ist der reine Hohn, aber ich bekam ihn angesichts meines *guten* Namens problemlos zugebilligt. So erwarb ich anonym die Hütte, die mein Vater zum Verkauf angeboten hatte, wohl um alle bösen Erinnerungen zu tilgen. Ich lebe abwechselnd hier und in einer winzigen Wohnung in der Schweiz. Seit meinem überraschenden Erfolg mit dem ersten Thriller leide ich zumindest keine Not mehr."

Chiara blinzelte irritiert. Meinte er ernst, was er da sagte? Sie konnte es nicht ergründen, war doch das Licht zu schlecht, um seine Gesichtszüge genau erkennen zu können.

„Genügt dir das als Ende?"

Chiara wagte es nicht zu verneinen. Sie hätte gern ein Ende, bei dem Florian all denen vergeben konnte, die ihm das angetan hatten – einschließlich sich selbst. Und sie wünschte sich, eine nicht unwesentliche Rolle in diesem Happyend zu spielen.

„Zweihundert Manuskriptseiten für deine Gedanken."

„Der Deal funktioniert noch immer nicht!"

„Schade!"

Chiara glaubte, ein flüchtiges Lächeln zu sehen, war sich allerdings nicht sicher.

„Ich würde gern zu Rose fahren", sagte Florian völlig unvermittelt und erhob sich auch schon. „Ist das in Ordnung für dich?"

„Rose ist eine wunderbare Gesprächspartnerin, wie du weißt. Und sie verfügt über eine Menge Lebenserfahrung und Weisheit“, wiederholte sie, was Florian einmal zu ihr gesagt hatte.

„Und sie ist eine gute Freundin. Ich denke, sie hat ein Recht darauf zu erfahren, was oder besser *wer* hinter dem maulfaulen Grizzly steckt.“

„Sie wird nichts anderes herausfinden als ich.“

„Und das wäre?“

„Ein großartiger Mensch mit einem sensiblen Herzen, dem übel mitgespielt wurde. Und ein Mensch, der dringend Vergebung üben und erfahren sollte.“

„Rose steht bestimmt mit einer Zuckerstange bereit.“

„Oder mit den acht Stücken Apfel-Zimt-Kuchen, die ich dir eigentlich hätte mitbringen sollen. Übrigens: Die Lebensmittel habe ich in der Eile auch stehen lassen.“

„Ich danke dir, Chiara.“

„Für den vergessenen Einkauf?“

Florian ging auf ihren scherzhaften Unterton nicht ein. „Für deine Geduld mit mir. Und dafür, dass du nicht aufgegeben und mich zu diesem Gespräch gezwungen hast.“

„Ich hätte nichts ausgerichtet, wenn du nicht bereit dazu gewesen wärst.“

„Du meinst, Rose hatte mich schon ausreichend weichgekocht?“

„Zurechtgekleistert. Mit weiß-rotem Kandis!“

„Ich mag deinen unerschütterlichen Humor. Und ich danke dir für dein Vertrauen.“

„Du hast es verdient.“

„Ich bin bald wieder zurück.“

Chiara nickte und beobachtete von ihrem Platz aus, wie Florian eilig in Stiefel und Jacke schlüpfte und Shakespeare etwas zerstreut erlaubte, ihn zu begleiten. Gleich darauf fiel die Tür ins Schloss.

Sie hob die Augenbrauen und schaute in ihre leere Tasse. Florian würde bald zurück sein. Sie würden das Manuskript zu Ende schreiben und danach stand ihrer Heimreise nichts mehr im Wege. Und dann? Ob sie wohl einen Platz in Florians neuem Leben einnehmen durfte? Chiara zog den linken Mundwinkel zweifelnd nach oben. Sie würde das keinesfalls einfordern. Womöglich spielte sie in diesem Weihnachtswunder ja schon bald keine Rolle mehr.

12. Kapitel

Chiara bewunderte die in der Sonne flimmernden Schneeschleier, die ein kräftiger Wind aufwirbelte und von den Bäumen und Sträuchern riss. Die Böen verwandelten diese in durchscheinende, sich um sich selbst drehende, tanzende Elfen. Dann wieder zu gewaltigen, beinahe greifbar scheinenden Elefanten, die über den Fluss wanderten, oder zu glitzernden, aber farblosen Regenbögen, die sich in den blauen Himmel erhoben, um sich dort aufzulösen.

Bei jedem Windstoß pfiff der Kamin, und die Baumstämme, aus denen das Haus erbaut war, brummten wie ein Bär.

Chiara schloss die Terrassentür und schürte das Feuer. An diesem Morgen war kein Frühstückstisch vorbereitet. Sie wusste nicht, wann Florian in der vergangenen Nacht zurückgekehrt war. Nur seine Winterstiefel und sein Parka an der Garderobe verrieten seine Anwesenheit.

Sie bereitete das Frühstück zu, stöpselte den Stecker des Notebooks ein und öffnete schon einmal das Manuskriptdokument. Da sie Hunger hatte, frühstückte sie ohne Florian, staubte schließlich noch die Bücherregale ab und kehrte den Raum durch, ehe er endlich auf der Treppe erschien.

„Guten Morgen, Chiara."

„Guten Morgen. Geht es dir gut?"

Florian lächelte über ihren besorgten Tonfall. „So gut wie seit vier Jahren nicht mehr."

Jetzt war es an Chiara zu lächeln. Florian wirkte gelöst, seine Bewegungen strahlten mehr Energie aus, als sie in Erinnerung hatte.

„Es ist wohl sehr spät geworden gestern?"

„Ich fürchte, Rose wird ihren Laden heute mit Verspätung öffnen. Ich habe sie erst gegen vier Uhr nachts verlassen."

„Der Laden wird das überstehen. Und Rose hat sich bestimmt gern die Zeit für dich genommen."

Florian nickte und machte sich mit offenkundigem Heißhunger über das Frühstück her.

„Wenn wir heute konzentriert arbeiten, könnten wir morgen fertig werden", legte Florian mit ungewohntem Schwung seine Planung dar. „In rund sechs Wochen … das dürfte ein Rekord sein. Allerdings hast du wirklich schnell getippt." Florian sah sie entschuldigend an, fuhr jedoch fort: „Dann feiern wir gemeinsam den Jahreswechsel und die Fertigstellung des Manuskripts."

Er warf ihr einen fragenden Blick zu. „Es sei denn, du möchtest lieber zu Rose oder zu Marc oder zu einer der Partys in den Hotels oder Pubs. Dann können wir das natürlich organisieren."

Chiara schüttelte verneinend den Kopf. Sie war verwirrt über den Elan, den Florian plötzlich versprühte. Was auch immer in der vergangenen Nacht zwischen Rose und Florian geredet worden war, es hatte ihn verändert.

Das Weihnachtswunder war perfekt!

„Gut, dann verbringen wir Silvester hier." Florian schob den Teller beiseite und rieb sich über das Kinn, wobei er Chiara prüfend ansah. „Ich werde Anfang des Jahres in die Schweiz reisen. Es gibt da ein paar Angelegenheiten, die ich schnellstmöglich klären möchte."

Chiara nickte, weiterhin sprachlos.

„Ich muss einige Gespräche führen …"

Chiara nickte erneut.

„Da du laut Vertrag noch ein paar Tage Kanada guthast", er zwinkerte ihr zu, „darfst du aber gern noch hierbleiben. Überleg es dir." Er klatschte in die Hände, trug das Frühstücksgeschirr ab und setzte sich an die Längsseite des Tisches, gleich neben Chiara, die mittlerweile an der Breitseite hinter dem leise brummenden Notebook saß.

„Du sagst ja gar nichts.“

„Ach, das ist dir aufgefallen?“, spottete sie gutmütig.

Sein Schmunzeln verstärkte ihre Unruhe. Jetzt, da er ganz bereit war, mit seiner Vergangenheit Frieden zu schließen, jetzt, da sie endlich einen Platz in seinem Leben einnehmen könnte ... kam sie in seinen Zukunftsplänen offenbar nicht vor.

Was hatte sie erwartet? Dass er ihr seine Liebe gestand? Vermutlich war er für ein so starkes Gefühl nicht bereit – würde es womöglich noch lange nicht sein. Es gab zu viele lose Enden in seiner Vergangenheit, die er zuerst mit der Gegenwart verknüpfen musste, ehe er an die Zukunft denken konnte.

Chiara verweigerte dem Gedanken Einlass in ihr Herz, es könnte etwas mit ihrem nicht gerade stromlinienförmigen Körper und ihrer wenig glamourösen Persönlichkeit zu tun haben, dass er wohl doch nur freundschaftliche Gefühle für sie hegte. Derartige Annahmen wollte sie nie wieder zulassen.

„Können wir?“, fragte er und sprang auf. Wie immer ging er während des Diktierens im Raum auf und ab.

Der Tag verging wie die vorangegangenen. Das Manuskript wuchs Seite um Seite an, in den kurzen Pausen nahmen sie etwas zu sich oder gingen mit dem Hund spazieren. Wie so oft arbeiteten sie bis weit in die Nacht hinein. Einen 8-Stunden-Tag oder ein freies Wochenende kannte Florian wohl nicht. Durch den immer näher rückenden Abgabetermin war allerdings Eile geboten.

Florian hatte nicht viel über das Gespräch mit Rose gesagt, doch seine befreite Art bezeugte deutlich genug, welch große Schritte er in dieser Nacht in Richtung Heilung gemacht hatte. Weitere würden folgen müssen, und Chiara betete, dass die Menschen, die er nach seiner Rückkehr in die Schweiz aufsuchen wollte, ebenfalls bereit waren, zu vergeben und sich vergeben zu lassen.

Der 31. Dezember verging wie im Flug. Chiara genoss es, die Auflösung der anfangs so verwirrenden Handlungsstränge des Thrillers mitzuerleben, und erst, als Florian in Schweigen verfiel, bemerkte sie, dass die letzten zwei Worte, die sie getippt hatte, eigentlich nicht zum Niederschreiben gedacht gewesen waren: *So, fertig.*

„Ich halte das Wort *Ende* für vorteilhafter“, lachte sie.

Florian trat hinter sie und legte die Hände auf die Stuhllehne. Er stimmte in ihr Lachen mit ein, als er die zuletzt geschriebenen Worte las. „Ich tippe nie das Wort Ende unter meine Manuskripte, da ich Anna für intelligent genug halte zu erkennen, dass da nichts mehr kommt.“

Sie hob die Hand, um auf die Rücktaste zu drücken, aber Florian fing sie ab. „Lass mal. Sie findet es vielleicht ganz witzig.“

„Sie wird sich erschrecken!“

„Nein, sie weiß doch, dass du getippt hast. Sie wird den kleinen Gag sicher dir in die Schuhe schieben.“

„Sie weiß aber doch, dass du das Manuskript noch mehrmals überarbeitest.“

„Ach, gelegentlich stehen da die eigentümlichsten Sachen drin, trotz der Überarbeitungen. Das ist vermutlich einer gewissen Betriebsblindheit zuzuschreiben.“

„Was für Sachen?“ Chiara konnte die Augen nicht von ihrer Hand in Florians abwenden. Seine Finger schienen winzige elektrische Schläge auf ihre zu übertragen.

„Einmal wollte ich schreiben: *Sie warf den Zopf über ihre Schulter.*“

„Und?“

„Geschrieben habe ich: *Sie warf den Kopf über ihre Schulter.*“

Chiara lachte so sehr, dass sie gar nicht bemerkte, wie Florian ihren Arm nach oben zog. Erst als er ihre Hand an seine Lippen führte, drohte ihr die Luft wegzubleiben.

„Ich danke dir für deine Hilfe!“

Florian hatte recht mit dem, was er ihr am Vorabend erklärt hatte. Schon diese harmlose Geste, die wohl mehr seiner Dankbarkeit als übermäßiger Zuneigung zu ihr entsprang, ließ erneut die Flamme der Hoffnung in ihr aufzüngeln. Empfand er vielleicht doch mehr für sie, als sie gedacht hatte? Ihr dummes kleines Herz hüpfte jedenfalls wie ein Schneehase umher.

„Partytime!“, rief er plötzlich übermütig aus und klappte das Notebook zu.

„Ich ahne den Lebemann von einst.“

Florian runzelte die Stirn, ehe er ihr ein leicht zerknirschtes Lächeln schenkte. „Nur in Teilen, Chiara. Hoffentlich nur noch in Teilen.“

„Bestimmt. Du hast deine Lektion gelernt.“

„Die nächsten Fehler werden sich einstellen.“

„Wäre ein Leben ohne Fehler nicht langweilig?“

„Da bewegst du dich auf dünnem Eis. Wir wollen die Fehler ja nicht absichtlich begehen.“

„Stimmt auch wieder. Dennoch: Solange es jemanden gibt, der einen rauszieht, wenn man eingebrochen ist …“

Florian wandte sich lachend ab und strich Shakespeare über den Kopf, wohl wissend, dass sie nicht ausschließlich auf den Neufundländer angespielt hatte. Er öffnete den Kühlschrank und blickte nachdenklich hinein. „Was hältst du davon: Zuerst einmal gibt es Apfel-Zimt-Kuchen mit Kaffee.“

„Hört sich gut an“, rief Chiara hinüber. Sie hatte das Notebook wieder geöffnet und speicherte die Datei zusätzlich auf den Stick, den Florian vor einigen Wochen ihrer Fürsorge überlassen hatte.

„Danach schreiben wir die Danksagung.“

„Ich dachte, da kommt nichts mehr.“

„So leicht lässt du dich täuschen?“

Chiara streckte ihm die Zunge heraus und bemerkte zu spät, dass er sich im gleichen Moment von der Betrachtung des Kühlschrankinneren gelöst hatte. Schmunzelnd wandte er sich dem Kaffeefilter zu.

„Du gibst mir anschließend eine Revanche beim Rommee“, forderte er sie heraus.

„Ehrlich? Wir hätten um Geld statt um Streichhölzer spielen sollen, dann müsste ich mir nach meiner Rückkehr nicht dringend eine neue Arbeitsstelle suchen!"

Florian ging über ihre Worte hinweg und plante weiter: „Dieses Mal koche ich. Was hältst du von Raclette?"

„Was musst du dabei denn kochen?"

„Na, die Kartoffeln." Er schenkte ihr ein vergnügtes Lächeln.

„Reste-Raclette? Bei meinem Einkauf waren kaum Zutaten für ein Raclette dabei. Hast du die Lebensmittel eigentlich mitgebracht?

„Ja, habe ich. Außerdem habe ich gestern Nacht noch den Laden geplündert."

„Mit oder ohne das Wissen von Rose?"

„Lass mich überlegen …" Florian strich sich gespielt nachdenklich über das heute glatt rasierte Kinn, blieb ihr jedoch eine Antwort schuldig. Halblaut murmelte er vor sich hin: „Ich habe auch irgendwo noch einen kanadischen Wein."

„Und weiter?" Da Florian von einer Danksagung gesprochen hatte, die er noch schreiben wollte, ließ Chiara das Notebook offen, hatte sich aber mittlerweile verkehrt herum auf ihren Stuhl gesetzt, die Arme auf der Lehne verschränkt, und beobachtete Florian, der aus einem Unterschrank der Küche tatsächlich eine Weinflasche hervorkramte.

„Wenn du brav bist-"

„Du meinst, wenn ich dich beim Rommee auch mal gewinnen lasse?", neckte ihn Chiara.

„Richtig! Wenn du also brav bist, könnte ich mich dazu hinreißen lassen, das Keyboard auszupacken."

Chiara strahlte Florian an, der daraufhin seine Vorbereitungen unterbrach und sie einige Sekunden lang musterte. Das aufgeregte Kribbeln in Chiaras Bauch, das bei seinem intensiven Blick in ihr aufstieg, perlte ebenso prickelnd, wie es wohl der Sekt tun würde, den Florian nun noch aus einem anderen Schrank holte und im Kühlschrank deponierte.

„Ein Feuerwerk kann ich dir um Mitternacht leider nicht bieten." Florian kam herüber und setzte sich neben sie. „*Danksagung*", diktierte er übergangslos.

„He, wo sind der Kuchen und der Kaffee abgeblieben?"

„Ich habe mich umentschieden. Erst die Arbeit, dann das Vergnügen!"

Chiara gab das Wort ein. In dem Buch, das sie im Flugzeug gelesen hatte, hatte Florians Danksagung aus einem Satz bestanden, in dem er den Mitarbeitern des Verlags und seinem Agenten dankte. Umso erstaunter war sie, als er die Stirn runzelte und angestrengt zu überlegen schien.

„Mein Dank geht wie immer an Anna für ihre meisterhafte Überarbeitung meines Textes, und diesmal zudem dafür, dass sie auf die wundervolle Idee verfallen ist, mir eine Assistentin zur Seite zu stellen."

Chiara tippte belustigt. Auch das würde Anna verblüffen.

„... *und in besonderer Weise an Chiara. Sie hat über mehrere Wochen meine Launen ausgehalten und mir ihre Hände geliehen. Sie war eine aufmerksame Zuhörerin und hat mich mit ihren kornblumenblauen Augen verzaubert, mit ihrem Lachen aufgemuntert und Leben in meine Schreib-Enklave gebracht* ... du sollst schreiben, Mädchen!", brummte Florian.

„Das willst du da nicht wirklich drinstehen haben!?", flüsterte Chiara fassungslos.

„Ich bin noch nicht fertig!", meinte Florian daraufhin und stieß sie leicht mit dem Fuß an, sodass sie die Zeilen schnell eintippte.

Kopfschüttelnd überlegte sie, ob Florian es wohl merken würde, wenn sie einige der Sätze später wieder löschte. Der Dank an das Verlagsteam und den Agenten fiel dagegen deutlich knapper aus.

„Speichern, zuklappen!", sagte Florian schließlich und sah sie mit hochgezogenen Augenbrauen warnend an, als ahne er, was ihr durch den Kopf spukte.

„Brav!"

„Keyboard!“, erwiderte sie prompt, während die Datei auf den Stick gespeichert wurde.

„Der Deal bezog sich auf das Rommeespiel.“ Florian drehte den Computer zu sich, fuhr ihn herunter, zog den Stecker und trug ihn nach oben, was Chiara mit gemischten Gefühlen beobachtete. Sie beruhigte sich mit dem Gedanken, dass Florian lediglich Vornamen genannt hatte. Niemand würde auf die Idee kommen, dass ausgerechnet Chiara Kilian für Fenton Forrester geschrieben hatte.

Chiara stellte ihr Weinglas mit der rot schimmernden Flüssigkeit auf den Boden und kuschelte sich auf die Couch. Sie drapierte die Fleecedecke über ihre Füße und lauschte den Jazzklängen des Keyboards. Die Luft im Raum roch leicht rauchig, was nicht vom gut belüfteten Kamin, sondern vom Raclette herrührte, dessen Zubehör jetzt auf der Arbeitsplatte in der Küche stand, umgeben von Schüsseln, Schalen und Tellern. Die Fensterscheiben waren in den Ecken matt angelaufen, der Feuerschein spiegelte sich in ihnen, sodass man die dunkle Welt dort draußen nur erahnen konnte. Aber momentan fühlte Chiara sich in ihrer begrenzten Welt der Hütte äußerst wohl.

Ein Gefühl der Geborgenheit hatte sich eingestellt, und mit einem Lächeln dachte sie an ihre ersten Tage hier vor mehr als fünf Wochen zurück. Sie hatte sich fehl am Platz gefühlt. Nicht nur, weil das Ziel überraschend statt der Schweiz Kanada gewesen war. Florian hatte nicht eben erfreut über ihre Anwesenheit gewirkt. Wie hatte sie auch ahnen können, dass das nicht an ihrer Person lag, sondern vielmehr daran, dass er seit Jahren allen Menschen, vorrangig allen Frauen, aus dem Weg ging? Doch gerade dieser Eindruck, dass er nicht viel für das „Pummelchen“ übrighatte, das seine Lektorin ihm aufgedrängt hatte, hatte ihren Ehrgeiz geweckt, gemischt mit einer ordentlichen Portion Unnachgiebigkeit. Sie war nicht so schnell kleinzukriegen, wenn sie sich erst einmal etwas vorgenommen hatte. Mit den Jahren hatte sie sich ein unerschütterlich dickes Fell zugelegt, das nur hin und wieder lichte Stellen offenbarte.

Florian leitete von dem Reggae *I Shot The Sheriff* zu *Hit The Road Jack* über. Einmal mehr bewunderte sie sein Klavierspiel. Wie kam es, dass manche Menschen gleich mehrere herausragende Begabungen hatten, während andere – wie sie selbst – mit unscheinbaren Talenten auskommen mussten? Chiaras Gesicht entspannte sich, als ihr eine mögliche Antwort in den Sinn kam: Weil die außergewöhnlich begabten Personen womöglich darauf angewiesen waren, dass die mit den leisen und unscheinbar wirkenden Fähigkeiten sie im Hintergrund unterstützten, ihnen Halt und einen Rückzugsort boten, sie aufrichteten und voranbrachten, sie anleiteten und auch mal wieder auf den Boden der Tatsachen zurückbrachten … Vermutlich gab es die einen ohne die anderen nicht.

Chiara warf einen Blick auf die Uhr. Es war 20 Minuten vor Mitternacht. Ein eigentümliches Gefühl beschlich sie. Das vergangene Jahr war ein unruhiges gewesen. Der Tod von Mia, ihre große Trauer um die Freundin und auch darüber, dass sie Patrick und Leo nicht helfen konnte; schließlich das Jobangebot und ihr Umzug zurück in ihre alte Heimat. Das Eingewöhnen in den Job, das Kennenlernen der neuen Arbeitskollegen, die Suche nach Freunden, dann die überraschende Kündigung. Vieles war ihr gelungen, einiges misslungen.

Wie wohl das kommende Jahr aussehen würde? Immerhin hatte sie keine Arbeit, die Villa war extrem renovierungsbedürftig, einen Freundeskreis hatte sie noch immer nicht gefunden … und würde Florian eine Rolle darin spielen? Das in jedem Fall, die Frage war jedoch, ob es eine glückliche oder eine schmerzhafte sein würde.

Ein violettes Licht hinter der Glasfront, das sie unbewusst seit ein paar Sekunden beobachtete, verwandelte sich in gleißendes

Blau. Sie sprang auf und wäre auf ihrem eiligen Weg zur Terrassentür beinahe über die Decke gestolpert.

„He? Ist meine Musik zum Davonlaufen?", lachte Florian.

Chiara beachtete ihn kaum, war sie doch viel zu sehr darauf aus, die Tür zu öffnen, um ungehindert von angelaufenem Glas und Spiegelungen das wundervolle Schauspiel am Himmel zu bewundern. Endlich glitt die Tür auf und Chiara stellte sich auf die Schwelle. Eisige Luft schlug ihr entgegen und brannte in ihrer Lunge, aber sie ignorierte den Schmerz.

Eine verwirrende Vielzahl an blauen, grünen und violetten bis hin zu roten Schleiern tanzte über das schwarze Himmelszelt. Die schneebedeckten Bergspitzen spiegelten die huschenden Lichter wider. Mit offenem Mund bewunderte Chiara die Polarlichter, ihr Aufflackern und plötzliches Verschwinden, um einem neuen Nordlicht Platz zu machen, ihre schwerelosen Drehbewegungen, wie ein seltsam faszinierender kosmischer Tanz. Der Anblick ließ sie die schneidende Kälte vergessen.

Florian trat hinter sie, legte ihr eine Decke um die Schultern, wickelte sie darin ein und ließ die Arme vor ihrem Körper verschränkt, ohne Druck auszuüben. Chiara verstand das als Einladung, sich mit dem Rücken an ihn zu lehnen. Als sie wahrnahm, wie er sich einen sicheren Stand suchte, um dies zuzulassen, entspannte sie sich. Kurz darauf stützte er sein Kinn auf ihr Haar.

„Das ist weitaus besser als jedes Feuerwerk", jubelte Chiara, als ein dunkelblaues Himmelslicht zu Boden zu stürzen schien, zu Eisblau wechselte und sich dann auflöste, als tauche es in eine andere Welt ein, die den Augen der beiden Bewunderer verborgen blieb.

„Ich dachte mir schon, dass dir das gefallen könnte."

„Jetzt behaupte aber bitte nicht, du hättest das eigens für heute arrangiert!"

„Na gut, ich lasse das."

Chiara lachte leise und wagte es, sich noch ein wenig mehr an ihn zu lehnen. Sie spürte die Wärme, die von seinem Körper ausging, das Heben und Senken seiner Brust, und genoss jede Sekunde. Minutenlang wohnten sie schweigend dem Schauspiel bei, bis die Lichter allmählich schwächer wurden, die farbigen Lichtspuren sich in eine Art blassen Nebel verwandelten und schließlich ganz verschwanden. Zurück blieb ein schwarzer Himmel, auf dem sich, je länger sie hinschauten, zunehmend mehr gold blinkende Sterne ihre Aufmerksamkeit erkämpften.

Als Florian zurücktrat und sie losließ, fühlte Chiara eine erschreckende Leere in sich. Plötzlich griff die trockene Kälte unbarmherzig nach ihr. Ein Vorgeschmack auf das, was ihr bald drohte?

„Chiara?"

Sie drehte sich um und hob den Kopf. Florian stand nahe bei ihr. Sie konnte wenig mehr als sein Profil erkennen. Er ergriff sie an den Oberarmen und zog sie an sich, löste dabei ein verwirrendes Gefühlschaos in ihr aus, eine Mischung aus Furcht und Glück, das ebenso unstet herumwirbelte wie eben die Nordlichter.

Er küsste sie zart. Chiara glaubte, ihr Herz würde zerspringen. Sie hatte seine Worte vom Vortag noch im Ohr. Bedeutete sein Kuss, dass er es ernst mit ihr meinte? War dies kein Spielchen, keine oberflächliche Zuneigung, kein Silvesterbrauch? Bekam sie ihr verspätetes Weihnachtswunder?

„Ich wünsche dir ein reich gesegnetes neues Jahr, Schneehase, und dass von deinen Wünschen alle diejenigen in Erfüllung gehen, die gut für dich sind."

„Forster-"

Sie kam nicht weiter, denn er verschloss ihren Mund mit einem Kuss. Diesmal fiel er länger aus, wenngleich er dadurch nichts von seiner Zartheit einbüßte. Chiara, deren Hände auf Florians Brustkorb ruhten, spürte seinen Herzschlag und dann, wie er tief einatmete, als sei er selbst erstaunt über das, was er da tat.

„Du schmeckst mehr nach einer Zuckerstange als nach einem Schneehasen", murmelte er.

„Weißt du, was du da tust?", fragte Chiara leise, schwindelig vor Glück, aber auch vor Furcht, zu viel zu erwarten.

„Ich erinnere mich dunkel daran", zog er sie auf und ließ sie im gleichen Moment los. „Ist dir das unangenehm?"

„Unangenehm?" Chiara wusste nicht, ob sie lachen oder schreien sollte. Das Gefühlschaos in ihrem Kopf und ihrem Herzen war kaum zu bändigen. „Nein", sagte sie einfach nur. Sie zitterte inzwischen vor Kälte, ihre Zähne klapperten aufeinander.

„Komm rein, bevor du erfrierst." Florian ergriff sie an der Hand, zog sie ins Haus und schloss die Tür. Gut einen Meter voneinander entfernt standen sie sich gegenüber, beschienen von den klein gewordenen Flammen im Wohnbereich. Chiara wickelte sich fester in die Decke.

„Ich habe, als ich bei Rose war, für morgen einen Flug für mich gebucht, Chiara, da ich so schnell wie möglich mein Leben in Ordnung bringen will."

„Das ist gut", erwiderte sie und sah fragend zu ihm auf.

„Sobald das geschehen ist, melde ich mich bei dir."

Sie nickte, froh über diese Reihenfolge, erleichtert darüber, dass er ihr ein Wiedersehen in Aussicht stellte. Allerdings blieb bei all dem eine nicht zu unterschätzende Variable der Unsicherheit. Was, wenn es in der Schweiz nicht so lief, wie Florian es sich wünschte und erhoffte? Wie würde er damit zurechtkommen? Was, wenn die Zeit der Trennung ihm verdeutlichte, dass er sich schlichtweg nur in die erstbeste Frau verliebt hatte, die seit Jahren mehr als drei Sätze mit ihm gewechselt hatte?

„Dreihundert Manuskriptseiten für-"

„Vergiss es!"

„In Ordnung."

„Ich fahre dich nach Calgary und erkundige mich dabei nach meiner Rückflugmöglichkeit."

„Marc fährt mich von Banff nach Calgary. Du kannst bei Rose telefonieren."

Chiara schluckte ihre Enttäuschung hinunter und nickte.

„Gut, dann wäre das geklärt. Ich räume morgen die Küche auf. Gute Nacht."

Florian ging davon, drehte vor der Treppe jedoch nochmals um und kam zu ihr zurück. Er nahm ihr Gesicht in seine Hände und küsste sie auf die Stirn, gleich darauf war er nach oben verschwunden.

13. Kapitel

Der März hielt mit angenehm warmen Temperaturen Einzug in Freiburg und entlockte den Bäumen eine überschwängliche Fülle an Blüten. Tulpen in allen Farbvariationen lösten in den Vorgärten die Narzissen ab. Die Vogelstimmen bekamen buntere Klangfarben und kündeten von der Rückkehr der Arten, die den Winter in südlichen Gefilden zugebracht hatten.

Chiara war froh über die steigenden Temperaturen, war die alte Villa doch alles andere als gut isoliert und auch die Fenster mussten dringend ausgewechselt werden, wenngleich die alten Holzsprossen heimelig wirkten.

Sie öffnete die Eingangstür unter dem halbrunden Schmuckglasfenster und nahm vom Briefträger ihre Post und ein kleines Paket entgegen. Sie legte alles auf die oberste Stufe und unternahm erst einmal einen Erkundungsgang durch den großen Garten. Der wirkte nicht nur winterlich traurig, sondern schrecklich vernachlässigt. Im vergangenen Sommer und Herbst hatte sie keine Zeit für seine Pflege gefunden. Wie im Haus musste auch hier einiges grundüberholt und Geld investiert werden.

Chiara setzte sich nach ihrem Rundgang auf die Treppe. Sie sah die Briefe durch, vermutlich weitere Rechnungen, und betrachtete den Umschlag einer Bank. Diese gehörte zu den Einrichtungen und Firmen, an die sie mit wachsender Verzweiflung eine Blindbewerbung geschickt hatte. Sicher enthielt der Brief nicht mehr als eine höfliche Absage.

Chiara lehnte sich mit dem Rücken an die Tür, reckte ihr Gesicht den wärmenden Sonnenstrahlen entgegen und schloss die Augen. Mit gewohnter positiver Energie wehrte sie sich gegen alle niederdrückenden Empfindungen. Sie hatte zwar keine Arbeit, und von Florian hatte sie seit ihrem Abschied vor Roses Laden nichts mehr gehört, dennoch ging es ihr nicht schlecht. Sie wollte nicht jammern, dadurch änderte sich schließlich rein gar nichts. Vielmehr würde sich nur Unzufriedenheit bei ihr einschleichen, die sie in eine Spirale nicht endender Vorwürfe gegen sich und andere und in eine immer schlimmere Bitterkeit hinunterziehen würde.

Bunte Punkte tanzten vor ihren Augen und erinnerten sie an die Nacht der Polarlichter. Bei dem Gedanken an Florian schwankte sie wie immer zwischen Angst und Hoffnung, ein Gefühlscocktail, dem sich in den vergangenen Wochen Spuren von Resignation und Hilflosigkeit beigemischt hatten. Bedeutete sein langes Schweigen nun, dass er sich mit seiner Familie ausgesöhnt hatte, oder war genau das Gegenteil passiert? Befand er sich womöglich erneut auf dem Rückzug in die Einsamkeit? Falls Ersteres zutraf, verstand sie nicht, weshalb er sich nicht wenigstens einmal kurz meldete – es sei denn, sein Interesse an ihr war erloschen. War es das Zweite, würde sie wohl nie wieder etwas von ihm hören – außer, er veröffentlichte weiterhin seine Thriller. Doch ob sie es sich antun würde, seine nachfolgenden Bücher zu lesen? Allerdings hatten Patrick und auch dessen Freund Jonas, der Schreiner, den sie bei einigen ihrer Besuche bei Patrick und Leo ebenfalls angetroffen hatte, ihr glaubhaft erklärt, dass Florians Vorhaben, sich mit seiner Familie zu versöhnen und die Mädchen von damals aufzuspüren, womöglich viel Zeit kosten würde. Beide waren sie absolut fasziniert von seiner Geschichte und zutiefst überzeugt, dass bei dem, was Florian und Chiara gemeinsam erlebt hatten, seine Liebe zu ihr wirklich tief ging. Patrick und Jonas waren überzeugt: Florian würde sich in naher Zukunft bei ihr melden und sein Kommen ankündigen.

Chiara öffnete die Augen und gleich darauf den Briefumschlag. Die Buchstaben begannen vor ihren Augen fröhlich auf und ab zu hüpfen, hieß es in dem Schreiben doch, dass ihre Bewerbung zu genau dem Zeitpunkt eingetroffen war, an dem ein langjähriger

Mitarbeiter gekündigt hatte. Sie war zu einem Vorstellungsgespräch eingeladen!

„Herrlich!", seufzte sie und drückte den Brief an ihre Brust. Endlich ein Lichtblick bei der quälenden Suche nach einem neuen Job, wenngleich diese Arbeitsstelle nicht in Freiburg, sondern rund 20 Kilometer entfernt lag.

In Hochstimmung ergriff sie das Paket und gewahrte erst jetzt, dass es von dem Verlag stammte, in dem Florian seine Thriller veröffentlichte. War also aus ihrem über lange Tage und halbe Nächte hinweg verfassten Manuskript tatsächlich ein Buch entstanden? Demnach hatte er nach ihrem Abschied die Zeit gefunden, seine Überarbeitungsgänge zu absolvieren. Das Lektorat und das anschließende Korrekturlesen hatte ebenfalls noch in den enggesteckten Zeitrahmen passen müssen, bevor das Werk in den Druck gegangen war.

Mit fliegenden Fingern riss Chiara das Paketband auf, um gleich darauf fünf in Folie verschweißte Bücher in Händen zu halten. Sie entfernte die Schutzfolie von einem Exemplar und strich liebevoll über den blassblauen Einband und das Coverbild, drehte es um, las den knapp formulierten Inhalt dessen, was Florian geschaffen hatte und schlug schließlich die ersten Seiten auf.

Ihre Augen flogen über den Text, verknüpften sich mit Erinnerungen an Florians Stimme, an den Geruch des Holzfeuers und die eisige Stille der Tage dort in Kanada. Sie glaubte das Prasseln und Knacken des Feuers zu hören, Shakespeares Bellen, der jetzt in Roses Obhut war, und das Rütteln des Blizzards an den Hausfronten. Sie wusste, dass sich jede Seite mit einer Erinnerung verbinden würde. Manche von ihnen an Florians Launen, andere an sein Lachen, an die Schneeballschlacht am Ufer, das Loch in der gewaltigen Schneewehe, an Roses schönes Gesicht, an ihren Apfel-Zimt-Kuchen und natürlich an ihre Zuckerstangen.

Die Leser des Buchs würden in eine spannende Geschichte abtauchen … und Chiara in die Erinnerung an sechs erstaunliche, aufreibende und wunderschöne Wochen, in denen in Rekordzeit das grobe Gerüst des Thrillers entstanden war. Vielleicht würde das nicht das beste Buch des Autors sein, der Eile und den inneren Kämpfen geschuldet, die er nebenbei auszufechten gehabt hatte. Aber womöglich war es für ihn das wichtigste Buch seines Lebens, weil sein Entstehen in eine besondere Zeit gefallen war. Chiara wünschte es ihm von Herzen.

Ihre Finger strichen zögernd über die angenehm weichen Buchseiten, bevor sie ganz nach hinten blätterte, auf der Suche nach der in ihren Augen völlig aus den Fugen geratenen Danksagung. Die für Anna war geblieben, der viel zu lange und blumige Abschnitt über sie selbst war – so stellte sie erleichtert fest – auf eine Zeile gekürzt worden. Doch deren Inhalt war weit entfernt von dem, was Florian ihr damals diktiert hatte. Die Worte raubten ihr den Atem, jagten ihren Pulsschlag hoch, brachten ihre Knie und Hände zum Zittern und ließen Abertausende von kitzelnden Perlen über ihren Rücken rieseln.

Danke, Chiara, für dein Vertrauen in mich. Ich liebe dich!

„Meine Güte!", stieß sie hervor und las die Zeile ein zweites und ein drittes Mal. Das hatte er doch nicht wirklich in ein Buch geschrieben, das – hoffentlich – reißenden Absatz fand? Hektisch zog sie die Folie vom zweiten Band ab und blätterte die letzten Seiten auf, las dort aber nichts anderes. Schließlich tat sie dasselbe beim dritten, vierten und fünften Buch und musste sich eingestehen, dass sie wohl keine eigens für sie gedruckten Exemplare in den Händen hielt.

„Du darfst es gern glauben!"

Chiara fuhr hoch. Eines der Bücher, die sie auf ihrem Schoß gestapelt hatte, fiel die Stufen hinunter und blieb aufgeschlagen liegen. Der sanfte Frühlingswind, der einen betörenden Blütenduft mit sich trug, blätterte die Seiten um.

Florian, der vermutlich den Postboten abgepasst hatte, stand am Fuße der Treppe. Jetzt bückte er sich, hob das Buch auf und betrachtete es prüfend. Er stellte den linken Fuß auf die unterste Stufe, beugte sich nach vorn und streckte es Chiara entgegen. Sie war nicht in der Verfassung zu reagieren. Irritiert starrte sie den Mann vor ihrer Haustür an, als sei er ein Grizzly, der sich nach Freiburg verirrt hatte.

Auf Florians Gesicht breitete sich dieses unheimlich freche Grinsen aus, das Chiara verriet, dass es ihm gutging. Wie auch immer die Dinge gelaufen waren – zumindest hatte das Ergebnis ihn nicht wieder in einen frostigen, schweigsamen Schneemann verwandelt. Er legte das Buch auf die zweite Stufe und warf einen Blick auf die Frontfassade ihres Zuhauses.

„Das ist eine tolle Villa mit viel Potenzial, wenn auch ziemlich heruntergekommen. So ähnlich wie ich, als du in meine Hütte eingefallen bist wie ein Blizzard. So etwas scheint dich ja magisch anzuziehen!"

„Du bist hier!", brachte Chiara mühsam heraus und verleitete Florian damit zum Lachen.

„Offenbar sprichst du neuerdings nicht mehr viel und falls doch, dann höchstens Drei-Wort-Sätze."

„Wundert dich das?"

Florian zuckte lediglich mit den Schultern, das Grinsen schien in seinem Gesicht festgeklebt zu sein. Offensichtlich amüsierte ihn ihre Reaktion auf sein plötzliches Auftauchen.

„Wo hast du die ganze Zeit gesteckt?"

„Das weißt du doch. In der Schweiz."

„Du hättest mal anrufen können."

„Ich telefoniere nicht gern. Die Leute verstehen mich so schlecht, wenn sie nicht sehen, auf was ich beim Brummen deute oder wie meine Mimik ist."

„Du vergisst, dass ich viel Übung darin besitze. Aber ich wäre auch mit einer Ansichtskarte zufrieden gewesen."

„Woher willst du wissen, ob ich überhaupt des Schreibens mächtig bin?"

„Heißt das, du brichst dir andauernd beide Hände, damit man dir jemanden zum Tippen schickt?"

„Du hast mich durchschaut, Kandis."

„Kandis?“

„Zuckerstange ist zu lang für einen Kosenamen.“

Chiaras Herz setzte für wenigstens drei Schläge aus. Als sie aus dem Strudel aus heilloser Überraschung und einem quirligen Glücksgefühl wieder auftauchte, hatte Florian die Bücher hinter sie gestapelt und sich links neben ihr auf der obersten Treppenstufe niedergelassen. Er stützte sich mit der Hand sehr weit rechts ab, sodass Chiara seinen Arm in ihrem Rücken spürte, seine Schulter die ihre berührte und er mit seinem Gesicht ihrem aufregend nah war. Wieder schien eine knisternde Spannung von ihm auszugehen.

„Aber noch nie hat man mir eine Frau mit so verführerischen kornblumenblauen Augen und einem so einnehmenden, strahlenden Lächeln geschickt. Ich fürchte, in dem Buch haben alle Protagonisten, selbst die Chinesen, kornblumenblaue Augen und strahlen, als schaue man direkt in ein LED-Licht.“

„Du hast deutlich weniger Blödsinn von dir gegeben, als du noch bei den Drei-Wort-Sä-“

Florian küsste sie einfach; lange und intensiv. Chiara überfiel das Gefühl, wie Schnee in der Sonne zu schmelzen. Auf ihr Weihnachtswunder hatte sie zwar bis zum März warten müssen, doch nun war es perfekt.

Als Florian zurückwich, seufzte er: „Endlich.“

„Das hättest du früher haben können“, murmelte Chiara, die erst einmal ihre verknoteten Gefühle auseinandersortieren musste.

„Ich hatte zu tun.“

„Wie ist es eigentlich gelaufen?“

„Ich bin jetzt ein Meister auf dem Waveboard.“

„Also wirklich.“ Chiara schüttelte aufgebracht den Kopf.

„Es stimmt! Ich habe gemeinsam mit Paul trainiert.“

„Forster, kannst du bitte mal eine Minute ernst sein?“

„Sicher.“ Er umfasste mit der freien Hand ihren Hinterkopf und küsste sie erneut.

Chiara drückte ihn irgendwann von sich fort, ihr Atem ging stoßweise.

„Das war keine Minute."

„Florian Forster!"

Der Gerügte zog eine Grimasse und rückte ein Stück von ihr ab. „Willst du die lange oder die kurze Version hören?"

„Zuerst die Kurzversion. Für die lange haben wir später noch Zeit."

„Sehr viel Zeit, wenn wir erst einmal verheiratet sind."

Chiara starrte den Mann auf ihrer Treppe mit großen runden Augen an.

„Aber du wolltest alles der Reihe nach, nicht?" Er hatte ganz offensichtlich seinen Spaß.

„Als meine Mutter mich sah, ist sie in Tränen ausgebrochen und mir um den Hals gefallen. Meine Schwester hat sich lange geziert, ein Wort mit mir zu wechseln; später stellte sich heraus, dass sie seit Jahren unter schrecklichen Gewissensbissen litt. Mein Vater … Er braucht wahrscheinlich einfach noch etwas Zeit."

Florian zuckte mit den Schultern, Chiara vermutete, dass er dahinter seine Enttäuschung versteckte.

„Der Rest der Familie war schnell dabei, mich wieder in ihrer Mitte aufzunehmen. Ich vermute, sie haben nie so ganz verstanden, was damals wirklich vorgefallen ist. Claudia habe ich sofort gefunden, sie lebt mit ihrem Mann und einem kleinen Kind noch in dem Haus, in dem sie mit ihren Eltern gewohnt hat. Wir haben uns lange unterhalten, misstrauisch beäugt von ihrem Ehemann, und uns als Freunde verabschiedet."

„Das ist gut!"

„Ich weiß noch mehr gute Dinge …", raunte Florian und sein Gesicht näherte sich dem ihren. Chiara, die endlich die ganze Geschichte hören wollte und vor allem dem Ende entgegenfieberte, schob ihn mit beiden Händen von sich – mit zitternden Händen, die ihr nicht so recht gehorchen wollten.

„Du warst in der Hütte unnachgiebig und bist es immer noch", stellte er fest.

„Erzähl bitte weiter."

„Nicole ist inzwischen nach Frankreich gezogen. Sie hat mich empfangen, unsere Unterhaltung war jedoch … kühl. Wie unter völlig Fremden. Sie hat nicht wirklich verstanden, weshalb ich sie um Verzeihung bitten wollte und warum es mir wichtig war, ihr zu sagen, dass ich ihr vergeben habe. Ich denke, sie hat sich nie wieder Gedanken über mich gemacht, sobald die Sache vorbei war. Den Kontakt zu meiner Schwester hatte sie damals ja auch sofort abgebrochen."

Florian ergriff Chiaras Hand und betrachtete sie, als gäbe es nichts Interessanteres, als ihre Finger mit den gepflegten kurzen Nägeln.

„Und das dritte Mädchen?"

Florian zog die Schultern hoch. „Niemand weiß, wo Theresa wohnt oder ob sie überhaupt noch am Leben ist. Sie ist einfach verschwunden."

„So wie du?"

„Ich bin doch da."

„Du bist immer noch kein bisschen ernst."

„Aber sicher bin ich das. Ich finde allen Ernstes, dass an diese Hand ein Ring gehört. Ich werde dir spätestens morgen einen besorgen."

„Forster …"

„Entschuldige, das war wieder nicht der Reihe nach." Er lachte über den leisen Grunzlaut, den sie ausstieß, und nannte sie erneut einen Schneehasen.

„Acht Wochen lang habe ich abwechselnd nach Theresa gesucht und das Manuskript überarbeitet, nach dem Lektorat wieder den Text durchgeackert und anschließend versucht, es Korrektur zu lesen. Aber es ist fast so schwierig, die eigenen niedergeschriebenen Fehler zu finden, wie sie an sich selbst zu entdecken."

„*Du* hast sie nicht geschrieben!"

„Stimmt! Die Fehler stammen ja ausnahmslos von dir. Das hätte ich vielleicht in den Dankesworten noch vermerken sollen. Wobei …" Er beugte sich zu ihr hinüber und legte seine Stirn an die ihre. „Wobei es absolut kein Fehler war, was in all diesen Büchern über dich steht.“

„Das hättest du nicht tun sollen“, flüsterte sie.

„Jetzt hast du es Schwarz auf Weiß und unwiderruflich für immer festgehalten.“

„Für den Fall, dass du deine Meinung mal ändern solltest?“

„Der wird nie eintreffen, Kandis. Höchstens könnte es gelegentlich sogenannte Drei-Wort-Krisen geben. Aber dann brauchst du ja nur deine fünf Bücher aufschlagen und nachlesen, was dort steht – und das bleibt auch so.“

Chiara schwieg, Stirn an Stirn mit Florian, und versuchte all das, was in den vergangenen Minuten geschehen war, tief in sich aufzunehmen.

„Muss ich erst ein Buch schreiben, um-“

„Deinen Spiegel-Bestseller? Bloß nicht.“

„Weil du Angst davor hast?“, zog sie ihn auf.

„Sag es einfach!“

„Ich liebe dich.“

„Dann darf ich dir morgen einen Verlobungsring kaufen?“

„Ja.“

„Ich danke dir.“

„Und jetzt darfst du mich küssen.“

„Ich glaube, auf diesen Satz habe ich vier elend lange Jahre gewartet!“ Er setzte Chiaras Wunsch unverzüglich in die Tat um, murmelte nur einmal zwischendurch: „Aber das Warten hat sich gelohnt!“

So, fertig.

Mein Dank geht an:

Karo, die immer so fleißig meine schwäbischen Sätze und Ausdrücke zurechtrückt und übersetzt.
das Team von Gerth Medien für allen Einsatz rund ums Buch.
meine geduldige und „mitschreibende“ Familie.
meine treuen Leser, an Buchhändler und Lesungsveranstalter …
Sacha Flammer für die Candy Cane-Information.

Ich wünsche allen von Herzen eine „kindliche“ Weihnachtsfreude.